D1924653

Querverlag

Petra Brumshagen

Scheinfrei

Roman

Lektorat: Birte Rohles

Erste Auflage September 2009

Umschlag und grafische Realisierung von Sergio Vitale
Gesamtherstellung: Finidr s.r.o.
ISBN 3-89656-169-5
Printed in the Czech Republic

Bitte fordern Sie unser Gesamtverzeichnis an:
Querverlag GmbH, Akazienstraße 25, D-10823 Berlin
http://www.querverlag.de

Mehr zum Buch unter http://scheinfrei.wordpress.com

Nie wieder Schaumstoff

Ich sprinte die Stufen im Treppenhaus hinunter, um die nächste U-Bahn zur Arbeit zu erreichen, als mir im Flur plötzlich Herr Altmann entgegenkommt. Mit seinem Tirolerhut und seiner Trachtenjacke sieht er aus, als hätte er die letzte Ausfahrt zum Oktoberfest verpasst. Und das mitten im Juni in Bochum. Ich nicke ihm freundlich zu, doch er sieht mich missmutig an.

„Frau König, ich warte noch immer auf die beiden letzten Mieten. Wann kann ich endlich damit rechnen?“

„Oh, Herr Altmann, einen wunderschönen guten Tag“, grüße ich ihn übertrieben freundlich. „Ja, die kommen jetzt ganz bald. Das versichere ich Ihnen.“ Und direkt noch eine infame Lüge hinterhergeworfen.

„Soso, das hör ich jetzt zum dritten Mal. Ich sag Ihnen eins: Wenn das Geld nicht binnen zweier Wochen auf meinem Konto erscheint, schmeiß ich Sie alle raus!“

Und damit verduftet er in Richtung Keller.

Scheiße! Zwei Wochen, um tausendzweihundert Euro aufzutreiben. Das ist nahezu utopisch.

„Sie können sich wirklich drauf verlassen, Herr Altmann!“, rufe ich ihm so überzeugend wie möglich hinterher. Verdammt!

Wie von der Hornisse gestochen rase ich zu Fuß durch die City. Die U-Bahn kriege ich jetzt eh nicht mehr und bin mal wieder viel zu spät dran. Mike, mein Chef, schnauzt sicher gleich wieder los. Gut, irgendwie hat er ja recht. Ich war noch nicht ein einziges Mal pünktlich, weil das Hin- und Herpendeln zwischen Uni, der WG und dem blöden Nebenjob einfach zu stressig ist. Na ja, und vielleicht auch, weil ich diese Arbeit hasse wie die Pest!

Ich hab schon so einiges gemacht, aber als Werbefigur in einem überdimensionalen Schaumstoffhandy herumzulaufen, von Jugendlichen angepöbelt und fotografiert zu werden, ist wirklich das Lächerlichste, was ich bisher tun musste, um meinen Lebensunterhalt zu finanzieren. Und da ich meinen letzten Job in der Unibibliothek verloren habe, weil ich zwischen den Regalen in ein spannendes Buch vertieft war, bleibt mir nichts anderes übrig, als auch den größten Quatsch mitzumachen.

Ich betrete den kleinen Laden, der seit wenigen Wochen mein Arbeitsplatz ist. Das mir mittlerweile bekannte und ebenso verhasste schrille Signal, das Mike darauf aufmerksam machen soll, dass jemand das Geschäft betreten hat, ertönt, und ich schaue auf die große Uhr über der Glastheke. Viertel nach drei. Um drei hätte ich da sein müssen.

„Tach, Vicky, bist du auch schon da?"

Mike kommt aus dem hinteren Kabuff, in dem seine Kaffeemaschine und Mikrowelle stehen, und schaut mich vorwurfsvoll an.

„Es tut mir leid", setze ich an, komme aber nicht weiter, weil Mike mich unterbricht.

„Den Satz höre ich diese Woche schon zum dritten Mal."

Na klasse, das mit dem „zum dritten Mal" scheint sich ja heute zum Thema des Tages zu entwickeln.

„Sorry, Vicky, aber du kannst direkt wieder nach Hause gehen!" Er deutet mit der Hand zur Tür.

Ich sehe ihn flehend an, weil ich diesen beschissenen Job einfach brauche. „Mike, pass mal auf, ich gebe ja zu, dass ich in den letzten Tagen manchmal etwas zu spät gekommen bin. Aber weißt du, ich muss noch meine ganzen Scheine unterschreiben lassen und mich auf meine Prüfung vorbereiten."

Er sieht kurz zu Boden und nickt, schaut mich dann aber genauso ernst an wie vorher. „Ich weiß, Vicky. Aber ich habe meinen Laden und muss auch zusehen, dass Geld reinkommt. Und du bist einfach total unzuverlässig. Deshalb hab ich heute Jörg losgeschickt."

„Jörg?", frage ich ungläubig. „*Den* Jörg?"

Er nickt.

Jörg ist ein fettleibiger Typ um die vierzig, der mich jeden Tag vollquatscht, sobald er mich in meinem Handykostüm erspäht. Er geht mir total auf den Zeiger und ist absolut heiß drauf, das dämliche Kostüm zu tragen. Einmal ging es so weit, dass er mich zwei Stunden lang nervte, bis ich ihm endlich zugestand, einmal kurz reinzuschlüpfen. Prompt riss die komplette Naht, und Mike musste das Kostüm reparieren lassen. Zwei Tage und damit zweimal Lohn gingen mir deswegen durch die Lappen. Und jetzt hat er ausgerechnet Jörg *meinen* Job gegeben?

„Jörg ist zu fett!", sage ich wütend.

„Ich habe das Gewand gestern Abend umnähen lassen. Es sitzt wie angegossen. Und er hat Spaß an seiner Arbeit. Im Gegensatz zu dir, Vicky."

„Gestern schon?", frage ich entsetzt. „Das heißt ja, dass …"

„Ja, dass ich mich bereits gestern dazu entschlossen habe, dich rauszuschmeißen." Mike stemmt die Hände in die Hüften und schaut mich ernst an.

Ein Blick aus dem Schaufenster lässt mich tatsächlich einen vor Freude strahlenden Jörg als Monsterhandy erblicken. Aus seiner linken Schulter ragt kerzengerade die schwarze Schaumstoffantenne, auf seiner Brust prangt das Schaumstoffdisplay, auf dem das Schaumstoffhauptmenü zu sehen ist. Gerade lässt Jörg sich mit zwei Kindern fotografieren, die begeistert auf die riesigen Tasten drücken. Ich fasse es nicht, schaue Mike noch mal kurz an und verlasse dann den Laden.

Jetzt brauch ich erst mal einen richtig großen Döner, um wieder bessere Laune zu bekommen. Job weg, keine Aussicht auf schnelle Kohle und zwei überfällige Mieten. Ganz zu schweigen von meiner bald bevorstehenden Abschlussprüfung. Aber an die denke ich besser noch gar nicht.

Ich gehe auf dem Nachhauseweg einen kleinen Umweg und besuche Ahmet und Gökhan, die gemeinsam einen Dönerladen führen. Ihre Wohnung, die mit Fünfziger-Jahre-Möbeln eingerichtet ist, liegt direkt neben dem Imbiss, und auf einem großen Kissen im Fenster rekelt sich wie immer Schäferhündin Priscilla, die wie ein Waschweib die vorübergehenden Leute beobachtet.

Ahmet und Gökhan haben das leckerste, saftigste Fleisch und die besten Soßen vom ganzen Ruhrgebiet. Man kann wählen zwischen einer fruchtig-scharfen Tomatenchilisoße, einer süßsauren Honigsenfsoße oder der klassischen Zazikiladung.

„Na, Vicky, heute nicht als Telefon unterwegs?", scherzt Ahmet, als er mich sieht. Seine schmalzige Elvis-Tolle, die er seit Jahren aus Liebe zu seinem großen Idol trägt, sitzt wie immer perfekt.

Ich mache eine Schnute und schüttle den Kopf. „Mike hat mich rausgeschmissen."

Er zieht die Augenbrauen hoch und schaut mich bedauernd an. „Oh, Vicky, das tut mir leid. Ich mach dir einen Döner mit extra viel Fleisch, okay?"

Ich ringe mir ein Lächeln ab.

„Wir müssen mal wieder zusammen Party machen", ruft Gökhan mir hinterher, als ich mit gesenktem Kopf den Laden verlasse.

Mit soßenverschmiertem Mund und dem Döner in der Größe eines viertel Wagenrades schlendere ich zurück zur WG, in der Hoffnung, dass Hannah oder Toni wenigstens schon den Geschirrberg weggespült haben.

Haben sie natürlich nicht! Toll! Die Küche stinkt nach altem Frittenfett und tonnenweise Kippen. Ich könnte schreien. Nur Nepomuk ist da und miaut herum, weil er scheinbar mal wieder Hunger hat, der kleine Fresssack.

An einem so bescheidenen Tag gibt es nur eins, das mir wieder bessere Laune machen kann. Schwimmen.

Seit ich denken kann, bin ich eine Wasserratte. Meine Eltern hatten stets größte Mühe, mich von allem Wässrigen fernzuhalten. Ich sprang in Flüsse, Seen, überquerte Bäche und war wild auf alles, in dem man schwimmen konnte. Mit fünf Jahren konnte ich besser schwimmen als alle anderen Kinder im Anfängerkurs, und schon da war klar, dass ich eine große Leidenschaft entdeckt hatte.

Ich fülle Nepomuks Schälchen also noch mit einem Beutel Nassfutter – Thunfisch in Gelee –, packe meine stets bereitliegenden Schwimmsachen und fahre mit dem Fahrrad zum Unibad. Die Fünfzig-Meter-Bahn ist meine größte Freude. An guten Tagen schaffe ich sechzig Bahnen und fühle mich wie ein Delfin. Wasser ist mein Element. Da kann ich alle Sorgen vergessen. Es gibt nur noch das Wasser und mich.

Ich kraule Bahn um Bahn, gleite wie ein Fisch durch das kühle Nass und kriege langsam den Kopf frei. Meine Augen sind gerötet vom Chlor, als ich aus dem Becken steige. Aber ich fühle mich herrlich geschafft. Die Anstrengung hilft mir, wieder klar zu denken.

Ich muss nach Hause und mit Hannah und Toni sprechen, beschließe ich. Irgendwie müssen wir den Gürtel enger schnallen und endlich die Mieten bezahlen. Es wäre der absolute Horror, wenn Altmann uns ausgerechnet jetzt vor die Tür setzte.

Wir brauchen Geld

Am nächsten Morgen berufe ich eine außerordentliche WG-Sitzung ein. Es ist der dringendste Notfall aller Zeiten. Unsere Kasse ist leer, der Kühlschrank auch, die letzte Rolle Klopapier hängt auf dem Halter.

„So, setzt euch besser. Es ist eine ernste Angelegenheit."

Gelassen bläst Toni Rauch aus den Nasenlöchern, während Hannah auf dem Stuhl herumrutscht, bereit zum Angriff.

„Wir haben kein Geld mehr", setze ich fort. „Und wir werden diesen Monat auch keins mehr bekommen, wenn uns nicht eine rettende Idee kommt. Ich bin Altmann gestern im Treppenhaus begegnet. Der war überhaupt nicht gut auf uns zu sprechen. Ist ja auch kein Wunder. Seit zweieinhalb Monaten haben wir die Miete ausgesetzt. Und die nächste kommt in zwei Wochen. Bis dahin sind es schon tausendachthundert Euro, die wir ihm schulden. Wir müssen jetzt echt was tun! Hannah, du musst kürzertreten und auf deinen Luxus-Krempel verzichten. Und Toni und ich müssen mit dem Rauchen aufhören."

Beide starren mich wortlos an. Tonis Kippe hat einen Zentimeter Asche vorn hängen, der jede Sekunde droht abzustürzen. Dann hagelt es Proteste. Hannah ist stinksauer, Toni eher belustigt. Und ich wie immer die Dumme.

„Hört mal", sage ich wie eine Lehrerin, „ich leite auf allgemeinen Wunsch unsere Finanzen. Und ich kann vorausschauend sagen, dass wir aus der Bude fliegen, wenn wir nicht endlich die letzten zwei Mieten zahlen. Ich hab keinen Nebenjob mehr. Hannah, anstatt zu sparen, kaufst du literweise teures Olivenöl. Toni, dein Zigarettenkonsum ist mittlerweile höher als Strom, Wasser und Müllabfuhr zusammen. So geht das nicht mehr. Und Nepomuk ..."

„*Nepomuk*", schreit Hannah energisch dazwischen, „kann auf *gar nichts* verzichten! Er ist ein kleines Kätzchen und hat Bedürfnisse."

Ich seufze laut. Toni lacht dreckig.

„Nepomuk frisst uns die Haare vom Kopf", sage ich ehrlich. „Außerdem wird er immer fetter. Er kommt schon gar nicht mehr auf den Kühlschrank. Früher ist er draufgesprungen wie ein junger Katzengott, jetzt liegt er verfressen neben seinem Napf und wartet auf die nächste Mahlzeit. Hannah, acht Katzenwürstchen und sechs Beutel Nassfutter am Tag sind echt zu viel! Und dann deine ständigen Fütteraktionen mit Joghurt, Brot, Käse und Nudeln. Kein Wunder, dass er die ganze Wohnung vollfurzt."

Eingeschnappt sitzt Hannah mit angezogenen Knien auf dem Stuhl und friemelt das Etikett einer Wasserflasche ab.

„Bist du wahnsinnig?", entfährt es mir. „Das sind fünfundzwanzig Cent! Wenn das Etikett fehlt, gibt's kein Pfand zurück!"

Schuldbewusst versucht Hannah das Stück Papier wieder zu befestigen, als Toni aus heiterem Himmel mit der Faust auf den Tisch schlägt und schreit: „Das ist es! Na klar!"

Hannah und ich starren sie an. Ahnend, dass nun wieder eine total bekloppte Idee folgt.

„Menschenskinder, jeden Tag passiert es vor unseren Augen. Überall. Und wir sind zu blöd, es auch zu machen!"

Hannah blinzelt verwirrt. „Du willst eine Bank überfallen?"

„Quatsch", winkt Toni ab und steckt sich eine neue Gauloises an. „Flaschensammler. Jeden Tag wühlen Ömakes und Öpakes im Müll rum, gucken in den kleinen Eimern in Zügen und Straßenbahnen, lungern am Bahnhof rum und stochern in Gebüschen umher. Und wir Idiotinnen sitzen hier rum und können unsere Miete nicht bezahlen."

„Das heißt ...?", frage ich bange.

Toni klatscht mir voller Begeisterung auf den Rücken. „Na was schon, du Schnellcheckerin, wir ziehen heut Abend um die Häuser und sammeln alle Pullen ein, die uns vor die Linse kommen."

Hannah und ich schauen uns vielsagend an. Das kann Toni mal schön allein machen!

Ich stehe abends am Herd und koche das Einzige, was ich wirklich gut kann: Nudeln mit irgendwas. Gerade noch wundere ich mich, dass ich seit Stunden die vierbeinige Nervensäge nicht zu Gesicht bekommen habe, als Hannah geräuschvoll in die Wohnung und dann in die Küche stürzt. Vor Schreck lasse ich den mit Tomatensoße getränkten Holzlöffel fallen und drehe mich zu ihr um. Da steht sie außer Atem mit Nepomuks Transportbox im Arm und sieht mich aufgeregt an.

„Was ist los? Wart ihr beim Arzt?"

Noch immer atemlos starrt Hannah mich mit großen Augen an und sucht Worte. „Ich ... Danny ... Nepomuk ... Das ist unglaublich ... Das glaubst du nicht! Dass das geklappt hat. Wahnsinn. Danny Star! Jetzt fängt ein neues Leben an!"

„Setz dich erst mal", beruhige ich sie und überlege, ob ich noch irgendwo eine Packung Baldrianpillen habe.

Hannah stellt die Box mitsamt Nepomuk auf den Küchentisch. Direkt neben meinen noch leeren Teller, der darauf wartet, mit Nudeln und Soße gefüllt zu werden.

„Es ist unglaublich", fährt sie schließlich fort.

„Das sagtest du bereits."

„Jaja, stimmt ..." Sie atmet tief ein und aus, bis sich ein sanftes Lächeln auf ihrem Gesicht ausbreitet. Dann nickt sie wie zur eigenen Bestätigung und beginnt endlich zu erzählen.

„Also“, leitet sie spannungsvoll ein, „Danny und ich – beziehungsweise eigentlich nur Danny – er wird ein Star!“

Bin ich begriffsstutzig oder flippt sie nun völlig aus?

„Hannah, ich kapier nur Bahnhof. Wer ist denn dieser Danny?“

Sie sieht mich kopfschüttelnd an und spult dann endlich in Rekordgeschwindigkeit alle Neuigkeiten herunter: „Mensch, du schnallst auch gar nichts. Nepomuk hat heute am Wattenscheider Katzencasting teilgenommen und den ersten Platz belegt. Ich musste mir einen Künstlernamen für ihn ausdenken, weil Nepomuk nicht schillernd genug ist für die Presseleute und so, du weißt schon. Ich hab total lange nachgedacht, und dann fiel mir plötzlich *der* absolute Knaller ein: Danny Star! Super, nicht!?“

Ich nicke blöde.

„Na ja, und bald hat er zig Termine“, fährt sie fort. „Fotoshooting, Filmaufnahmen, Laufsteg, Interviews und so was alles halt. Er ist jetzt *der* neue Shootingstar in der Kartei der Castingfirma. Und das Beste daran ist: Es gibt richtig Geld dafür.“ Sie schmeißt sich mir um den Hals, erdrückt mich fast, so dass ich kaum noch Luft bekomme. „Genial, Vicky, unsere nächsten Mieten sind gerettet.“

Als ich mich von Hannahs Quetsch-Attacke erholt habe, schaue ich den kleinen, dicken Nepomuk an, der etwas verwirrt in seiner Box sitzt. Dieses Fellknäuel ein Star? Mich beschleicht das ungute Gefühl, dass da irgendwo ein Haken ist. Aber den Gedanken behalte ich vorerst für mich, damit Hannah nicht wieder beleidigt ist.

Ich schütte mir die dank der wortreichen Ablenkung viel zu weichen Nudeln mit verbrannter Soße auf den Teller und beschließe beim Essen, meinen unkonkreten Verdacht später mit Toni zu bequatschen.

Hannah schnappt sich derweil Nepomuk und knuddelt ihren kleinen Liebling wie eine Wahnsinnige. Dabei singt sie in der Melodie eines Wiegenliedes „Danny, du mein kleiner Star …“. Schließlich kann sich unser Stubentiger aus ihrem Kuschelgriff befreien und schießt wie ein Blitz ins Bad, wo sein Katzenklo steht. „Daaaaaannnyyyyy!“, kreischt Hannah ihm hinterher und rennt über den Flur. „Liebling, hast du etwa Durchfall vor Lampenfieber?“

Als Toni Stunden später mit zwei großen verdreckten Plastiktüten voller Pfandflaschen nach Hause kommt, ziehe ich sie in mein Zimmer und erzähle ihr von Hannahs Model-Katze. Toni schlägt sich seufzend gegen die Stirn. „O Mann, unser Püppchen spinnt also mal wieder rum. Wie kann sie nur so naiv sein und glauben, ihr verfressenes Wollknäuel würde berühmt? Vermutlich hat sie noch 'ne Aufnahmegebühr bezahlt.“

Ich sehe Toni erschrocken an. Das ist es! Das ungute Gefühl, das ich gleich hatte. Das muss der Haken sein! O nein!

Wir beschließen, Hannah zur Rede zu stellen, und klopfen an ihre Zimmertür. „Pssst! Danny schläft“, flüstert sie durch den Türspalt und öffnet uns dann leise. „Huscht vorsichtig rein“, wispert sie. Toni verdreht die Augen.

„Wir … ähm … wir wollen mal mit dir reden“, beginne ich flüsternd, um den schnarchenden Nepomuk nicht zu wecken.

Abwesend blättert Hannah in einem Prospekt mit einer dicken Katze vorn drauf. Wahrscheinlich die Vertragsunterlagen der Castingfirma, denke ich. Toni schaut ihr interessiert über die Schulter.

„Hannah“, wiederhole ich etwas lauter.

Als sie immer noch nicht reagiert, übernimmt Toni das Wort. „Hannah, Vic hat mir von Danny erzählt. Deine Idee ist ein großer Haufen Scheiße!“

Schockiert schaut sie uns nacheinander an. „Wie bitte?“

Nepomuk miaut leise, Toni schmeißt sich auf die Couch und verschränkt die Arme hinter dem Kopf. „Wie viel hast du für Nepomuks Teilnahme abgedrückt?“

Hannah schaut zu Boden und spielt an einer blonden Strähne herum. Oje, ich ahne, dass Toni ins Schwarze getroffen hat.

„Hannah!“, sagt Toni herausfordernd.

„Es zahlt sich alles aus, haben sie gesagt“, gibt Hannah kleinlaut von sich. „Sonst hätte ich doch nie mein Sparbuch aufgelöst. Danny hat schon ganz viele Aufträge. In spätestens zwei Monaten haben wir das Geld wieder drin. Außerdem sagt mein Papa auch immer, wenn man richtig verdienen will, muss man erst mal investieren.“

„*Wie viel?*“

„Dreihundertfünfzig Euro“, flüstert Hannah und krümmt sich dabei schuldbewusst, als erwartete sie Schläge.

Ich traue meinen Ohren nicht. Fassungslos nehme ich auf Hannahs Schreibtischstuhl Platz. Wir haben keine Kohle mehr, um die Miete, geschweige denn den nächsten Einkauf zu bezahlen, und Madame Stumpfsinn verbrät ihre letzten dreihundertfünfzig Euro für ein Katzencasting. Selbst Toni ist platt. Kraftlos sagt sie: „Wir brauchen einen Schlachtplan“, verfällt dann abermals in dumpfe Sprachlosigkeit.

Die Stille wird jäh durchbrochen, als Nepomuk aufwacht und lautstark würgend vom Fensterbrett aus auf den Teppich kotzt.

Frauen, Frauen

Wenn mir langweilig ist, ich mich nicht zum Lernen aufraffen kann oder mir in der WG mal wieder alles auf die Nerven geht, flüchte ich entweder ins Schwimmbad oder zu Siggi. Seine Kneipe, das Evergreens, ist direkt an der Ecke unserer Straße, nur wenige Häuser von uns entfernt. Das ist superpraktisch, denn so findet man selbst komplett betrunken nach Hause, wie ich schon einige Male überrascht festgestellt habe.

Die Kneipe hat einfach alles, was man braucht, um sich richtig wohlzufühlen. Auf den dunklen Holztischen stehen überall bauchige Kerzen, an den Wänden hängen kleine Fackeln, die gepolsterten Stühle sind wahnsinnig bequem und damit die beste Voraussetzung für lange Nächte oder gesellige Spieleabende.

Unzählige Tage habe ich hier bereits lernend mit Hannah und Toni verbracht. Rauchend, trinkend, frühstückend. Und ebenso viele Abende sitzen wir hier zusammen mit Leuten, die schon genauso lange Stammgäste sind wie wir.

Wenn es nicht allzu hoch hergeht, setzt sich Siggi zu uns, erzählt Abenteuergeschichten von seinen zahllosen Reisen während seines Studiums, und wir hängen ihm begeistert an den Lippen.

Als ich mich um halb zehn durch die kleinen Büsche zwänge, die die Kneipen-Terrasse von der Straße trennen, liegt Siggi in einem seiner Liegestühle in der Sonne und raucht.

Er hat noch eine halbe Stunde, bis die ersten Sonnenanbeter kommen werden und frühstücken wollen. Bei Siggi gibt es dank dem besten Koch der Welt auch das weltbeste Frühstück. Selbst gemachte weiße Schokoladencreme, Marillenmarmelade, Honig, Rührei mit Tomaten, Käse und Zwiebeln, leckere Säfte und selbst gebackenes Brot. Alle Zutaten sind vom Biobauern. Mir läuft das Wasser im Mund zusammen und ich lasse mich neben Siggi in einen Liegestuhl plumpsen.

„Oh!", strahlt er fröhlich übers ganze Gesicht und bläst Rauch durch den Mundwinkel. Mit der zigarettenfreien Hand streicht er mir über die Schulter und lächelt.

„Ich musste mal wieder raus", grinse ich vielsagend. Er nickt verständnisvoll.

Das Tolle an Siggi und mir ist – wir kommen in der Regel ohne viele Worte aus. Es ist gar nicht nötig, viel zu sprechen, denn wir verstehen uns auch so. Und wir beide haben oft den Drang, einfach nur ruhig zu sein und die Hektik unserer Umwelt mal einen Moment lang zu vergessen.

Aber heute hat er mir offensichtlich Einiges zu erzählen.

„Ich hab jemanden kennengelernt!", beginnt er mit breitem Grinsen. Ich muss schmunzeln, denn er lässt einen gehaltvollen Satz gern einige Sekunden im Raum stehen, damit man nachhakt. Ich tue ihm den Gefallen.

„Und?", frage ich. „Was Ernstes?"

Er zuckt die Schultern. „Mal abwarten. Wir treffen uns heute Abend zum ersten Mal. Johannes übernimmt meine Schicht. Ehrlich gesagt, weiß ich gar nicht, wovor ich mehr Angst haben soll. Vor dem Treffen oder davor, dass in meiner Abwesenheit alles schiefläuft."

Ich grinse. „Siggi, meinst du nicht, du nimmst dich etwas zu wichtig? Ich glaub, deine Mitarbeiter kriegen das auch mal einen Abend ohne dich hin."

Er nimmt einen tiefen Zug, bläst in einem feinen Strahl den Rauch aus dem Mund in Richtung Himmel und schaut mich zufrieden an. „Du hast recht. Ich muss mal ausprobieren, ob es nicht ab und zu ohne mich geht. Dann kann ich vielleicht sogar mal ein paar Tage Urlaub machen."

„Eben. Aber jetzt erzähl endlich von deiner neuen Bekanntschaft", drängle ich neugierig.

Mit Überraschung nehme ich wahr, dass Siggi rot wird. Seine langen Haare, die er stets zu einem Zopf zusammengebunden hat, wehen im warmen Wind.

„Sie ist wahnsinnig nett. Und lacht viel. Am Telefon hat sie zumindest eine ganz tolle Stimme. Und ich bin so was von aufgeregt", gibt er zu. Er streicht sich über seinen Dreitagebart. Ich muss lächeln. Wie putzig, er ist nervös.

„Und wo hast du sie kennengelernt?"

Er kratzt sich verlegen am Kinn. „Na ja, im Internet halt. Eigentlich find ich das ja irgendwie blöd. Aber ich hör dauernd, dass das so viele machen. Also da rumsurfen und Dates ausmachen. Also hab ich es einfach ausprobiert."

„Mann, ich beneide dich. Ich kann mich gar nicht mehr erinnern, wann ich das letzte richtige Date hatte. Ist schon Lichtjahre her." Ich seufze und muss an Silvana denken. O nein! Nicht jetzt! Schnell wieder verdrängen. Sag deine Zauberformel auf, die dir Toni beigebracht hat, Vicky! „Silvana klingt nicht nur scheiße, Silvana ist scheiße!"

„Toller Spruch", grunzt Siggi.

Ich werde rot. „Oh, ich wollte es eigentlich nicht laut sagen", gebe ich peinlich berührt zu.

„Ach, schon okay. Ist ja auch gar nicht so falsch. Hat Toni dir das eingebläut?"

Ich muss leise lachen. Na, wer wohl sonst. „Klar!"

„Denkst du immer noch an sie?", fragt er dann ernst.

Ich überlege. Gute Frage. Denke ich immer noch an sie? Wenn ich ehrlich bin, vergeht kein Tag, an dem ich nicht an sie denke. Trotz allem! Wie hirnverbrannt und masochistisch muss man eigentlich sein, wenn man die ganze Zeit an einen Menschen denkt, der einem so wahnsinnig wehgetan hat? Der einen hintergangen und belogen hat. Betrogen und verraten. Mies behandelt und weggestoßen.

„Also ja!“, beantwortet Siggi seine eigene Frage.

Ich nicke. „Ich versteh es ja selbst nicht. Eigentlich sollte sie mir scheißegal sein. Oder besser: Eigentlich sollte ich sie hassen und zum Teufel wünschen!“

„Tja, das ist manchmal gar nicht so einfach. Außerdem bist du ein sehr emotionaler Mensch, der nicht gut loslassen kann, Vicky.“

„Na spitze!“, seufze ich. „Das ist genau das, was ich hören wollte.“

„Ach, das hat auch seine guten Seiten. Du bist empathisch, hilfsbereit. Allerdings solltest du zwischendurch auch mal an dich selbst denken. Sonst nimmt das echt noch ein schlimmes Ende mit dir!“

Mit gerunzelter Stirn sehe ich ihm in die Augen. Er hat recht! Überhaupt hat Siggi meistens recht. Er kennt mich einfach zu gut. Erschreckend.

„So, meine Liebe!“ Siggi erhebt sich und streicht mir über die Schulter. „Ich muss jetzt mal arbeiten. Drück mir für heute Abend die Daumen, okay?“

Er lächelt voller Vorfreude und mit leicht geröteten Wangen. Ich stehe auf und umarme ihn zum Abschied. „Viel Spaß! Und ich will alle Details!“

Plötzlich zu dritt

Von außen betrachtet könnte man meinen, meine Mitbewohnerinnen und ich passen überhaupt nicht zusammen.

Da ist die hellblonde, zierliche Hannah mit der hohen Stimme und den unschuldigen blauen Augen, mit denen sie jeden um den Finger wickeln kann, bevor er es überhaupt schnallt. Die sich durch ihre Naivität nicht nur manchmal in bedrohliche oder bescheuerte Situationen bringt, sondern uns auch gelegentlich in den Wahnsinn treibt. Deren Kater Nepomuk mittlerweile unter fortgeschrittener Fresssucht leidet, weil Hannah ihren haarigen Liebling mehr verwöhnt, als gut für ihn ist. Und die mit ihrer meistens unverschämt guten Laune alle um sich herum ansteckt. Abgesehen vielleicht von Toni.

Jaja, Toni. Die Halbitalienerin mit den stets perfekt gestylten kurzen schwarzen Haaren und der tätowierten Schlange, die sich – beginnend unter ihrem Bauchnabel – senkrecht hinaufschlängelt, unter ihrer linken Brust eine rasante Biegung einschlägt, unter der Achselhöhle hindurch, zum Rücken wieder hinab, dort eine formschöne Kurve hinlegt, sich einmal galant verknotet, um mit dem Kopf und der lasziv züngelnden Zunge genau zwischen den Schulterblättern zu enden, ist meine älteste und beste Freundin. Wir haben schon verdammt viel miteinander erlebt.

Und dann bin da schließlich ich selbst, die ich allmorgendlich gegen meine nervigen straßenköterfarbenen Locken ankämpfe, weil die sich immer wieder dazu entscheiden, an allen Seiten abzustehen, und mich so verrückt machen. Ich, mit meinen melancholischen und selbstzweifelnden Phasen, die endlich mal etwas erreichen will in ihrem Leben. Endlich mit der verdammten Uni fertig werden, zum Beispiel.

Doch es gibt mehr Dinge, die uns drei miteinander verbinden, als man es erwarten würde …

Es war ein regnerischer Spätsommertag, an dem Toni und ich uns zusammen an der Uni einschrieben. Sie für Psychologie, ich für Germanistik. Die Betriebsamkeit im Audimax war es, die mich so mit Herzklopfen erfüllte, dass ich dachte, ja, genau das will ich: in einem Mikrokosmos des Wahnsinns meinen literarischen Neigungen nachgehen, die alten und vor allem die neuen deutschen Werke lesen, analysieren, kennenlernen und mich von ihnen inspirieren lassen. Und das alles in einem Betonklotz, dessen klare, unverschnörkelte Struktur mich direkt in seinen Bann zog.

Toni hingegen wollte nur eines: die Psyche des Menschen erforschen. Und das mit möglichst allen Fasern ihres Daseins.

Ein bisschen verloren fühlten wir uns trotz aller Begeisterung beide. Und so inspizierten wir als Erstes die Cafeterien, die hier einfach nur Cafeten hießen, und schmissen uns unters Volk. Binnen weniger Stunden hatten wir einen Haufen Erstis kennengelernt, denen es genauso ging wie uns: Man hatte riesige Pläne, glaubte, ein völlig neues Leben würde nun anstehen, und dachte, jeden Augenblick würde das wilde Studentenleben beginnen. Doch diese Illusion wurde Toni und mir schnell genommen, als wir feststellten, dass es keineswegs so leicht war, einen Platz im Wohnheim zu bekommen.

Kurzerhand schmiedeten wir also den Plan, zu zweit eine kleine Wohnung in der Innenstadt zu mieten. Mit dem wenigen BAföG, das uns zustand, und keineswegs mit zu viel Geld gesegneten Eltern war das allerdings kein Kinderspiel.

Wie gerufen kam uns Hannah auf dem Weg in die Mensa in die Quere. Und das im wahrsten Sinne des Wortes. Mit einem Milchkaffee im Pappbecher stolperte sie uns im Treppenhaus in die Arme und schüttete Toni den kompletten heißen Inhalt ihres Bechers auf T-Shirt, Hose und Tasche.

„Scheiße, ey, kannst du nicht aufpassen, verdammt?", schrie Toni sie sogleich an.

Ich rang mir ein mitleidiges Lächeln ab.

„O Gott, das tut mir so leid", piepste das zarte Wesen mit den engelsgleichen Haaren und den viel zu großen runden Ohrringen und holte eine zerknüllte rote Serviette hervor, um Tonis T-Shirt trocken zu tupfen. Das erwies sich jedoch als durchaus dämliche Idee, denn prompt färbte sich Tonis weißes Oberteil rosarot.

„Mann, hör auf, du machst es ja nur noch schlimmer!", entfuhr es dieser genervt.

„He", versuchte ich zu schlichten, „das geht bestimmt wieder raus."

Die Blonde war mittlerweile richtiggehend verzweifelt. „Ich bin so ein Schussel. Es tut mir wirklich leid. Ich bezahle dir natürlich die Reinigung."

Über so viel Entgegenkommen konnte selbst Toni nur staunen und beließ es dann dabei. „Nee, passt schon, danke."

Einige Augenblicke blieben wir zu dritt wortlos stehen.

„Seid ihr auch Erstis?", fragte die Blonde schließlich.

Ich nickte. „Ja, jetzt beginnt der sogenannte Ernst des Lebens, was?"

Sie nickte zurück und lächelte wie ein Unschuldslamm. Der konnte man einfach nicht böse sein, dachte ich noch.

Kurzerhand traten wir unseren Weg in die Mensa zu dritt an. Wir bekamen heraus, dass sie Hannah hieß und sich mehr oder weniger spontan für eine Fächerkombination entschieden hatte, nachdem sie wochenlang hin und her überlegt und sich von Freunden und ihren Eltern hatte beraten lassen. Und jetzt hatte sie sich gerade heute für Sozialkunde, Mathematik und Pädagogik auf Lehramt entschieden.

„Lehrerin sein ist doch irgendwie cool!", strahlte sie. „Mit den süßen Kindern. Das kann ich mir total gut vorstellen."

Tonis Seufzen machte mir klar, dass Hannah keineswegs zu den Personen gehörte, die sie länger als eine Viertelstunde ertragen wollte. Doch ich kannte Toni ebenso gut, um auch zu sehen, dass sie in Wahrheit ein gutes Herz hatte und in Hannah auch die liebenswerten Züge sah.

Es brauchte trotzdem einige Überredungskunst meinerseits, um Toni in den folgenden Tagen klarzumachen, dass die Miete für drei Leute deutlich günstiger sei als für zwei. Alle Argumente ihrerseits schlug ich mit Bravour und guten Gegenargumenten. Und so kam es, dass wir nur zwei Wochen nach unserem ersten Zusammentreffen mit Hannah zu dritt in einer stickigen Altbauwohnung standen und vergilbte Blümchentapeten von der Wand kratzten.

Die Wohnung war ein Traum. Jede von uns hatte ihr eigenes kleines Reich, dazu gab es noch eine große Gemeinschaftsküche mit einem winzigen Balkon sowie ein zwar baufälliges, aber großes Bad. Unsere drei Zimmer waren beinahe gleich groß, weswegen es auch kaum Diskussionen darum gab, wer welches haben wollte, und wurden durch einen langen Flur getrennt, der mit der Wohnungstür begann und mit einem großen Vorratsschrank endete.

Unsere Renovierung lief größtenteils harmonisch ab. Toni war die meiste Zeit zu Scherzen aufgelegt, besorgte freiwillig kastenweise *Fiege* und für Hannah, die kein Bier mochte, Prosecco. So endeten die meisten Abende feuchtfröhlich und gut gelaunt, und Toni gewöhnte sich auch langsam an Hannahs Quietschorgan. Zudem hatten wir schnell eine Gemeinsamkeit festgestellt: Wir alle waren absolute Filmfreaks und schlugen uns bei schlechtem Wetter allzu gern die Nächte mit guten Filmen um die Ohren.

Auch Hannah, der ich damals höchstens die *Anna-Ballerina-Compilation* zugetraut hatte, konnte eine ansehnliche Sammlung vorweisen, die sogar Toni in blasses Erstaunen versetzte.

Zu dritt standen wir die ersten Wochen an der Uni durch. Die allmorgendlichen Verirrungen in den Gängen musste zwar jede für sich auf die Reihe kriegen, doch zwischen den Seminaren trafen wir uns häufig auf einen Kaffee und erzählten einander die größten Neuigkeiten. Schnell wurde klar, dass Toni die Überfliegerin werden würde. Sie bestand alle Erstsemesterklausuren, während Hannah alle versemmelte. Ich bestand einen Großteil mit Ach und Krach, den Rest verschob ich vorausschauend auf das nächste Semester.

So vergingen die Semester im Flug. Kommilitonen kamen und gingen, Freundschaften entstanden und zerbrachen. Ebenso Affären, Beziehungen und Bekanntschaften. Und natürlich Klausuren, Prüfungen und Hausarbeiten. Doch eines blieb und festigte sich: unser urkomisches Dreiergespann.

Als wir alle das fünfte Semester hinter uns gebracht hatten und schon richtig alte Hasen waren, kam ein vierter Mitbewohner hinzu. Hannahs Kater Nepomuk, der sein Dasein die vergangenen Jahre bei Hannahs Eltern in den Niederlanden gefristet hatte und nun wegen der plötzlich ausbrechenden Katzenhaarallergie von Hannahs Mutter seine alte Heimat verlassen musste, um fortan bei uns zu wohnen.

Entgegen meiner Erwartung war sogar Toni von dem Umstand angetan und freute sich auf ein Wesen in unserer WG, das sein Leben in erster Linie geräuschlos praktizierte und somit seinem Frauchen absolut entgegenstand.

Wir räumten dem rothaarigen Kater ein Eckchen in Bad und Küche frei, und sein Körbchen nebst alter Schmusedecke fand in Hannahs pinkfarbenem Zimmer Unterschlupf.

Nach anfänglich ungewohnten Kämpfen mit Katzenhaaren und plötzlichen Katzen-Besuchen auf der Toilette gewöhnten wir uns alle an die neue Situation und genossen weiter unser Studentenleben.

Ein Mord und eine Germanistin

Montagmorgen. Ich werde wach, weil Hannah geräuschvoll mit dem Telefon über den Flur läuft und währenddessen mit einem Stapel Zeitungen wild herumfuchtelt. Den Hörer zwischen Kinn und Schulter geklemmt, blättert sie in den Seiten herum und hat ihre seriöse Stimme aufgesetzt.

Gähnend schlurfe ich in die Küche, drücke auf den Knopf der Kaffeepadmaschine, um das Wasser im Tank zu erhitzen, und greife nach einer halb vollen Sprudelflasche. „Was machst du da?", frage ich, als Hannah gerade auflegt und sofort eine neue Nummer eintippt, die sie aus einem Artikel abliest und währenddessen laut mitspricht. Ich setze die Flasche zum Trinken an.

„Drei – neun – sieben. So." Sie schaut mich kurz an. „Ich melde mich als Zeugin in dem Mordfall am Hauptbahnhof."

Ich spucke schlagartig das Wasser aus der Anderthalbliterplastikflasche in die Spüle. „*Was?* Am Bahnhof haben sie jemanden ermordet?"

Hannah schaut mich gelassen an. „Ja, in Berlin."

Ich verziehe das Gesicht zu einer fragenden Grimasse. „Wie, Berlin? Und wieso rufst du da an? Du warst doch gar nicht in Berlin."

„Mensch, Vicky, manchmal stellst du dich wirklich dümmer, als du bist", quietscht sie Augen rollend, „es gibt eine Belohnung. Fünftausend Euro. Deshalb."

Während ich sie noch ungläubig ansehe, legt sie fluchend auf. „Mist, was ist das für ein Service? Geht noch nicht mal einer ran. Bestimmt alle beim zweiten Frühstück, die Bullen."

„Hannah, meinst du nicht, dass das irgendwie strafbar ist, wenn man einen falschen Tipp gibt?"

Sie lässt sich auf den Stuhl sinken, greift einhändig nach ihrer mit Kakao gefüllten henkellosen Tasse und setzt zum Trinken an. Als sie einen großen Schluck genommen, heruntergeschluckt und die Tasse sicher wieder abgestellt hat, fängt sie mit dem erwarteten Monolog an. Dass wir schließlich kein Geld haben, dass sie ihren Teil dazugeben will, dass sie sich verdammt viele Gedanken gemacht hat, dass Toni und ich hingegen in letzter Zeit nicht gerade vor innovativen Vorschlägen gesprüht haben, dass sie angeboten hat, ihre Eltern um Geld zu bitten, wir das aber nicht wollten, dass Toni und ich im Gegensatz zu ihr einen Großteil unserer Haushaltskasse für Zigaretten und andere unsinnige Dinge ausgeben und sie schließlich nur das Nötigste für sich und Nepomuk bräuchte. Und jetzt käme ich daher und würde sie auslachen, weil sie uns fünftausend Euro beschaffen will.

„Moooment!", rufe ich dazwischen. „Kein Mensch würde dich auslachen, wenn du uns auf legale Weise fünftausend Euro beschaffst, Süße. Aber genau das ist der springende Punkt. Sich irgendeinen Schwachsinn zu überlegen und damit eine Belohnung zu kassieren, das ist wirklich eine der beklopptesten Ideen, die ich seit Langem von dir gehört habe. Und jetzt schmeiß die Zeitungen weg und lass mich mit dem Quatsch zufrieden."

Genervt und ohne Kaffee verlasse ich die Küche, höre noch Hannahs piepsige Stimme und werfe mich zurück ins Bett. Auf die blöde Uni habe ich heute absolut keine Lust. Um zwei Stunden auf einen Sprechstundentermin bei meinem Prof auf dem Flur zu warten, lohnt es sich nun wirklich nicht, das Haus zu verlassen und sechs Stationen mit der U-Bahn zu fahren …

Stunden später erhitze ich meine Milch in der Mikrowelle, lasse heißen Kaffee in meine „Sparst du schon oder studierst du noch?“-Tasse einlaufen und warte auf das ohrenbetäubende Piepsen, das mir signalisiert, dass die Milch fertig ist. Hannah telefoniert offenbar immer noch alle Polizeistationen Deutschlands ab, um sich als Zeugin für Raubüberfälle, Fahrraddiebstähle, Fahrerfluchten und Morde zu melden. „Gegenüberstellung? Aber sicher, kein Problem“, höre ich sie piepsen.

Obwohl ich mir geschworen habe, nichts mehr zu sagen, schaue ich sie warnend an. Gegenüberstellung, die spinnt doch. Gekonnt ignoriert sie meinen Blick und setzt ein süffisantes Lächeln auf. „Na, Sie sind mir aber einer! Wenn bei der Polizei alle so charmant sind, komme ich gern einmal vorbei.“ Ich schüttle den Kopf und verdrehe die Augen. Diese Um-den-Finger-wickel-Masche kenne ich nur zu gut.

Als ich meinen zweiten Kaffee trinke und meine dritte Zigarette rauche, kommt Toni in die Küche geschlurft. Ihre Augen sind noch halb geschlossen, wie jedes Mal nach dem Aufstehen gleicht sie einem Gespenst und gibt keinen Laut von sich. Ich winke ihr grinsend zu – keine Reaktion. Wie in Trance schleicht sie zu unserem schief an der Wand hängenden Küchenschrank, öffnet die Klappe, holt eine Tasse heraus, stellt sie wie mechanisch unter die Kaffeemaschine und drückt den Knopf, der das Wasser zum Erhitzen bringt.

Hannah flirtet derweil mit dem nächsten Polizisten am Telefon. Ihr Quietschorgan weckt dann schließlich doch Tonis Lebensgeister. „Musst du schon am frühen Morgen so nervig sein?“, brummt sie vor sich hin.

Freudig strahlend legt Hannah das Telefon beiseite, wuschelt Toni durch ihre kurzen schwarzen Haare und dreht sich gut gelaunt einmal um sich selbst. „Sei nicht so muffelig, Tonilein, das ist ein wundervoller Tag. Wir haben gerade mal zwölf Uhr und ich hatte schon den ersten Flirt." Sie gluckst.

„Wir haben *zwölf* Uhr?", schreie ich hysterisch und reiße die Augen auf. Mein Blick auf das Mikrowellendisplay, das ein Uhr anzeigt, allerdings eine Stunde vorgeht, beweist es mir. Es ist zwölf Uhr. In gerade einmal einer halben Stunde habe ich einen Termin bei einem Berater vom Arbeitsamt. Und da ich die letzten beiden Termine schon verpasst habe, muss ich mich sputen, denn das ist der letzte, den sie mir angeboten haben.

In Windeseile hechte ich in mein Zimmer, ziehe mir in Rekordzeit frische Klamotten an, verbrauche eine halbe Flasche Deo und rase abgehetzt zur Wohnungstür. Da steht bereits Toni – wie beim Hasen und dem Igel – mit fabelhafter Frisur, Lederjacke und cooler Sonnenbrille. Während ich noch mit offenem Mund starre, hält sie mir galant die Wohnungstür auf. „Du lahme Ente. Ich begleite dich übrigens. Das Elend wollte ich mir immer schon mal live geben."

Wir laufen schnell zur U-Bahn-Haltestelle, vorbei an dem Penner, der dort jeden Tag sitzt und eine Indianerfeder am Kopf trägt. „Ah, unser Häuptling Grinsender Habicht ist wieder da", lacht Toni, als sie ihn von Weitem sieht. „Auf den ist immer Verlass." Er sitzt fröhlich lächelnd auf seiner ausgebreiteten Isomatte und grüßt jeden Passanten freundlich. Das Schild, auf das er mit krakeligen Buchstaben „Keine Sorge, mir geht es gut, ich sitze freiwillig hier. Über was zu essen freu ich mich trotzdem" geschrieben hat, sieht aus, als hätte es schon mehrere Kriege überlebt. Wir schenken ihm ein paar Zigaretten, weil wir nichts zu essen dabei haben, und rennen dann, um die nächste U-Bahn noch zu kriegen.

Im Arbeitsamt müffelt es nach Stinkefüßen und schlechten Jobangeboten. Am Schwarzen Brett, das weiß ist und aktuelle Stellenangebote anpreist, pinnen vier hellgrüne Zettel, auf denen Call Center Agents gesucht werden. Die Dame am Empfang gibt mir zu verstehen, dass ich mir trotz Termin eine Nummer ziehen und wie alle anderen warten muss. Ich seufze, frage mich, warum ich überhaupt eine Zeit ausgemacht habe, und schlendere zu dem kleinen blauen Automaten, aus dem auf Knopfdruck nummerierte Zettel herauskommen.

Wir setzen uns zu den anderen circa fünftausend Wartenden, die größtenteils auch aussehen wie Studenten, und verfallen in eine gelangweilte Starre.

Nach läppischen drei Stunden wird meine Nummer aufgerufen. Wir irren durch den mit Zierpflanzenkübeln geteilten Raum und suchen in der Botanik Schreibtisch Nummer zwölf. Zwischen einer halb toten Palme und einem braunen Kasten voller Farne werden wir endlich fündig. Da sitzt er, der Typ, der mir einen Job besorgen soll und doch selbst aussieht, als wäre er gerade erst auf die weiterführende Schule gekommen. Toni grunzt in sich hinein. Ich stupse sie an. „Psst, der soll mir schließlich eine Stelle verschaffen, ja! Also benimm dich bitte mal."

„Wenn der das schafft, dann schenk ich ihm 'ne Geranie für seinen Schreibtisch."

Pausbäckig lächelnd empfängt uns der junge Typ und bittet mit einer unbeholfenen Geste, Platz zu nehmen. Toni lässt sich schwungvoll in einen der beiden Stühle plumpsen.

Ich beuge mich über den viel zu breiten Schreibtisch und gebe Herrn Prügel, wie er laut seinem Schild vorne offenbar heißt, stolz meinen achtseitigen, mühsam ausgefüllten Fragebogen, für den ich letzte Woche die komplette Kolloquiumsstunde lang gebraucht habe. Er wirkt wie ein nervöser Praktikant, der eigentlich nur zum Kopieren eingestellt worden ist. Meine Hoffnung, hier einen bedeutenden Meilenstein für meine berufliche Zukunft zu setzen, sinkt gen null.

„Ehm, wie ist Ihr Name?", fragt er, während er nachdenklich und mit schwitzigen Fingern meinen Bogen durchblättert.

Ich will gerade antworten, da fährt mir Toni ins Wort. „Steht das nicht auf dem Wisch da?" Ich werfe ihr einen warnenden Blick zu.

„Victoria König."

„Ah, ja." Sein Kopf färbt sich zusehends röter. „Gut. Und … äh … was … äh … können wir für Sie tun?"

„Wir?", lacht Toni. „Gibt's hier noch einen zweiten von deiner Sorte?"

„Toni, halt die Klappe", sage ich wütend.

„Also", beginne ich, „ich studiere Germanistik im letzten Semester, lerne gerade für meine Abschlussprüfung …" Toni räuspert sich geräuschvoll und murmelt: „… und bin schon auf Seite eins." Ich stoße ihr meinen Ellbogen in die Seite und fahre fort: „… und möchte anschließend gern ein Volontariat in einer Werbeagentur machen."

Nach diesen Worten steht das Milchgesicht auf, verschwindet im Pflanzendschungel und lässt uns ratlos zurück. „Muss der kotzen?", fragt Toni grinsend.

„Jetzt halt dich bitte mal zurück, verdammt noch mal. Wenn du mich blamieren willst, spar dir das für meine Eltern auf, okay? Das ist mein letzter Termin hier."

„Ja, und wie es aussieht, hättest du auch besser den verschlafen. Oder glaubst du ernsthaft, dass dieses Milchbrötchen dir eine Arbeit beschaffen kann?"

Nach circa fünfzehn Minuten kommt der Junge schließlich mit einem dicken Ordner zurück, den er trägt, als wären es mindestens zehn. Wow, denke ich, wenn da alle Stellen drin sind, die auf mein Profil zutreffen, dann gibt es ja vielleicht doch ganz gute Chancen.

Er klappt den Ordner auf, blättert ziellos darin herum, gelangt scheinbar auf eine Seite, die ihm bekannt vorkommt, fährt mit dem Zeigefinger und zusammengekniffenen Augen das Blatt Papier hinunter und liest leise die Worte vor sich hin. „Gärtner, Gärtnerei, Gefahrgut, Ge-, Ge-, Ger-… Ah, ja!“ Begeistert schaut er mich an. Ich schaue erwartungsvoll zurück. „Ja, was denn?“

„Eindeutig – Sie sind dann Germanistin!“

Toni schießt mit einem lauten Ruck mitsamt ihrem Stuhl nach vorne, schüttet sich aus vor Lachen und fällt beinahe um, donnert dann aber doch nur gegen den Schreibtisch, das kleine Schild mit dem Namen des Beraters kippt um, und alle Leute im Saal schauen zu uns herüber.

„Geil, Hammer!“, prustet Toni unter Lachsalven hervor. „Vic, du bist Germanistin. Wahnsinn.“

Ich stehe kurz vorm Doppelmord. Ich könnte Toni den Hals umdrehen und den Sachbearbeiterfuzzi mit seinem dicken Ordner erschlagen. Das gibt es nicht. Da braucht der eine komplette Viertelstunde, um mir zu sagen, wie ich mich nach dem Studium schimpfe.

Als Toni sich viele Minuten später wieder einigermaßen beruhigt, der Typ sich mit einem karierten Opa-Stofftaschentuch mehrmals über die Stirn gefahren ist und ich buddhistengleich tief durchgeatmet habe, wendet sich Herr Prügel abermals meinen Unterlagen zu.

„Sie suchen also nun was genau?“

„Ein V-O-L-O-N-T-A-R-I-A-T in einer W-E-R-B-E-A-G-E-N-T-U-R“, sage ich langsam, laut und deutlich.

„Ehm, okay, da wollen wir doch mal nachschauen.“

Während Toni sich vieldeutig die Hände vors Gesicht hält und wegschaut, hackt der junge Kerl im Schneckentempo auf die Tastatur.

Zwei Minuten später dann seine bestechende Analyse. „Es tut mir sehr leid“, er verschränkt bedeutungsvoll die Arme,

„aber momentan haben wir leider nichts Passendes für Sie im Angebot."

Ich bin verwirrt. „Wie haben Sie das denn jetzt so schnell herausgefunden?", frage ich ungläubig.

„Na ja, null Treffer."

Ich schaue ihn verdutzt an, stehe auf, laufe um den Schreibtisch herum und schaue auf seinen Monitor. Was ich da sehe, raubt mir nicht nur den Atem, sondern auch den letzten Funken Hoffnung, den ich in die Arbeitsagentur gesetzt hatte: ein kleiner Button namens „Suchen" und direkt daneben die eingetippten Worte „Wollenteriat" und „Werbeagentour".

Wortlos begebe ich mich zum Ausgang. Toni schlendert pfeifend neben mir her. Wenn sie jetzt sagt „Na, hab ich's nicht gesagt?", kann ich für nichts mehr garantieren. Meine Suche nach einem Volontariat jedenfalls nehme ich ab heute selbst in die Hand!

Auf der Rückfahrt vom Amt des Schreckens zurück zur WG sitzen Toni und ich dösend in der U-Bahn, als zwei Mundharmonikaspieler zusteigen und plötzlich mit ohrenbetäubender Lautstärke beginnen undefinierbare Melodien zu trällern, um danach mit einem zerfetzten Hut Geld einzusammeln.

Währenddessen setzen sich uns gegenüber zwei pickelige Jungs mit Bierdosen in den Händen hin. Der eine hat sein Käppi tief ins Gesicht gezogen, der andere seins lose auf dem Kopf aufliegen. Dann fängt der eine an: „Ey, Alder, was wollte die alte Schlampe eben von dir, Alder, ey?"

Toni seufzt tief. Sehr tief.

Der andere antwortet mit einem rotzigen Lachen: „Ey, Alder, die Alte wollte misch feddisch machen, ey. Hat gedacht, die könnt misch feddisch machen, ey. Boah, Alder, isch sachet dir, ey, beim nächsten Mal kricht die voll ein' vorde Fresse, ey. Boah, wat ne alte Schlampe, ey."

Ich verdrehe genervt die Augen. Toni lässt ihren Kopf ruckartig in den Nacken fallen und wieder nach vorne schnellen.

„Yo, ey, voll die krasse fette Schlampe, ey“, lacht der andere und nimmt einen Schluck aus seiner Dose. „Die braucht echt ma ein paar vorde Fresse, ey.“

Ich sehe an Tonis pochender Halsschlagader ihre zunehmende Erregung und mich beschleicht das ungute Gefühl, dass sie sich gleich in diese hochintellektuelle Unterhaltung einbringen wird.

„Isch sachet dir, ey, genau wie meine fette Deutschlehrerin, ey. Ey Aaaaaaaalder, dat is so ne fette Sau, ey. Da krisse die Krätze, ey.“

Unruhig rutscht Toni auf ihrem Sitz hin und her. Ich werfe ihr einen warnenden Blick zu, den sie gekonnt ignoriert.

Unsere Haltestelle ist bereits in Sichtweite, als einer der beiden Jungs laut rülpst, sich Biergestank breitmacht und der andere sich darüber köstlich amüsiert. Das ist genau der Moment, in dem Toni sich den Größeren der beiden vornimmt, indem sie aufsteht, ihn am Pulli zerrt und ihn ganz nah an sich zieht. Völlig unvorbereitet und erschrocken lässt er seine Dose zu Boden fallen, es scheppert laut, und er schaut der viel kleineren Toni ängstlich in die Augen. Atemlos verfolge ich das Geschehen und sehne mir unsere Haltestelle herbei.

„Soll ich dir mal was sagen, Arschloch“, beginnt Toni süffisant. „Du bist hässlich, dumm und stinkst nach Schweiß. Deine dämliche Kappe hast du nur so tief ins Gesicht gezogen, damit man deine siebzig Eiterpickel nicht sieht. Dein Selbstbewusstsein ist noch kleiner als dein Gehirn. Und deine Deutschlehrerin ist nur so fett, weil sie sich aus Frust über deine Dummheit jeden Tag mit Schokolade vollstopft. Wenn du so weitermachst, sitzt du in einem Jahr unter der Brücke und bettelst Leute wie mich an, dass sie dir ihren letzten Cent geben. Aber weißt du was? Den schieß ich mir lieber als Schmuck ins Ohrläppchen. Und jetzt halt deine dämliche Fresse, sonst müssen die anderen Fahrgäste noch kotzen."

Perfektes Timing – die Bahn hält und die Türen öffnen sich. Beim Hinausgehen wirft Toni den beiden verdutzten Mundharmonikaspielern mit cooler Geste noch eine Münze in den Hut und springt dann auf den Bahnsteig.

Mein Herz schlägt mir immer noch bis zum Hals, aber ich bin beeindruckt. Toni schafft es mit ihrem unglaublichen Temperament immer wieder, dass allen der Atem stockt. Die Leute im Abteil schauen uns durch die schmierigen Fenster verblüfft nach, als der Zug sich wieder in Bewegung setzt. Der Junge hat sein Käppi noch tiefer heruntergezogen. Darunter sieht man sein knallrotes Gesicht.

Ich atme erleichtert auf, als die Bahn außer Sichtweite ist. Toni lässt ihren Kopf von links nach rechts schnellen, so dass sämtliche dort angesiedelte Knochen knacken.

„Ist doch wahr", sagt sie, während sie mich beschwichtigend und mit einem verschmitzten Lächeln ansieht, „solchen Typen muss man mal die Wahrheit ins Gesicht sagen. Sonst ändert sich bei denen nie was. Irgendwann wird der mir noch dafür dankbar sein."

Ich nicke schmunzelnd. „Na klar, versteh ich total."

„Außerdem ist Alkohol in dem Alter einfach nix. Die waren doch höchstens vierzehn. Was haben die für dämliche Eltern?"

Wir schlendern kichernd nebeneinander her, bis Toni mich in die Seite knufft: „Ey, sollen wir uns an der Tanke 'ne Dose Bier holen? Ich hab noch zwei Euro."

Ich zwinkere ihr zu. „Yo, Alder, lass ma machen."

Siggi und die Technik

Praktischerweise liegt Siggis Wohnung direkt über seiner Kneipe. Manchmal jedoch bedauert er, dass er selbst an freien Tagen, die allerdings sehr rar sind, noch die Arbeit direkt vor Augen hat. Dafür ist er aber innerhalb von dreißig Sekunden hinterm Tresen.

Ich schelle bei ihm, denn Johannes, einer seiner festen Angestellten, ist mit zwei Aushilfen allein in der Kneipe und hat mir mitgeteilt, dass Siggi sich krankgemeldet hat. Und das ist eine beunruhigende Mitteilung! Siggi ist nämlich nie krank!

Ungeachtet dessen, dass es heute arschkalt ist, sitzt er rauchend in T-Shirt und Boxershorts auf seinem Balkon. Auf mein Klingeln hin hat er den Türknopf gedrückt, seine Wohnungstür einen Spalt geöffnet und es sich offenbar sofort wieder bequem gemacht, um in Ruhe seine Kippe weiterzurauchen.

Siggis Immunsystem ist bewundernswert. Vor einigen Jahren wollte ich es ihm nachmachen, um mich abzuhärten. Doch nachdem ich gerade mal drei Stunden im Dezember in kurzer Hose und Tank-Top an der Uni verbracht habe (und mir auf dem Weg zur U-Bahn schon beinahe die Beine abgefroren sind), erntete ich nicht nur verwunderte Blicke und den Ruf, psychisch vollkommen gestört zu sein, sondern lag anschließend mit einer Lungenentzündung im Krankenhaus. Seitdem stehe ich dazu, ein Frierpitter zu sein.

Ich hole mir einen Klappstuhl aus Siggis verrauchter Küche und setze mich mit dicker Strickjacke und Halstuch neben ihn, der ungeachtet meiner Anwesenheit apathisch die gegenüberliegenden Häuser anstarrt.

Ich stupse ihn an.

„Was?", fragt er ungewöhnlich gereizt.

Ich verziehe mein Gesicht wie ein beleidigtes Kind, um ihm zu demonstrieren, dass ich es doch nur lieb gemeint habe.

Ein versöhnliches Lächeln zuckt kurz über sein Gesicht, dann seufzt er tief. „Ach, Mensch, die Frauen", sagt er leise.

Ich nicke zustimmend. „Jaja", sage ich. „Die können einen schon in den Wahnsinn treiben."

Er nimmt noch einen tiefen Zug, bläst Rauch in die Luft und drückt seine Zigarette fachmännisch im Gauloises-Aschenbecher aus.

„Ja, aber manchmal ist man einfach auch selbst total bescheuert", fährt er geheimnisvoll fort.

Ich weiß nun, das ist die Stelle, an der ich brav nachhaken muss, sonst erzählt er nicht weiter.

„Wieso? Was ist denn passiert?"

Schließlich legt er die Hände wie betend zusammen und beginnt zu berichten.

„Ich hab dir doch von der Frau erzählt, die ich kennengelernt und dann zum ersten Mal getroffen habe, oder?"

„Ja, sicher!", sage ich. „Die, wo du so nervös warst."

Er räuspert sich. Scheinbar ist es ihm unangenehm, dass ich ihn so aufgekratzt erlebt habe. „Wir haben uns ja dann getroffen. Und im ersten Moment dachte ich gleich: Wow, was für eine umwerfende Frau. Lange braune Haare, meterlange Wimpern, sinnliche Lippen und ein Lächeln, das du gern jeden Morgen zum Aufwachen sehen möchtest. Einfach Wahnsinn."

„Na, das klingt doch toll", bestätige ich.

„Ja, aber das hat sich dann ganz schnell gedreht."

„Weil ...?"

„Weil sie irgendwann ihre Haare hinter die Ohren gemacht hat. Du heilige Scheiße! Ich bin bestimmt nicht oberflächlich, aber solche extremen Segelohren ... Da konnte ich einfach nicht anders, als sie mit offenem Mund anzustarren." Er kratzt sich am Kopf und zieht ein bedauerndes Gesicht. „O Mann, Vicky, ich sag dir, so was hast du noch nie gesehen. Die standen quasi im Neunzig-Grad-Winkel vom Kopf ab. Und durch die Haarmähne hat man das vorher nicht gesehen."

Ich beiße mir gespannt auf die Lippen. „Oje, und dann?"

„Es war schlimm. Sie hat sofort gemerkt, wie schrecklich ich das fand. Sie wurde rot und nervös, aber auch irgendwie wütend. Und ich hab mich in Grund und Boden geschämt. Denn bis dahin war alles toll und wir hatten uns so gut unterhalten."

Er kramt in seiner Zigarettenschachtel rum und holt eine neue Kippe raus, um sie sich zitternd anzuzünden.

„Aber das ist ja erst der Anfang. Es kam noch viel, viel schlimmer."

Was kann noch schlimmer sein?, denke ich.

„Diese Scheiß-Technik, sage ich dir. Ich hasse sie. Mit der Technik kam der Verfall!" Nachdenklich schaut er in den Himmel.

„Siggi, du sprichst in Rätseln!"

„Also", fährt er endlich fort. „Ich dachte dann nur noch, ich muss weg, damit es nicht noch peinlicher wird. Wusste aber nicht, wie ich das anstelle, ohne sie für immer zu vergraulen. Also bin ich erst mal auf die Toilette verschwunden, mit dem Handy in der Hosentasche. Hab dann versucht, Johannes zu erreichen, aber er ging nicht ran. Also hab ich ihm eine SMS geschickt. Hab besonders übertrieben ausgeschmückt, in welcher Lage ich mich befinde, dass ich eine Frau mit Dumbo-Ohren vor mir sitzen habe, die ich peinlicherweise immer anstarren muss, damit er mich unter einem Vorwand in die Kneipe ruft und ich eine glaubhafte Ausrede parat habe."

Ich nicke erwartungsvoll.

Siggi fährt sich mehrmals durch die Haare. „Tja, und dann hab ich die SMS aus Versehen Jana geschickt!" Er schluckt.

Ich schaue ihn verwirrt an. „Jana? Wer ist denn Jana?"

Er verdreht die Augen. „Na, die Segelohrfrau natürlich!"

Mir entfährt beinahe ein Rülpser vor Schreck. „Ach, du Scheiße!", sage ich stattdessen und beiße mir zu fest auf die Lippen. Prompt schmecke ich Blut.

Er nickt. „Totale Scheiße!"

„Ja, und dann?"

„Ich bin dann schnell vom Klo zurück, damit ich irgendwas tun kann. Sie hat ihr Handy glücklicherweise noch nicht in der Hand gehabt. Ich hab mich dann wieder auf den Stuhl gesetzt und mir eine völlig bescheuerte Geschichte ausgedacht. Ich hätte plötzlich ganz schlimme Schmerzen, müsse sofort nach Hause und würde vorn an der Kasse bezahlen. Es täte mir sehr leid und ich würde mich melden."

„Und? Hat sie das geglaubt?" Ich schaue ihn mit großen Augen an.

„Na ja, sie hat schon ziemlich überrascht gewirkt. Ich bin dann aber schnell aufgestanden und zur Kasse, habe für uns beide bezahlt und bin in Rekordzeit zur U-Bahn gehechtet. So richtig hab ich ihre Reaktion gar nicht mehr mitbekommen."

„O Mann, krass." Ich zupfe mir an einer Haarsträhne herum und stelle mir die Situation, die Siggi durchlebt hat, bildlich vor.

„Allerdings!", erwidert er niedergeschlagen. „Und seitdem hab ich auch nichts mehr von ihr gehört. Auf meine Nachrichten reagiert sie nicht mehr. Sie hebt nicht ab und ruft nicht zurück. Gar nichts.“ Bekümmert senkt Siggi den Kopf.

„Mhh.“ Ich kratze mich nachdenklich am Kinn. „Aber du willst sie schon wiedersehen? Trotz der Ohren?“

Er nickt traurig. „Ja. Ich fand sie so nett. Endlich mal eine, mit der man sich über alles unterhalten kann, die nicht nur mit einem ins Bett will. Und irgendwie muss ich die ganze Zeit an sie denken.“ Er seufzt. „Außerdem sind Ohren nun wirklich nicht das Wichtigste im Leben. Ich hasse mich richtig dafür, dass ich im ersten Moment so oberflächlich war.“

Ich klopfe ihm behutsam auf die Schulter und sehe ihn mitleidig an.

„Weißt du denn, wo sie wohnt?“

Er schüttelt bedrückt den Kopf. „Ich weiß nur, in welcher Zahnarztpraxis sie arbeitet.“

„Na, das ist doch auch schon was“, sage ich verschwörerisch, und meine Gedanken überschlagen sich zu einem Plan. Nicht umsonst bin ich der größte Fan von *Nur die Liebe zählt* …

Antonietta

Ich war gerade sechs Jahre alt geworden, als in unsere Nachbarschaft eine große Familie mit fünf Kindern zog. Sie hatten den für mich damals wahnsinnig interessanten Nachnamen „De Angelo“. Der Vater war Italiener und ein Macho wie aus dem Bilderbuch. Die Mutter Deutsche. Das einzige Mädchen, das so alt war wie ich, hieß Antonietta, wurde aber von allen nur Toni gerufen. Als ich sie zum ersten Mal sah, war ich hin und weg. Toni raufte sich mit den Jungs, spielte mit ihren Brüdern Fußball, trat ihnen in die Hacken und fluchte. Alles, was ich nicht kannte. Ich hatte keine Geschwister und spielte bisher immer mit der zwei Jahre jüngeren Susu, dem bis dahin einzigen Nachbarskind in unserer Straße, die stets anfing zu heulen, wenn ich nicht mit ihr mit Barbiepuppen spielen wollte.

Toni war mein Lichtblick. Doch ich musste sie erst einmal davon überzeugen, dass ich auch ihrer war. Denn sie interessierte sich keinen Deut für mich. Im Gegenteil. Während sie mit nackten Füßen über die Straße flitzte, sich beim Hinfallen die Knie aufschlug und ich ihr fasziniert von der anderen Straßenseite aus zusah, war ich Luft für sie.

Meine Mutter bemerkte mein Verlangen, mit den fremden Kindern, insbesondere mit dem fremden Mädchen, zu spielen, und entschloss sich kurzerhand, die ganze Familie zum Essen einzuladen. Sie ahnte ja nicht, was sie sich damit einhandelte!

Mit zehn Personen hatten wir selten an unserem quadratischen Esstisch gesessen. Es war eng und laut, aber heiter. Ich saß schüchtern in der Ecke zwischen meinen Eltern und beobachtete die Familie. Der Vater schrie in einer Tour unverständliche Kauderwelschbrocken, die Mutter war ebenso temperamentvoll und versuchte, die fünf Bälger im Zaum zu halten. Und Toni war die Schlimmste von allen. Während ihr jüngerer Bruder Enzo im Gegensatz zu mir gern mit Susus Barbiepuppen spielte (ihnen allerdings auch bisweilen die Haare abschnitt, was bei Susu zu ohrenbetäubenden Heulkrämpfen führte), waren die drei älteren zwar auch Hallodris, aber Toni übertraf alle um Längen. Sie schmatzte beim Essen, stellte sich mit dreckigen Füßen auf unsere Sitzbank, bewarf ihre Brüder mit kross gebratenen Kartoffelscheiben und fing sich so eine Backpfeife von ihrem Vater ein. Doch anstatt loszuheulen, bekam sie einen wütenden Gesichtsausdruck. Ganz so, als wollte sie sagen: „Das kriegst du wieder, wenn ich groß bin!"

Ich war begeistert. Genauso wollte ich auch sein. Und genauso sollte meine Familie sein. Da meine Eltern mir erklärt hatten, dass ich leider keine Geschwister mehr bekommen würde, musste ich mir was anderes einfallen lassen. Wir müssten einfach *eine* große Familie werden. Die neuen Nachbarn und wir.

Die Gegeneinladung ließ nicht lange auf sich warten. Doch diesmal waren wir nicht nur zu zehnt. Onkel, Tanten und Großeltern waren ebenso mit von der Partie. Es war wie ein riesengroßes Fest. Und es gab allerlei Köstlichkeiten, die ich bisher nur in minderer Qualität von der benachbarten Pizzeria kannte. Doch was war das hier für ein Gaumenschmaus!

Es gab Nudel- und Fleischgerichte in herrlichen Soßen, Bleche voller köstlicher Pizza und mehrere Schüsseln mit Salaten. Zwei große Schalen mit Tiramisu und wahnsinnig leckere Säfte. Ich kam mir vor wie im Schlaraffenland!

Nach dem Essen gingen wir Kinder hinaus auf die Straße und spielten. Und endlich sprach ich zum ersten Mal richtig mit Toni. Sie kam energisch auf mich zugeschossen, stieß mir gegen meine kleine Hühnerbrust und sagte: „Ey, kannst du kicken? Oder bist du so 'ne Puppenspielerin?"

Ich nickte, schüttelte den Kopf, nickte wieder. Ich war so nervös, dass ich nicht wusste, auf welche Frage ich denn jetzt antworten sollte. Aber offenbar verstand Toni meine komische Reaktion und zog mich mit auf den gepflasterten Garagenhof, wo ihre Geschwister in der Zwischenzeit Fußballtore aus Steinen markiert hatten.

Wir spielten drauflos. Zu meiner großen Ehre durfte ich in Tonis Mannschaft spielen. Zusammen mit ihrem jüngeren Bruder spielten wir das wohl unfairste Match in der Geschichte des Fußballsports. Doch obwohl wir mit einem blamablen Ergebnis eine Niederlage kassieren mussten, hatten wir alles gegeben. Tonis ältere Brüder waren mit blauen Flecken und Schürfwunden übersät und zudem total außer Atem.

Nach dem Spiel kam Toni zu mir, zwinkerte mir schelmisch zu und sagte: „Nich' schlecht für 'n Anfang. Kommst du morgen mit ins Schwimmbad?"

Und damit war unsere Freundschaft besiegelt! Nie wieder Puppenspielen mit Susu! Nie wieder schüchtern zusehen und sich wünschen, endlich dazuzugehören. Nein, nun gehörte ich wirklich dazu. Und es verging kaum ein Tag, an dem wir nicht gemeinsam irgendeinen Blödsinn ausheckten, die Nachbarn ärgerten oder uns an der Bude um die Ecke ein Eis holten. Es war eine wundervolle unbeschwerte Kindheit.

Bis zum Sommer 1991.

Kondome für Siggi

Gemütlich schlendere ich mit meinem Milchkaffee im Pappbecher über die Unibrücke und verweile dann am Secondhand-Bücherstand, um wieder einmal viel zu viele Euros von meinem viel zu knappen Geld auszugeben. Für Bücher, die vermutlich wieder viel zu lange ungelesen in meinem viel zu verstaubten Bücherregal landen werden.

Ich bin in Gedanken, weil ich einen Plan für Siggi und seine Angebetete geschmiedet habe. Einen todsicheren Plan. Einen, wegen dessen selbst Kai Pflaume zu mir aufgucken würde.

Neben dem Bücherstand ist ein Info-Point der „Grünspäne", einer Gruppe von Umweltaktivisten, die nicht nur Flyer und Aufkleber, sondern auch Kondome verteilen. Ich nehme drei für Siggi mit, denn ich bin sicher, dass mein Plan aufgeht. Belustigt stelle ich mir vor, wie Madame Dumbo wohl auf die Präser mit der Aufschrift „Für mehr sauberen Verkehr" reagieren wird.

Mit meinem mittlerweile kalten Kaffee in der Hand setze ich mich in die U-Bahn, um schnell zu Siggi zu kommen. Nun ist es Zeit, ihn endlich in meinen Plan einzuweihen.

Im Evergreens ist eine Menge los. Das Wetter ist herrlich, und alle wollen die Sonne in Kombination mit einem leckeren kühlen Getränk genießen. Ich warte an der Bar auf Siggi, der freundlich wie immer seine Gäste bedient und seine Mitarbeiter herumscheucht. „Zackzack, Johannes, mach hinne, die beiden Jungs warten seit zehn Minuten auf ihre Saftschorlen. Schneller."

Er begrüßt mich mit einem Schmatzer auf die Wange und zeigt drei Finger, um zu demonstrieren, dass er in drei Minuten bei mir ist.

Ich liebe die Hektik im Evergreens. Und ich liebe es, Siggi bei der Arbeit zuzusehen. Wie er den Dreh hinbekommt zwischen Freundlich-Bedienen und Mittelfreundlich-Zurechtweisen. Und wie er alles behalten kann! Wahnsinn!

„So, jetzt hab ich kurz Zeit!" Siggi nimmt zwei Flaschen Cola aus dem Kühlschrank und schiebt mich vor sich hinaus an einen kleinen Tisch, der nicht besetzt ist.

„Also", beginne ich geheimnisvoll, „du weißt, wo Jana arbeitet. Und ich habe *die* Idee!"

Siggi zündet sich eine Zigarette an und sieht mich erwartungsvoll an. „Und zwar?"

„Du fängst sie nach der Arbeit mit einem großen Blumenstrauß ab und bittest sie um Verzeihung. Solche klassischen Sachen kommen immer am allerbesten an."

Siggi macht große Augen. „Das ist ja total peinlich! Was, wenn ihre Kolleginnen alle mit ihr zusammen rauskommen? Irgendwie hab ich jetzt mit was Coolerem gerechnet."

„Tja, dann werden die wohl vor Neid erblassen, weil kein Mann für sie vor der Tür wartet. Und Jana wird umso gerührter sein."

Er seufzt tief, zieht an seiner Zigarette und seufzt wieder. „Ich weiß nicht, Vicky. Das klingt mir zu sehr nach Privatsenderprogramm. Geht's nicht auch ein bisschen unkomplizierter?"

„Wie? Unkomplizierter? Willst du ihr wieder eine SMS schicken, oder was?"

Er schüttelt den Kopf. „Nein, nein, natürlich nicht."

„Na also! Vertrau mir. Das ist eine wasserdichte Sache."

„Und dann?"

„Dann fährst du mit ihr schick essen, gestehst ihr deine Gefühle, entschuldigst dich für alles und es gibt ein tolles Happy End!"

Atemlos und ungläubig starrt Siggi mich an. „O Gott! Das klingt ja furchtbar."

Jetzt bin ich es, die seufzt. „Willst du sie nun oder nicht?"

Er nickt zögernd. „Doch, klar."

„Übrigens", sage ich, als mir einfällt, dass ich ja noch die drei Kondome in der Tasche habe. „Hier!"

Siggi starrt auf die Präser, dann auf mich. „Vicky, ich glaub, die brauch ich erst mal nicht."

„Wieso so negativ?"

„Na, die wird mich wahrscheinlich eh mit dem Arsch nicht mehr angucken. Es ist eigentlich unentschuldbar, was ich getan habe."

„Blödsinn", ermuntere ich ihn. „Das ist nicht so furchtbar, wie du denkst. Außerdem machst du es ja wieder gut. Und bei deinen säuselnden Worten inklusive Dackelblick wird sie ganz schnell wieder vergessen haben, wie sauer sie auf dich war."

Skeptisch sieht Siggi mich an. „Hm, na ja, man lebt ja nur einmal."

Ich verabschiede mich von ihm und mache mich auf, um Trixi, mein geliebtes Auto, aus der Werkstatt zu holen. Wieder zweihundertvierzig Kröten, um den neuen Auspuff und den Ölwechsel zu bezahlen. Wo soll das noch hinführen?

Die Mutprobe

Schwimmen war stets die einzige Sportart, in der ich Toni um Längen voraus war.

Es war der Tag, an dem Boris Becker das Wimbledon-Finale gegen Michael Stich verlor. Und gleichzeitig Tonis neunter Geburtstag. Der wohl schicksalhafteste und schwerste Tag unseres jungen Lebens. Für den Abend waren allerlei Kinder aus unserer Klasse eingeladen, doch bis es so weit war, wollten Toni und ich uns den sommerlichen Tag mit Planschen in der Ruhr vertreiben. Wir packten unsere Räder mit Decken und Proviant voll, als Enzo – Tonis nun sechsjähriger Bruder – bettelnd an ihrer Hose zupfte. Schließlich nahmen wir ihn mit. Er war stolz, dass ihn seine große Schwester, die er zweifelsohne mehr bewunderte als die älteren Brüder, mitnahm. So radelten wir zu dritt zu unserer Lieblingsstelle an der stillgelegten Eisenbahnbrücke und ließen uns am Ufer im Gras nieder. In null Komma nichts waren wir im Wasser. Enzo, der noch nicht schwimmen konnte, planschte am Ufer und suchte mit seinem Käscher nach kleinen Fischen. Toni und ich schwammen um die Wette, und wie immer gewann ich. Respektvoll schaute sie mich an, wenn ich am anderen Ufer im Wasser wartete und ein schüchternes Grinsen aufsetzte.

„Boah, wieso bist du eigentlich immer besser?", wollte sie stets wissen.

„Mein Papa sagt, ich war in meinem früheren Leben ein Delfin", grinste ich sie an.

„Traust du dich auch, von der Brücke zu springen?", fragte sie plötzlich und sah mich herausfordernd an.

Mein Herz pochte im Rekordtempo. Klar war ich schon von etlichen Meterbrettern gesprungen, von Holzinseln im See oder vom Sprungbrett im Hallenbad. Aber von einer Brücke?

Zögernd nickte ich und fürchtete mich sogleich vor meiner eigenen Courage.

„Will ich sehen!", forderte Toni mich heraus.

So kletterten wir also auf die rostige Brücke, vorbei an dem Furcht einflößenden Schild, das mit „Betreten verboten" und „Lebensgefahr" beschriftet war. Enzo guckte uns mit großen Augen nach und klatschte begeistert in die kleinen Hände.

„Los, gleichzeitig!", sagte Toni und schaute mich an.

Wir zählten bis drei und sprangen dann mit klopfenden Herzen in die Tiefe. Mit einem lauten Platsch landeten wir schließlich im Wasser. Lachend und jubelnd sahen wir einander an, als wir beide wieder auftauchten. Wir drückten uns abwechselnd unter Wasser und kamen aus der Euphorie kaum mehr heraus. Was für eine Mutprobe!

Doch plötzlich verfinsterte sich Tonis Blick, als sie hinter mich sah. Ich drehte mich um. Und da erkannte ich, was Toni so schockte. Enzo! Er war weg.

Panisch schrie Toni seinen Namen, während ich mich nach allen Seiten umblickte. Das Ufer war menschenleer. Ich schwamm sogleich zu der Stelle, an der wir in Reichweite unsere Fahrräder ins Gras gelegt hatten, und fand beim Hinaussteigen aus dem Wasser den kleinen Käscher, mit dem der Junge eben noch Fische gejagt hatte. Mit Herzklopfen rannte ich den Fluss entlang, als ich plötzlich in der Ferne etwas Rotes im Wasser sah. Enzos T-Shirt. Er trieb in einiger Entfernung im Fluss.

„Da ist er!", schrie ich Toni zu, die sogleich in seine Richtung schwamm. Ich rannte so lange am Rand des Ufers entlang, bis ich ihm näher gekommen war. Auf Rufe reagierte er nicht. Mit einem weiten Sprung landete ich kopfüber im kalten Wasser und schwamm dem roten Stoff hinterher. Toni war noch viele Meter hinter mir. Immer wieder schrie sie: „Vicky, tu was! Tu was!" Ich schwamm und schwamm. Doch der Fluss wurde immer reißender und trug Enzo unaufhaltsam mit.

Es kam mir vor wie ein nicht enden wollender Albtraum. Ich kämpfte mich durch das kalte, strudelnde Wasser und tat alles, was mein kleiner Körper hergab. Immer Enzos T-Shirt im Blick. Nur noch wenige Meter trennten uns, als mir plötzlich eine Holzplanke in den Weg kam und mich kurz aus dem Rhythmus brachte. Wenige Augenblicke später war ich endlich bei ihm angekommen, griff sogleich nach seinem Shirt, zog ihn dann unterm Kinn zum Ufer zurück und bettete ihn auf das feuchte Gras. Kurz darauf war Toni atemlos keuchend bei uns angekommen und schüttelte Enzo wie wahnsinnig. Doch der Junge gab keinen Mucks von sich. All meine amateurhaften Versuche, ihn zu beatmen, schlugen fehl. Enzo war bereits tot.

Ich fuhr so schnell wie nie zuvor mit meinem Fahrrad zu Tonis Eltern, während sie bei ihrem kleinen Bruder blieb. Meine Beine strampelten im Rekordtempo. Ich spürte nichts mehr, war wie in Trance.

Mit Polizei und Krankenwagen trafen wir wenig später wieder am Ort des Geschehens ein.

Als der Vater Enzo auf der Wiese liegen sah, schlug er Toni mit voller Wucht ins Gesicht und sagte: „Du bist der Teufel." Dann brach er heulend zusammen.

Diesen Satz werde ich nie vergessen. Und Toni vergaß ihn ebenso wenig. Es war ihr neunter Geburtstag, an dem sie erfahren musste, dass das Leben hart sein kann. Hart und ungerecht. Und seit diesem Tag trug sie die große Last mit sich herum, am Tod ihres kleinen Bruders schuld zu sein.

Die folgenden Wochen waren die wohl schlimmste Zeit unserer Kindheit. Toni durfte nicht mehr raus, die Familie fuhr nach der Beerdigung für einige Wochen nach Italien, um mit den Angehörigen zu trauern. Toni blieb die ersten Wochen nach den Ferien der Schule fern, und es dauerte Monate, bis wir zum ersten Mal wieder miteinander spielen durften.

Dass Michael Stich Wimbledon gewonnen hatte, war so unwichtig wie ein Fliegenschiss.

Kalter Stahl

Hannah und ich sitzen in ihrer puderrosafarbenen Welt vor dem Notebook und durchforsten Kontaktanzeigen, weil Hannah der Meinung ist, es wäre jetzt mal wieder an der Zeit, dass ich Silvana vergesse und endlich eine Neue finde. Doch ich finde alle, die sie als „putzig“ oder „niedlich“ oder „knuffig“ bezeichnet, einfach nur schrecklich.

Hannah scrollt und scrollt und scrollt, Nepomuk liegt schnurrend auf dem Kleiderschrank und ich schaue gelangweilt aus dem Fenster hinüber zu Ahmets und Gökhans Dönerbude, die man von Weitem sieht. Jetzt ein krosses Fladenbrot, gefüllt mit saftigem Fleisch und knackigem Salat, geht es mir hungrig durch den Kopf.

„Hier“, Hannah stößt mich an, „die gefällt mir!“

Aus meinem Dönertraum gerissen, starre ich auf den Bildschirm, auf dem sich eine Gestalt präsentiert, die einem dicken Kartoffelbauern nicht unähnlich sieht. „Kein Wunder“, entfährt es mir schockiert, „die hat ja auch ’nen Vollbart!“

Hannah seufzt und scrollt weiter, während ich in einem von ihren pinkfarbenen Regalen ein „Mein kleines Pony“-Plastikpferd entdecke. Ich bin erschüttert.

„Schau mal hier, Sybille aus Rees.“

Ich verziehe das Gesicht. „Rees? Ist das nicht ein Kaff am Arsch der Welt?“ Ich kratze mich am Ellbogen und strecke Hannah, die mich genervt ansieht, die Zunge heraus. „Hannah, die ist nix. Sybille erinnert mich an Libellen und die mag ich nicht. Also vergiss es."

„Noch blödere Ausreden fallen dir aber langsam nicht mehr ein, was? Ich mach das hier übrigens nicht für mich! Eigentlich sollte ich im Pädagogik-Hauptseminar sitzen." Langsam ist Hannah gereizt. Ich beschließe, mich auf den nächsten Horror, der da komme, einzulassen. Irgendwas muss ich ja mal tun, um wieder zurück ins richtige Leben zu gelangen. Und was kann ein unverbindliches Treffen mit einer holden Unbekannten schon schaden?

So scrollt sich Hannah weiter durch Tausende virtuelle Selbstbekundungen liebestoller Lesben auf der Suche nach dem geeigneten Opfer für meine Wenigkeit. „Die da! Guck mal, wohnt zwar auch nicht gerade um die Ecke, klingt aber sympathisch."

Ich starre das Bild an, auf dem mich ein weiblicher Cowboy mit weißem Stetson, keckem Grinsen und den Händen in den Hosentaschen angrinst. Fehlt nur noch der Pistolengürtel.

„O Gott, auf keinen Fall, schau dir mal diesen Macho-Blick an, Hannah. Furchtbar!", sprudelt es aus mir heraus.

Abrupt steht Hannah auf, drückt den Aus-Knopf, und der Rechner fährt runter. Ich habe es wohl zu weit getrieben.

„Mir reicht's! Dann versuch dein Glück halt an der Kasse im Supermarkt. Ich fahr zur Uni." Sie steht auf und verlässt geräuschvoll das Zimmer, nicht ohne mir noch zuzurufen: „Da könnte man dir auch eine Märchenprinzessin liefern und du würdest noch einen Grund dagegen finden."

„Stimmt allerdings", murmle ich in mich hinein, „denn so 'ne olle Prinzessin will ich schon mal gar nicht."

„Das hab ich gehört", kreischt Hannah. Und dann fällt die Wohnungstür ins Schloss.

Ich starte den Rechner neu, suche nach dem Cowgirl und betrachte das Bild. Irgendwie hat das ja schon was. Mutig. Und völlig anders als meine Exfreundinnen, denke ich. Sie sieht selbstbewusst aus. Wie jemand, der genau weiß, was er will. Je mehr ich darüber nachdenke, umso mehr gefällt es mir. Und außerdem: Bisher hat's ja auch nie hingehauen, vielleicht einfach mal was Neues ausprobieren.

Die Kneipe, in der Corinna und ich uns treffen, ist mein Ding. Dartscheiben, Billardtische, zerkratztes Holzmobiliar, Flaschen, aus denen Kerzenwachs quillt. Nervös setzen wir uns an einen wackligen Tisch und grinsen uns an wie zwei Teenager. Irgendwann holt sie eine Schachtel Zigaretten hervor und bietet mir eine an. Im Qualm scheinen wir uns langsam zu beruhigen und geraten schließlich ins Plaudern. Es ist nett. Verdammt nett sogar.

Schließlich will sie wissen, was ich so mache. Ich erzähle ihr von meinem Studium, meinen Mitbewohnerinnen und der Demo gegen Studiengebühren, auf der wir letztens noch waren. Sie hängt mir an den Lippen. Ich berichte ihr von den Punks in der ersten Reihe, von dem unglaublichen Zusammenhalt und davon, dass wir den Grashüpfern ordentlich eingeheizt haben. „Grashüpfern?", fragt sie.

Ich lache. „Ach, so nennen wir die Hundertschaften der Bullen. Das war so witzig. Denen haben wir immer ‚Ohne Bildung werd ich Polizist' entgegengebrüllt." Ich gebe eine leise Sangesprobe zur Melodie von *‚Einer geht noch, einer geht noch rein …'*.

Wir heben unsere Gläser, stoßen an und trinken. Dann lächelt sie milde und erzählt mir mit einem herausfordernden Augenaufschlag, dass sie Kommissarin ist. Ich schlucke und lächle errötet zurück.

Ihre Wohnung ist weit ab vom Schuss, aber dafür wahnsinnig gemütlich. IKEA, aber mit dunklem Holz. Wahrscheinlich, um die schwedische Herkunft etwas zu vertuschen. Sehr stilvoll. Sehr ordentlich. Ich muss an dicke Blondinen aus Einrichtungssendungen denken. „Wichtig ist indirektes Licht. Es macht aus einem kleinen ollen Raum einen Ballsaal." – „Und hier ein Apfel neben einer Birne. Aber niemals mit Bananen mischen. Höchstens eine Kiwi, aufgeschnitten natürlich." Wer das ganze Obst hinterher isst, habe ich mich schon immer gefragt. „Und hier ein Streifen an der Wand, der die Wohnung optisch um siebzig Prozent vergrößert. In lindgrün. Der Fußboden besticht durch topaktuelles modisches Design und warme Farben." Ich muss lachen.

Corinna sieht mich fragend an. Ich werde rot und schäme mich für meine lächerlichen Gedanken. „Willst du was trinken?", fragt sie.

Eine Polizistin also, denke ich plötzlich. Das erklärt vielleicht auch ihren Cowboy-Auftritt im Internet. Dabei hatte ich mir geschworen, nie wieder was mit einer von den Bullen anzufangen. Die bisherigen lesbischen Polizistinnen in meinem Leben hatten allesamt einen Hau. Aber vielleicht tue ich Corinna unrecht. Außerdem sitze ich nun eh schon halb liegend auf ihrer IKEA-Couch mit blauer Tagesdecke.

Der viele Rotwein benebelt mein Denken und fährt in meinem Kopf Karussell. Reduziert auf meine niedersten Instinkte starre ich irgendwann plötzlich auf ihre kleinen, süßen Brüste, während sie irgendwas erzählt, dem ich überhaupt nicht mehr folgen kann.

„Soll ich sie mal rausholen? Dann kannst du sie mal in die Hand nehmen?"

Aus der Trance gerissen, stoße ich einen kleinen Schrei hervor. „Waaaas?"

Sie schaut mich vielsagend an und erhebt sich von dem schaukelnden Rattansessel. „Ich hol sie einfach mal, dann kannst du es dir ja überlegen."

Was hat sie gesagt? Sie holt was genau? Und ich soll was anfassen? Ganz ruhig, Victoria, sage ich mir in Gedanken. Ganz ruhig.

Kurz darauf kommt Corinna zurück ins Wohnzimmer – mit ihrer Dienstwaffe in der Hand. Mir fallen beinahe die Augen aus dem Kopf. „Hier!“ Sie hält mir den schwarzen kalten Stahl hin.

Als ich zögere, sagt sie „Keine Angst, ist nicht geladen!“, und grinst dabei.

Haha, wie witzig, denke ich und greife zögernd nach der Waffe. „Ganz schön schwer“, sage ich, weil mir nichts Besseres einfällt, und wiege sie hin und her.

Plötzlich umfasst sie mit ihrer Hand meine, in der die Pistole liegt. „Fühlt sich gut an, was?“, haucht sie. „Ich muss dir sagen, es törnt mich immer wieder an, wenn ich sie anfasse.“

Mein Herz hat einen kurzen Aussetzer und ich denke nur noch: Raus hier! Die hat sie doch nicht mehr alle.

„Kaliber neun Millimeter“, fährt Corinna fort und streicht mit betörendem Blick über die Waffe. Dann steht sie auf und bringt sie Gott sei Dank wieder weg.

Im Geiste gehe ich alle Möglichkeiten durch. Hat sie ihre letzte Freundin erschossen, zerstückelt und in eine IKEA-Tagesdecke eingewickelt weggeschafft? Ist sie vielleicht gar keine Polizistin, sondern hat sich nur im Kostümladen ausgestattet? Kommen gleich Kurt Felix und Paola aus dem Schrank für ein Remake von *Verstehen Sie Spaß?* und hauen mir mit schweizerdeutschem Lachen auf die Schulter?

Plötzlich vibriert die Couch. Ich denke schon: O nein, jetzt sitze ich auch noch auf ihrem Vibrator, als mir klar wird, dass es mein Handy ist. Ich wühle in der Sofaritze und hole es hervor.

Zum Glück, es ist Hannah, die mich anruft. Ich nehme ab.

„Ja?“

„Vicky, endlich. Ich hab's schon tausendmal probiert.“

„Hannah, dich schickt der Himmel“, flüstere ich. „Ich bin in den Fängen einer völlig wahnsinnigen Polizistin gelandet. Hol mich bitte, bitte ab.“

Plötzlich betritt Corinna das Wohnzimmer mit zwei gefüllten Sektgläsern in den Händen. „Cheers!“, haucht sie mir entgegen. Ich lächle blöde und zeige auf mein Handy am Ohr, um damit zu begründen, warum ich jetzt aufs Klo verschwinde und hinter mir abschließe.

„Hallo? Vicky? Bist du noch da?“, kreischt Hannah durch das Telefon.

„Ja“, flüstere ich. „Ich bin jetzt auf dem Klo. Schwing dich bitte in mein Auto und hol mich ab. Die Tussi hat einen kompletten Dachschaden.“

„Vicky, das würd ich ja gern, aber …“

„O Hannah, bitte, bitte“, flehe ich.

„Wie gesagt, ich würde ja gern, aber dein Auto ist in der Werkstatt!“

„Quatsch, das hab ich gestern von der Inspektion abgeholt“, erwidere ich. „Das steht um die Ecke.“

Kurzes Schweigen. „Nein, Vicky, wenn ich es dir doch sage. Es ist in der Werkstatt. Toni hatte … Na ja, das sagt sie dir am besten selbst. Jedenfalls … hab ich deswegen angerufen.“

Dann macht es „klick“ und das Handy ist aus. Akku leer. Na spitze! Ich bin sprachlos.

„Vicky? Bist du ins Klo gefallen?“ Corinna steht vor der Tür und klopft sachte.

Scheiße, was tue ich nur? Wieso hab ich mir nicht eher Gedanken darüber gemacht, wie ich wieder nach Hause komme? Die Psychopathenbullin hat jetzt schon zu viel getrunken, als dass ich mich von ihr nach Hause fahren lassen wollte. Und ein Taxi wäre sündhaft teuer. Verdammt. Wieso zum Teufel bin ich auch direkt am ersten Abend mit zu ihr gegangen?

„Ich komme sofort!“, rufe ich durch die abgeschlossene Tür.

Als ich einige Minuten später zurück ins Wohnzimmer gehe, sitzt sie auf der Couch und hat ihre Bluse ein Stück weiter aufgeknöpft. Oder bin ich mittlerweile schon so benebelt? Nein, ich bin mir sicher! Eben hatte sie nur den obersten Knopf offen, jetzt sind es schon drei. Puh.

Na ja, irgendwie ist sie ja schon ganz anziehend. Und vielleicht hab ich einfach zu viel *Tatort* geguckt und bilde mir Dinge ein, die gar nicht da sind.

Ich setze mich zu ihr und wir stoßen an.

„Cheers!“, wiederholt sie und sieht mich mit ihren hellgrünen Augen durchdringend an. Erst jetzt merke ich, dass sie klitzekleine Lachfältchen um die Augen hat, genau wie Silvana. Das fand ich immer wahnsinnig sexy.

Ach, was soll's. Mein Auto ist offenbar eh kaputt, ich hab ein Glas Sekt in der Hand und eine attraktive Frau sitzt mir gegenüber. Mir bleibt jetzt ohnehin nichts anderes übrig, als erst einmal hier zu bleiben. Vielleicht wird es ja doch noch ein ganz netter Abend.

„Hast du übrigens zufällig ein Ladegerät für mein Handy?“, bitte ich sie.

Corinna wühlt in einer Schublade herum und reicht mir das Gerät. Prompt, als ich es anschließe, vibriert es schon wieder. Es ist Siggi.

„He, Siggi.“ Entschuldigend sehe ich Corinna an, die sich diskret zum Fenster entfernt, während ich mit ihm telefoniere.

„He, Kleines, was ist passiert? Hannah hat mich auf dem Handy angerufen und mich gefragt, ob ich dich abholen kann. Aber ich bin gerade … äh, unterwegs.“ Er klingt irgendwie so ungewohnt glücklich. Aha, hat er meinen Tipp also wahrgemacht.

„Ja, weißt du, mein Auto ist scheinbar kaputt. Ich weiß selbst noch nichts Genaues.“

„Und sonst? Wo bist du? Oder kannst du nicht reden?“

Ich räuspere mich. „Ja, genau, lass uns morgen telefonieren.“

„Okay, habe verstanden. Du kannst nicht reden. Ist denn alles okay? Kannst du bei wem auch immer übernachten?“

„Warte, ich frage sie mal. – Corinna?"

Sie dreht sich zu mir um.

„Meinst du, du könntest mich bis morgen beherbergen? Ich weiß nicht, wie ich noch nach Hause kommen soll."

Sie zieht eine Augenbraue hoch und fährt sich leicht mit der Zungenspitze über die Lippen. „Ich beherberge dich mit dem größten Vergnügen."

Ich muss schlucken. „Ja, ich kann hier bleiben", sage ich heiser zu Siggi.

„Gut, dann pass auf dich auf. Johannes hat Mittagsschicht im Evergreens und kann dich vielleicht morgen früh abholen, wenn du magst. Oder er leiht Toni sein Auto, wenn es dir lieber ist. Meld dich einfach bei ihm, okay?"

Damit ist die Nacht besiegelt. Ich bleibe.

Endlich stoßen wir an und trinken auf unseren gemeinsamen Abend. Corinna legt Madonna ein, und wir unterhalten uns prächtig. Beim Anblick ihrer Wohnung fällt mir plötzlich auf, wie erwachsen alles wirkt. Alles ist aufeinander abgestimmt, perfekt inszeniert. Wenn ich da an mein Zimmer denke – Filmplakate, Trillionen Bücher und Zeitschriften, ein Fußballtrikot an die Wand genagelt, ein wüstes Durcheinander. Und bei ihr? Alles sieht einheitlich aus. Harmonisch. Und genauso wirkt sie auch. Wie ein bodenständiger Mensch. Jedes Deko-Element steht an seinem richtigen Platz. Nirgendwo fliegen Zeitschriften auf dem Boden herum, nirgends liegen ausgedrückte Kippen im Aschenbecher. Alles ist tipptopp.

Sie führt scheinbar ein völlig anderes Leben als ich. Was in erster Linie einen hoffnungsvollen Eindruck macht. Denn mein Chaos kotzt mich schon lange an.

„Woran denkst du gerade?", will sie wissen.

„Och, ich musste gerade an mein Zimmer denken."

Sie sieht mich fragend an. „Hast du Heimweh?"

Ich lache leise. „Nein, es ist nur, dass mein Zimmer aussieht, als hätte dort der Vietnamkrieg stattgefunden. Und bei dir ist es so verdammt ordentlich. Ich frage mich, ob das was mit dem Charakter zu tun hat."

Sie stellt ihr Glas auf dem Tisch ab. „Ehrlich gesagt, glaube ich durchaus, dass das so ist. Chaos in der Bude gleich Chaos in der Seele."

Überrascht über ihre Offenheit reiße ich die Augen auf.

Sie bemerkt sogleich meine Verwunderung und streicht mir über die Schulter. „Sorry, ich wollte dir nicht zu nahe treten."

„Nein, nein. Ist schon okay. Wahrscheinlich ist da was Wahres dran!"

„Apropos zu nahe treten …", flüstert sie geheimnisvoll. Ihre Hand liegt noch immer auf meiner Schulter und ich muss mir eingestehen, dass mich das nervös macht. Und dann schauen wir uns an und es ist eine der Situationen, wo man genau weiß, dass man sich als Nächstes küssen wird.

Durchgefallen

Feine Sonnenstrahlen scheinen mir ins Gesicht und ich wache in einem Bett mit roter Satin-Bettwäsche auf. Ich weiß sofort, dass ich nicht zu Hause bin, denn ich hasse Satin-Bettwäsche. Als sich meine Augen an das Licht gewöhnt haben und meine halb vertrockneten Kontaktlinsen wieder halbwegs ihren Zweck erfüllen, sehe ich Corinna mit dem Rücken zu mir am Schreibtisch sitzen. Sie hat ihren Waffengurt umgeschnallt, ein weißes Unterhemd darunter an und sieht aus wie eine billige Kopie von Corky in *Bound*. Am liebsten würde ich laut lachen und schreien: „Hilfe, holt mich raus aus dieser Lesbenkomödie!"

Ich wage kaum, mich zu bewegen, denn ich will nicht, dass sie sich umdreht. Und erst jetzt bemerke ich, dass ich nichts anhabe. Von Weitem sehe ich meinen BH auf dem Boden liegen. Daneben eine Socke. Oje, was habe ich denn alles getrunken, um das zu tun, was offenbar geschehen ist? Das Letzte, woran ich mich erinnern kann, ist, dass sie sich wie ein wildes Tier auf mich gestürzt hat. Danach fehlt mir jeglicher Zusammenhang.

„Na, auch schon wach?", fragt sie, ohne sich umzudrehen.

Bilde ich mir das nur ein oder ist ihr Ton vorwurfsvoll? Was kann ich dafür, dass sie mich nicht geweckt hat?

„Ja", murmle ich.

„Prima. Dann schlage ich vor, du duschst, packst deine Sachen und lässt dich gleich mal abholen."

Oha! Kein Frühstück? Nicht einmal ein Kaffee? Da hat sich Frau Kaliber neun Millimeter aber wohl über Nacht in die Eisprinzessin verwandelt, was?

„Wie du meinst“, gebe ich zurück, klaube meine Sachen vom Boden und verziehe mich schnurstracks ins Bad.

Als ich geduscht und mein Gesicht annähernd restauriert habe, begebe ich mich zurück in die Höhle des Löwen. Corinna sitzt immer noch so da wie vorhin und starrt aus dem Fenster.

„Weißt du, was ich absolut hasse?“, sagt sie plötzlich.

„Nein.“

„Wenn man mir was verheimlicht.“ Sie dreht sich zu mir um und sieht mich an. Ihre Lachfältchen von gestern Abend sind verschwunden. Sie sieht ernst aus.

„Was ist denn eigentlich los?“, frage ich.

„Wer ist Silvana?“

Silvana? Wie kommt sie plötzlich auf die? O Gott, sie hat doch nicht etwa durch ihre zahlreichen Möglichkeiten versucht, etwas über mich herauszufinden? Aber selbst wenn – da hätte sie höchstens meine Punkte in Flensburg einsehen können.

„Was?“, frage ich verstört. „Wie kommst du auf Silvana?“

„Ganz einfach: Du hast mich die ganze Nacht so genannt.“

Passenderweise vibriert mein Handy, das auf dem Glastisch liegt.

„Na, geh schon ran!“, sagt sie bitter.

Es ist Toni.

„Hi!“, sage ich knapp.

„He, Vic.“ Immer, wenn sie mich „Vic“ nennt, will sie entweder was erreichen oder sich entschuldigen. Tja, dafür, dass sie irgendwas mit meinem Auto gemacht hat, von dem ich immer noch nichts Genaues weiß, muss aber einiges mehr kommen.

„Soll ich dich abholen? Hannah muss eh zur Uni, dann kommen wir mit Johannes’ Auto vorbei.“

„Was zum Henker ist mit Trixi passiert?“, kreische ich wütend ins Telefon. Diese ganze Situation macht mich gerade so was von fuchsteufelswild, dass ich nicht anders kann.

Corinna steht hinter mir und lacht bitter. „Oh, interessant. Trixi. Noch eine von deinen Gespielinnen, nehme ich an?“, fragt sie mit ironisch-fiesem Tonfall.

„Nein, Trixi ist mein VW-Bus, verdammte Scheiße noch mal!“, brülle ich zurück.

Ich könnte ihr eine scheuern! Ich mache drei Kreuze, wenn ich dieses Kaff, einschließlich seiner Bewohnerin, endlich wieder hinter mir lassen kann.

Toni räuspert sich derweil am anderen Ende der Leitung. „Ähm, ich erzähl dir nachher, was passiert ist, okay? Sollen wir jetzt kommen?“

Spitze! Wahrscheinlich ist mein Wagen schon auf dem Schrottplatz. „Ja, beeilt euch“, fauche ich sauer zurück, gebe ihr die Anschrift durch und lege auf. Was ist das eigentlich für ein beschissener Tag?

„Also“, führt Corinna unser Gespräch fort. „Wer ist diese Silvana? Deine Freundin? Deine Angebetete? Eine von deinen Mitbewohnerinnen?“

Ich finde zwar eigentlich, dass ich ihr keine Rechenschaft schuldig bin, aber die Situation ist ohnehin schon peinlich genug. Also kann ich auch ruhig ehrlich sein.

„Silvana ist meine Ex. Und es tut mir leid, wenn ich ihren Namen gesagt habe. Wirklich.“

„Deine Ex!“ Sie guckt mich ungläubig an. „Na, das wird ja immer besser.“

„Du, es tut mir echt leid. Und das mit letzter Nacht …“

„… war ein Ausrutscher, schon klar!“, unterbricht sie mich. „Ich hab dich abgefüllt, bin über dich hergefallen, du konntest dich nicht wehren. Hab verstanden. Schönes Leben noch.“

Mit offenem Mund sehe ich sie an. Was fällt ihr ein, mich so abzukanzeln?

Zum Glück sind eine Viertelstunde später Hannah und Toni da. Corinna sieht mich zum Abschied nur noch böse an und sagt dann: „Wer sein Auto Trixi nennt, kann ja nicht alle Tassen im Schrank haben. Und so jemand wagt es, über Polizisten zu urteilen. Du bist echt das Letzte!“ Die Tür fällt ins Schloss und ich lasse mich wortlos auf die Rückbank von Johannes' altem Fiat plumpsen.

Dann legt Toni endlich los: „Du, mit deinem Bus ... Das tut mir echt leid. Ich hab da wohl nicht richtig nach rechts geguckt. Und *wumms*, hatte ich den blöden BMW-Fahrer in der Seite hängen.“

Ich seufze. „Und, wie teuer wird's?“

Toni schluckt. „Ich weiß es nicht. Aber ...“

„Ja?“

„Aber egal wie teuer es wird – ich hab überhaupt keine Kohle. Ich muss erst mal genug verdienen, bevor ich es dir zurückzahlen kann.“

Nach Minuten der Stille dreht sich Hannah zu mir um. „Jetzt erzähl, wie war dein Date?“

„Beschissen!“, fasse ich es in einem Wort zusammen.

„Oje, so schlimm?“ Toni sieht mich mit Hundeblick im Rückspiegel an. Schließlich erzähle ich von dem Abend, der Nacht und dem blöden Erwachen.

„Aber lasst uns nicht mehr davon sprechen. Das verbuche ich jetzt unter Erfahrungen, die man besser nicht gemacht hätte“, schließe ich meinen ernüchternden Bericht. Wir sind uns alle einig, dass die Reaktion von Corinna völlig überzogen und unangemessen war.

„Meine Güte“, murmelt Toni. „Jetzt kann man wohl noch nicht mal mehr 'nen unkomplizierten One-Night-Stand haben, ohne direkt Stress zu bekommen. Typisch Frauen!“

Rasant fährt Toni die Unistraße entlang, als uns ebenso rasant ein Laster überholt und kurz vor uns einschert. Toni geht voll in die Eisen, damit wir ihm nicht hinten drauf fahren, und hupt. „Blöder Penner, was fällt dem ein?" Sie ist außer sich.

Als ich den Schock verdaut habe, klopfe ich ihr von hinten auf die Schulter. „Du, das mit meinem Auto, das ist schon okay. Ich weiß doch, dass du eine gute Autofahrerin bist und das nicht mit Absicht gemacht hast. Tut mir leid, dass ich am Telefon so ausgerastet bin."

„Hm, schon okay", murmelt Toni.

Hannah wühlt abwesend in ihrem Ordner herum, sortiert ihre wüste Sammlung von Seminarunterlagen und murmelt irgendwelche Merksätze vor sich hin. Wir fahren gerade ins Uniparkhaus ein, als Toni plötzlich leise lacht. „Ja, eine gute Autofahrerin bin ich wirklich. Und das ganz ohne Führerschein."

Vor Schreck lässt Hannah ihren Ordner mitsamt einem Stapel loser Blätter in den Fußraum plumpsen und kreischt: „*Waaas?* Du hast keinen Führerschein?"

„Blödsinn", versichere ich. „Wir waren in derselben Fahrschule. Sie will dich nur verkohlen."

Hannah sieht mich atemlos an.

„Ja, in der gleichen Fahrschule schon", fährt Toni ernst fort. „Aber mit dem Unterschied, dass ich durchgefallen bin."

Haus zu verkaufen

Nachdem Hannah und ich den Schock über Tonis nicht vorhandenen Führerschein einigermaßen verdaut haben, steigen wir wortlos aus. Ich nehme Toni den Schlüssel für Johannes' Wagen ab, Hannah läuft verstört in Richtung Unibibliothek, ich setze mich hinters Steuer und fahre mit einer nun schweigenden Toni nach Hause.

Ich kann es einfach nicht fassen! Jahrelang fährt meine beste Freundin mit meinem Wagen durch die Weltgeschichte und hat überhaupt keinen Führerschein. Mal ganz abgesehen davon, dass sie ausgerechnet mir das nie erzählt hat. Ich bin echt enttäuscht.

„Wie hast du der Polizei das eigentlich erklärt?", frage ich nach einigen Minuten der Stille.

„Wieso Polizei?"

„Na, nach dem Unfall wirst du ja wohl die Polizei gerufen haben!"

Toni schüttelt den Kopf. „Nö, ich hab mich mit dem Typen geeinigt, dass ich schuld bin. An seinem Wagen war ja eh nix dran. Dann bin ich mit dem Auto direkt zur Werkstatt."

Das wird ja immer besser.

Zu Hause angekommen, verziehe ich mich mit unserem Telefon in mein Zimmer und starre nachdenklich die Wand an. Ich hatte mir eigentlich geschworen, meine Eltern nie wieder um Geld zu bitten. Schließlich haben sie selbst kaum was.

Aber was bleibt mir nun anderes übrig? Hannah hat ihre letzten Kröten in Nepomuk alias Danny Star investiert, Toni kommt mit ihrem Hiwi-Job und dem Pfandflaschensammeln kaum über die Runden. Und ich? Habe keinen Job und weiß nicht, wie wir die ausstehenden Mieten bezahlen sollen. Na ja, zumindest das Benzingeld spare ich mir jetzt erst mal!

Zögerlich wähle ich die Nummer meiner Eltern. Es ist mir endlos peinlich. Schließlich hab ich mich auch verdammt selten gemeldet in den vergangenen Monaten. Ich war ja immer mit mir selbst beschäftigt.

„König?", geht meine Mutter freundlich ran.

„Hallo, Mama", sage ich kleinlaut.

Ich sehe durch den Hörer quasi ihr freudig überraschtes Gesicht.

„Kind, wie schön. Wie geht es dir?"

„Joah", sage ich zögernd.

„Ist was passiert?", fragt sie mit sorgenvoller Stimme.

Ich erzähle ihr von der Uni, von meinem Pech mit dem Nebenjob, von Nepomuk, lasse die Details von der Trauerzeit nach Silvana aus und berichte nur die Eckpunkte. Dann will ich gerade zum Wesentlichen kommen, als sie in einer kurzen Pause plötzlich anfängt.

„Weißt du, Victoria, wir haben im Moment ein großes Problem."

„Was denn für eins?", frage ich besorgt.

Ich höre meine Mutter schwer atmen. O Gott, hoffentlich ist keiner von beiden krank.

„Um es kurz zu machen: Wir müssen das Haus verkaufen."

Für einen Moment bin ich erstarrt. Ich habe das Gefühl, als würde mir mit einem festen Ruck der Boden unter den Füßen weggerissen. Das Haus verkaufen? Das Haus, wo ich groß geworden bin? Den Garten mit dem Teich und dem kleinen Holzhäuschen, in dem ich jedes Jahr wilde Geburtstagsfeten veranstaltet habe? Wo meine Großeltern ein- und ausgingen. Wo ich meine ganze Kindheit und Jugend verbracht habe?

„Was?“, frage ich leise und geschockt. „Warum?“

Meine Mutter schluchzt. „Wir haben alles versucht, aber wir können das Haus nicht mehr halten. Es ging uns finanziell noch nie so schlecht.“ Sie schnäuzt sich. Und ich würde alles dafür tun, um jetzt da sein zu können. Aber mir laufen selbst schon Tränen über die Wange. „Es tut mir auch so leid für dich, Schätzchen. Wir dachten immer, dass du das Haus mal erben kannst. Aber es geht einfach nicht mehr“, fährt meine Mutter fort. „Die Schulden, die Hypothek, der große Garten. Früher oder später müssten wir eh hier raus. Wir werden ja auch nicht jünger. Und das macht alles ja auch einen Haufen Arbeit.“ Sie spricht jetzt ruhiger, gefasst.

Ich kann gar nichts sagen. Ich weiß nur eins: Geld kann ich von meinen Eltern keines mehr verlangen. Da muss ich mich selbst drum kümmern.

Nach dem Telefonat geht es mir mies. Verdammt mies. Ich bin fünfundzwanzig und hab noch so gut wie nichts erreicht. Meine Eltern haben in dem Alter schon hart geschuftet. Zur Uni zu gehen, das war für sie noch undenkbar. Und sie haben ein ganzes Leben gespart, um mir was Besseres zu bieten. Mir alle Freiheiten gelassen. Mir fast alles ermöglicht, was ich wollte. Und ich? Ich kann ihnen noch nicht einmal was dafür zurückgeben.

Mit einem dicken Kloß im Hals und der betäubenden Einsicht, dass bei meinen Eltern tatsächlich noch weniger zu holen ist als bei mir selbst, werfe ich mich auf mein Bett und mache den Fernseher an. Es läuft eine Vorschau für *Raus aus den Schulden* mit Peter Zwegat. Ich schmeiße die Fernbedienung gegen die Wand.

Münzen für die Dritte Welt

Entrümpeln soll angeblich beruhigen und Klarheit schaffen. In meinem Zimmer finde ich beim Ausmisten so viel Zeug, das mich an alte Zeiten erinnert, dass ich wieder nicht dazu komme, vernünftig aufzuräumen. Lachend krame ich einen braunen, zerknitterten Briefumschlag hervor und schwelge in der Vergangenheit.

Ich muss etwa fünf Jahre alt gewesen sein, als im Fernsehen eine Reportage über Afrika lief. Ich saß bei meinem Vater auf dem Schoß, und wir spielten „Hoppe, hoppe, Reiter", als er plötzlich innehielt und wie gebannt auf den Bildschirm sah. Seine Augen wurden glasig bei dem Anblick von kleinen ausgemergelten Körpern, denen fiese Fliegen um die Augen flogen. Ich erkannte sofort, dass es den Menschen da offenbar nicht so gut ging wie uns!

Also beschloss ich, den Kindern in Afrika was Gutes zu tun. Von einem selbst gemalten Bild würden sie nicht viel haben, das war mir auch damals schon klar. Und meine kleine Kindersparbüchse konnte man nur mit einem Schlüssel öffnen, den ich nicht hatte.

Aber mir kam eine ganz tolle Idee. Ich hatte mal mitbekommen, wie mein Vater alte Münzen in ein Album einsortiert und dabei gesagt hatte: „Vielleicht werden die mal richtig viel wert sein."

Da wir genug zu essen, zu trinken und sogar ein Auto hatten, war mir gleich klar, dass wir die Münzen eigentlich nicht brauchten. Aber die Kinder da drüben – so weit weg, dass man nur mit einem Schiff oder Flugzeug hinkam –, die konnten sicher etwas damit anfangen. Also schnappte ich mir einen großen braunen Briefumschlag aus dem Schreibtisch meines Vaters und schüttete alle Münzen aus dem Album hinein. Noch schnell mit ein bisschen Kinderspucke zugeklebt und fertig.

Aber welche Adresse sollte vorne drauf? Außerdem reichte mein Vokabular in schriftlicher Form nur für meinen Namen, der allerdings schon reichlich schwierig war.

Mein Name allein brachte nicht viel. Also entschied ich mich dafür, Susus älteren Bruder, der schon acht war, zu fragen. Denn irgendwie hatte ich das Gefühl, meine Eltern würden meiner selbstlosen Spendenaktion nicht ganz so begeistert gegenüberstehen.

So kam es, dass Gregor mit krakeligen Buchstaben vorn auf den Umschlag schrieb: „An die armen Kinder aus der Dritten Welt in Afrika. Aber nicht für Süßigkeiten ausgeben, die sind nicht gesund." Ich hatte ihm alles diktiert und hoffte, dass er es auch richtig schrieb.

Stolz krakelte ich meinen Namen als Absender hinten drauf. Der Umschlag war ganz schön schwer.

Frau Schmitz, die rundliche Dame mit den freundlichen Augen, die in der kleinen Poststelle arbeitete, lächelte mich an, als ich ihr selbstbewusst den großen Briefumschlag überreichte. „Ui, der ist aber schwer!", sagte sie und schaute auf den Brief. „Was ist denn da Feines drin?"

Konnte man ihr vertrauen? Ich war so aufgeregt, dass ich es unbedingt jemandem mitteilen musste. „Da sind alte Münzen für die armen Kinder drin", sagte ich mit vor Stolz geschwellter Brust. „Bestimmt sagen die in der nächsten Sendung, dass es denen schon besser geht", war ich sicher.

Sie machte große Augen. „Sendung?"

Ich nickte. „Ja, in einer Sendung haben sie gesagt, dass es denen nicht gut geht. Und mein Papa braucht die Münzen nicht mehr. Also schick ich sie den Kindern zu, damit sie sich ordentliche Klamotten und was zu essen kaufen können."

Ich hätte es wissen müssen. Innerhalb weniger Stunden flog der Brief wie ein Bumerang zurück zu uns nach Hause. Meine Mutter kam mit einem halb weinenden, halb lachenden Auge in den Garten, wo ich Regenwürmer sammelte.

„Schätzchen, das ist so lieb von dir, dass du den Kindern helfen willst!", sagte sie und hielt den Brief in der Hand. Ich fühlte mich von Frau Schmitz ganz schön hintergangen. Hätte ich doch bloß meine Klappe gehalten.

„Aber die Kinder in Afrika können mit den Münzen gar nichts anfangen!", sagte sie weiter und strich mir über den Kopf.

„Wieso nicht?", fragte ich kleinlaut.

„Die haben keine Möglichkeit, die Münzen dort umzutauschen. Weißt du, gegen richtiges Geld, was sie dort benutzen können."

Ich war mir nicht sicher, ob das stimmte oder ob meine Eltern nicht doch einfach lieber selbst die Münzen behalten wollten. Aber dann machte meine Mutter mir einen Vorschlag.

„Ich weiß aber, wie wir den Kindern da drüben wenigstens ein bisschen helfen können!"

Ich sah sie gespannt an. „Wie denn?"

Sie zog ein gefaltetes Blättchen hervor, auf dem eines dieser Kinder in zerrissenen Anziehsachen abgebildet war.

„Hier." Sie reichte mir das Heftchen. „Wir können uns entscheiden, für eines dieser Kinder eine Patenschaft zu übernehmen. Dann kümmern wir uns von hier aus um eines der armen Kinder und du kannst, wenn du willst, auch mal ein selbst gemaltes Bild schicken. Vielleicht bekommst du von ihm auch eins zurück."

Meine Augen wurden groß und größer. Ein Bild aus Afrika. Toll. Ich malte mir im Kopf aus, wie ich binnen kurzer Zeit eine Wand voller Bilder mit Giraffen, Elefanten, Löwen und Tigern hätte, und stimmte dem Vorschlag begeistert zu.

Dies war der Anfang von allem. Ich hatte meine Mutter als Fünfjährige zum Nachdenken gebracht. Sie wollte plötzlich mehr, als nur einem Kind helfen. Sie wollte sich dafür einsetzen, dass es den Menschen in den ärmsten Ländern der Welt besser ging. Und so trat sie einer Hilfsorganisation bei, die sich fortan um die Beschaffung der grundlegenden Dinge kümmerte, die Menschen zum Leben brauchen. Mein Vater erledigte Schriftkram, wenn er abends von der Arbeit kam, und meine Mutter organisierte Sammelaktionen und Spendenaufrufe und brachte immer mehr Leute dazu, dem gemeinnützigen Verein beizutreten.

Doch eines Tages kam es dazu, dass meine Eltern selbst Hilfe brauchten. Die Firma, für die mein Vater zig Jahre lang gearbeitet hatte, ging pleite. Und er verlor seine Arbeit. Und da die Joblage für über Fünfzigjährige nicht gerade prickelnd war, kam eine schwierige Zeit.

Mit seiner Abfindung konnten sich meine Eltern die ersten Monate noch gut über Wasser halten, aber dann jagte ein Problem das nächste: erst das Auto kaputt, dann die Waschmaschine, der Heizkessel, das Garagendach.

Und jetzt war doch alles umsonst.

Abschied von Trixi

Dein Beifahrersitz von Frauen besessen
Wir sahen so manche kommen und gehen
Mein guter Stern auf allen Wegen
Meine große Freiheit
Wir haben so viel Gas gegeben
(Roger Cicero)

Ich hänge über dem Rechner und wühle mich durch die Jobanzeigen unserer Uni-Homepage. Ein Nebenjob als Hilfskraft im Zoo. Na, das hört sich doch gar nicht schlecht an, finde ich und greife direkt zum Hörer.

Herr Friedemann, der Leiter des Zoos, klingt sehr streng. Aber zumindest will er mich kennenlernen und bietet mir an, Montag zum Probearbeiten vorbeizukommen. Wenn das mal nicht eine Chance ist!

Ich hüpfe fröhlich über den Flur, als es an der Tür schellt.

Es ist Siggi. Sein strahlendes Gesicht sagt mir, dass mein Plan tatsächlich funktioniert hat. Er umarmt mich stürmisch und sprudelt direkt los.

„Na ja, am Anfang war es schon ziemlich peinlich. Sie kam natürlich wirklich mit all ihren Kolleginnen gleichzeitig raus. Und als sie mich sah, dachte ich erst, sie haut mir gleich die Blumen um die Ohren. Aber dann hat sie mir doch wenigstens die Chance gelassen, mich zu entschuldigen."

„Klasse!“ Wir lassen uns auf unsere Küchencouch fallen und ich hänge an Siggis Lippen.

„Ja, es war richtig toll. Sie war zwar noch ganz schön sauer wegen der doofen SMS, aber das hat sich dann doch gelegt, als sie gemerkt hat, dass mir wirklich was an ihr liegt.“

„Und dann?“

„Tja, du wirst es nicht glauben. Sie hatte eine völlig verrückte Idee! Als wir auf der Autobahn waren, meinte sie auf einmal, ich solle doch einfach bis zur Nordsee durchfahren. Und das haben wir dann auch gemacht.“

„Uff, das gibt's ja gar nicht.“ Ich reiße begeistert die Augen auf. Das übertrifft nun wirklich alle meine Kai-Pflaume-Erwartungen.

„Da haben wir einen langen Spaziergang am Strand gemacht und ich habe ihr meine Gefühle gestanden.“

„Wahnsinn, und wie hat sie reagiert?“

„Weil ich so mutig war und ihr alles erklärt habe, war sie dann doch recht schnell versöhnlich gestimmt.“

„Siggi, das freut mich wirklich für dich“, sage ich ehrlich.

Er lacht übers ganze Gesicht.

„Übrigens“, er reibt sich die Hände und zwinkert mir zu, „deine Kondome kamen auch noch zum Einsatz!“ Er grinst wie ein Honigkuchenpferd. „Und es war so, so romantisch. Wir lagen mit dicken Decken am Strand, haben die Sterne betrachtet und dann … na ja …“ Er wird rot.

„Wow, wie im Film!“ Voller Respekt und Freude kneife ich ihm in die Wange.

Siggi lächelt. „Ich bin dir so dankbar! Ohne dich hätt ich das nie gemacht.“ Er ist völlig in Gedanken und ich verzeihe ihm, dass er mich nicht nach meinem miserablen Date fragt. Eigentlich bin ich sogar ziemlich froh darüber.

Stunden später sitze ich mit Toni im Bus auf dem Weg zur Werkstatt.

Als wir dort ankommen, kriege ich beinahe eine Herzattacke. Mein armes Auto! Die komplette Seite ist verbeult. Genau da, wo ich den großen, strahlenden Delfin mit Toni zusammen draufgemalt habe. Mir stehen die Tränen in den Augen.

Schuldbewusst sieht Toni mich an.

Ich muss daran denken, wie mein Vater ihn mir stolz zum achtzehnten Geburtstag geschenkt hat. Ein Traumauto! Genauso alt wie ich, laut wie ein Panzer, die graue Farbe war schon halb abgeblättert, aber ich war sofort verliebt in die alte Karre. Wie oft haben Toni und ich Zeit damit verbracht, ihn anzumalen, mit ihm durch die Gegend zu düsen und ihn mit allerlei lustigem Firlefanz auszustatten. Und jetzt sieht er aus wie ein Wrack.

„Und?", frage ich ängstlich, als der Werkstattmeister auf uns zukommt.

„Tja", sagt er schonungslos, „entweder hauen Sie noch mal zweitausend Euro in die Kiste rein oder lassen sie billig verschrotten."

Jetzt rinnt mir doch eine kleine Träne die Wange hinab. Das kann doch nicht wahr sein! Trixi, die mich seit sieben Jahren treu begleitet hat, soll nun in die Schrottpresse?

„So viel Geld hab ich nicht", sage ich schluchzend.

Toni streicht mir über den Rücken. „Und was ist, wenn ich es dir nach und nach wiedergebe?"

Ich schüttle den Kopf. „Ich hab es nicht! Also kann ich es auch nicht bezahlen."

Der Mechaniker sieht uns verständnislos an. „Ist doch eh nur noch ein Haufen Schrott. Der macht's sowieso nicht mehr lange. Ich an Ihrer Stelle ..."

„Sie sind aber nicht an meiner Stelle!", schreie ich ihn aggressiv an. Was bildet der Typ sich ein?

„Is' ja gut", gibt er zurück und entfernt sich mit abschätzigen Blicken. Dann dreht er sich zu mir um und ruft: „Sagen

Sie mir bis Montag Bescheid. Der kann hier nicht so lange stehen bleiben."

Ich öffne die Fahrertür, hole meine CDs und den anderen Krimskrams raus und schlendere dem Typen mit gesenktem Kopf hinterher. Meine Entscheidung ist bereits gefallen.

Tatütata

Am Nachmittag sitzen Hannah und ich in der Küche. Mir liegt die Sache mit meinem Auto im Magen, und ich schaue nachdenklich aus dem Fenster. Draußen regnet es in Strömen, und Hannah vertreibt sich die Zeit mit dusseligen Kontaktanzeigen.

Plötzlich kommt Toni nass wie ein begossener Pudel mit ihrer riesigen Reisetasche in die Wohnung gestolpert und flucht über den miesen Sommer. Ich schaue ihr aus der Küche interessiert zu. „Was hast du denn da drin? Fünfhundert neue Pfandflaschen?“

Sie schüttelt lachend den Kopf. „Nee, Klopapier für die nächsten vier Monate.“

Hannah und ich schauen staunend auf die Tasche, die Toni nun öffnet. Darin befinden sich drei Megarollen mit geschätzten zehntausend Blatt. Wir reißen die Augen und Münder auf und müssen schallend lachen. „Wo hast du die denn her?“, fragt Hannah quietschend.

„Uni-Toiletten!“

„Oje“, sage ich unter Lachsalven. „Dann müssen sich unsere Studi-Kollegen jetzt wohl den Hintern mit Seminarunterlagen abwischen.“

Wir machen es uns zu dritt auf dem Sofa bequem, und Hannah unterhält uns mit ihren Kontaktanzeigen.

„Oh, ‚Sex und Co.‘, Leute, hört mal her.“

Toni grunzt belustigt und nuckelt an einer Flasche Wasser. Erwartungsvoll lehne ich mich zurück. „Dann lass mal hören!“

„Also“, beginnt Hannah spannungsvoll: „*Großer Feuerwehrmann, 31, mit prallem und spritzfreudigem Schlauch sucht SIE mit loderndem Untergeschoss für fantasievolle Löschspiele.* Boah, ich muss gleich kotzen.“ Auch ich verziehe angeekelt das Gesicht.

„Ich weiß gar nicht, was ihr habt. An Kreativität jedenfalls mangelt's ihm offensichtlich nicht“, meint Toni und reißt Hannah die Zeitschrift weg. Schon bald wird sie fündig und rezitiert unter Lachausbrüchen: „*Langschwänziger Kater, 29, sucht schlankes rolliges Kätzchen, um eine Muschi mal wieder richtig laut miauen zu hören.* Ha, Hannah, das ist doch was für dich!“

Empört schaut Hannah Toni an. „Wieso das denn bitte?“

„Ist da auch zufällig was für mich drin?“, frage ich dazwischen.

Hannah blättert und blättert. „Öhm, ja, zwei Anzeigen. Eine von einer sechsundfünfzigjährigen Waltraut und die andere von einer sechzehnjährigen Stella.“

Toni lacht. „Tja, Frau König, wer soll nun Ihr Herzblatt sein?“

Ich stupse sie lachend an.

„Also ich mail dem Feuerwehrmann mal.“ Toni geht nachdenklich mit der Zeitschrift aus der Küche, während Hannah und ich ihr sprachlos nachschauen.

„Das meint sie doch wohl nicht ernst!“ Hannah sieht mich fragend an.

Ich zucke mit den Schultern, kann es aber auch nicht fassen. „Toni ist alles zuzutrauen.“

„Aber so was?“ Hannah ist schockiert.

„Na komm, denk mal an die letzten Jahre zurück. Der Pornodarsteller, die Mieze aus der Nachtbar, der Türsteher aus dem *Elles*, das Go-go-Girl, der glatzköpfige Kerl von der Tankstelle – Toni steht auf Extremes!“

„Ich finde ja, sie sollte sich langsam mal entscheiden.“

Ich seufze. „Hannah, zwischen Männern und Frauen wird sie sich nie entscheiden. Wenn sie liebt, ist es egal, welches Geschlecht.“

„Ja ja, ich weiß. Ich dachte nur, dann wär die Auswahl schon mal leichter. Um die Hälfte sozusagen." Hannah spielt nachdenklich an einer Locke, die ihr ins Gesicht fällt.

Ich greife nach dem Stapel Post, die noch ungeöffnet auf dem Küchentisch liegt, und wühle mich durch die Absagen auf meine Bewerbungen. Frustrierend! Na ja, wenigstens bleibt mir die Aussicht auf den Nebenjob im Zoo.

Abends geht's zu dritt zur Single-Party für „LesBiSchwule & Friends". Wir amüsieren uns prächtig. Auch Ahmet und Gökhan sind da und tanzen wie die Besessenen. Wir wollen gerade zu den beiden rübergehen, als Toni mich anstupst und in Richtung Bar zeigt. Da steht Hannah kichernd mit einem Mädel. „Ui, ich glaub, unsere Kleene wird gerad heftigst angeflirtet und kriegt es nicht mit!" Toni lacht dreckig.

„Sollen wir ihr helfen?", frage ich etwas besorgt, da ich die naive Hannah kenne.

„Och wat, die is' doch mittlerweile volljährig! Jedenfalls auf dem Papier."

Hannah lässt sich ein Glas Wein nach dem anderen ausgeben, lacht schallend, gackert herum, lässt sich von der Fremden berühren, ohne dass es ihr richtig bewusst wäre. Toni und ich beobachten das Schauspiel aus einigen Metern Entfernung und schütteln die Köpfe. Dann plötzlich versucht die andere sie zu küssen, und Hannah stößt sie schockiert zurück.

„Ey, wat soll dat? Erst lässt du dich bewirten und dann is' nix gewesen oder was?", mault diese lautstark herum. Offenbar hat sie einige Gläser Wein zu viel getrunken.

„Scheiße, ich glaub, Hannah steckt in Schwierigkeiten!" Ich zupfe an Tonis Ärmel.

Ohne nachzudenken, boxt sie sich durch die Menge und reißt die Fremde am Kragen. „Pass ma auf, Puppe. Wenn du dein Geld an Heten verschleuderst, biste selbst Schuld. Zieh Leine, sonst gibt's echten Ärger, ja!"

Dann zerrt sie Hannah am Arm und zieht sie weg. „Wann wirst du jemals in der Lage sein, dich selbst aus so dusseligen Situationen zu befreien, bevor es zu spät ist, hm?"

Schuldbewusst und kleinlaut senkt Hannah den Kopf und lässt sich von Toni zu mir schleifen. Ich bin gerührt, dass Toni sich so für Hannah einsetzt. Ohne groß darüber nachzudenken, kämpft sie für die Leute, die ihr am Herzen liegen. Das mag ich so sehr an ihr.

Wir beruhigen unsere Gemüter mit einem kühlen Getränk und gesellen uns zu Ahmet und Gökhan, als plötzlich ein Typ Marke Oliver Bierhoff zu uns kommt. Lächelnd schreitet er auf Hannah zu, die ihn gar nicht bemerkt, bis ich ihr vorsichtig auf den Fuß trete.

„Auaaaaaa!", kreischt sie, so dass sich trotz der Lautstärke einige Leute nach uns umdrehen. Toni rollt die Augen nach oben und verabschiedet sich zur Toilette.

Der Typ grinst schelmisch und tippt Hannah auf die Schulter. Diese dreht sich um, schaut ihn an und ist dann in einer großen pinkfarbenen Wolke verschwunden. Ich kriege so gerade noch mit, dass er sie an der Bar beobachtet hat und enttäuscht war, da sie offensichtlich eher an Frauen interessiert sei. Dass er sich nach dem Vorfall von eben aber plötzlich nicht mehr sicher war und deshalb all seinen Mut zusammengenommen hat, um sie anzusprechen.

Wie im Film, denke ich. Wieso passiert mir eigentlich nie so was?

Den Rest des Abends verbringt Hannah knutschend mit ihrem Anbeter in einer dunklen Ecke der Diskothek. Ich treffe ein paar Kommilitonen, aber die Flirtquote liegt für mich heute bei null. Trotzdem lasse ich mir die Laune nicht verderben, tanze, habe Spaß und freue mich, dass ich Montag wenigstens die Aussicht auf einen neuen Nebenjob habe.

Pärchenhorror

„Gehst du mit mir ins Kino?“, frage ich Toni flehend, die im Bad steht und sich die Augenbrauen in Form zupft.

„Nee, ich bin verabredet. Sorry.“

„Oh, ach so. Mit wem denn?“

Sie zögert kurz. „Ich treff den Feuerwehrmann.“

Ungläubig starre ich sie an, in der Hoffnung, dass sie mich nur verkohlt. „Das ist jetzt nicht dein Ernst!“

„Wieso denn nicht?“ Sie stochert sich mit einem Wattestäbchen im Ohr herum.

„Na weil, weil, weil ...“, stammle ich. Weil ich das nicht will, denke ich, sage es aber nicht.

„Ach so, deshalb“, witzelt Toni. „Weil weil weil! Na klar, da hätt ich auch selbst drauf kommen können.“

„Ich fand die Anzeige ekelhaft“, gestehe ich trocken.

„Kein Wunder, du stehst ausschließlich auf Mädels, Schätzchen!“

„Nee, nicht deshalb.“

„Sondern?“, fragt sie und legt die Pinzette weg.

Ich kratze mich verlegen am Kopf. „Die klang so sexlastig!“

Toni lacht dreckig. „Könnte daran liegen, dass sie unter der Rubrik ‚Sex und Co.‘ stand.“

Ich seufze. „Und auf so was stehst du?“

Sie malt sich einen perfekten schwarzen Lidstrich, der ihre Attraktivität deutlich steigert. „Na ja, ein unkomplizierter

One-Night-Stand, daran ist doch nix auszusetzen, hm? Außerdem hab ich einfach mal wieder Bock auf 'nen Kerl."

Autsch! Das hat gesessen. „Aber was ist, wenn der ..."

„Wenn der was?", fragt sie, während sie sich Wimperntusche aufträgt.

„Wenn der irgendwie brutal ist oder so?"

Toni prustet. „Süße, mach dir keine Sorgen. Ich bin keine fünfzehn mehr." Sie dreht sich zu mir um, nimmt mein Kinn in die Hand und drückt meine Wangen zusammen. „Ich pass schon auf mich auf."

Ich nicke nachdenklich. „Na dann, viel Spaß", sage ich lustlos und trotte aus dem Badezimmer.

Toll! Sonntagabend und ich hab nix vor. Nach Allein-vor-dem-Fernseher-Hocken ist mir heute überhaupt nicht. Selbst der *Tatort* reizt mich heute kein Stück.

Hannah ist mit dem Disko-Typen im Autokino, Toni kurz davor, sich von einem sexgeilen Feuerwehrmann durchvögeln zu lassen, und ich – hänge genervt am Fensterbrett herum und schiebe schlechte Laune. Warum eigentlich? Ich könnte etliche Leute anrufen. Oder einfach zum Unicafé gehen – irgendwer wird schon da sein. Oder Siggi mit meiner Laune auf die Nerven gehen. Oder – haha – für die Prüfung lernen! Guter Witz!

„Na, wie seh ich aus?" Toni kommt fertig gestylt in die Küche und mir fällt beinahe die Kinnlade runter. Sie grinst mich keck an, kneift mir in die Wange und gibt mir einen Schmatzer auf den Mund. „So sexy, dass dir die Worte fehlen? Na, dann kann ja wohl nix mehr schiefgehen." Knackarsch wackelnd verlässt sie die Küche und wirft mir noch ein Zwinkern zu, bevor sie flötend die Wohnung verlässt. Uff!

Okay, also bleibt mir nichts anderes, als Siggi im Evergreens anzurufen.

„Hallo, Kleines, na, was geht bei dir?", fragt Siggi gut gelaunt.

„Das Gleiche wollte ich dich fragen."

„Jana ist hier, und wir wollen gleich zum Griechen."

„Ach so", sage ich lahm und kann meine Enttäuschung in der Stimme nicht verbergen.

„Komm doch einfach mit!", schlägt er vor.

Oje, mit einem frischverliebten Pärchen den Abend verbringen? Gibt es was Schlimmeres?

„Ähm, ihr wollt sicher lieber allein ..."

„Quatsch", unterbricht Siggi mich. „Jana ist auch schon ganz gespannt auf dich. Du bist ja auch so was wie unsere Schicksalsgöttin. Darauf müssen wir anstoßen." Aus dem Hintergrund ertönt eine zustimmende Reaktion.

Okay, dann tue ich mir das halt an.

Ich gehe rüber zur Kneipe, wo Arm in Arm Siggi und Jana stehen. Er stellt mich ihr vor, und tatsächlich ist sie mir auf Anhieb sympathisch.

Dann fahren wir mit Siggis Auto zum Akropolis.

Jana fragt mich alles Mögliche, und es wird ein netter Abend. Bis den beiden scheinbar plötzlich bewusst wird, dass sie unfassbar doll verschossen sind, und mich ab neun Uhr überhaupt nicht mehr wahrnehmen. Ich stochere lustlos in meinem Salat herum und ärgere mich, dass ich nicht zu Hause geblieben bin. Ich hätte den Abend ruhig mal nutzen können, um mich auf das morgige Gespräch vorzubereiten. Oder um mit der blöden Lernerei voranzukommen.

Was Toni jetzt wohl macht? Ob sie wirklich gerade mit diesem Tatütata-Typen im Bett ist? Irgendwie ist mir gar nicht wohl bei dem Gedanken.

Und Hannah? Die zieht mit ihrer neuen Errungenschaft sicher das gleiche Spiel ab wie Siggi und Jana gerade vor mir.

Als ich um zwölf Uhr endlich nach Hause komme, brummt mir der Schädel. Die Wohnung ist dunkel, weder Hannah noch Toni sind da. Nur Nepomuk begrüßt mich mit einem kläglichen „Miau!“, was so viel heißt wie „Ich hab seit mehr als fünf Stunden nichts mehr gefressen! Gib mir Futter!“.

Was für ein Tag! Gefrustet setze ich mich vor den PC und hole mir gähnend noch ein paar Infos über den kleinen Zoo ein. Dann lege ich mich ins Bett und will gerade wieder blöde rumgrübeln, als Nepomuk sich zu mir kuschelt und wir zusammen einschlafen.

Vögelprobleme

Immer, wenn ich was Neues beginne, geht erst mal alles schief. Ob ich zum ersten Mal eine neue Party besuche, mich zum ersten Mal mit jemandem treffe oder meinen ersten Arbeitstag in einem neuen Job habe – zuallererst erwartet mich allzu oft eine mittlere Katastrophe. Manchmal aber geht nicht nur *erst mal* was schief, sondern einfach alles.

So geht es mir auch, als ich zum Probearbeiten in den Tierpark gehe. Der Chef in dem kleinen Zoo, der sich aber mittlerweile weit über die Stadtgrenzen hinaus einen Namen gemacht hat, erweckt einen strengen Eindruck. Als ich auf die Minute pünktlich bei ihm im Büro stehe und auf seine Anweisungen warte, schaut er mich skeptisch an. Danach teilt er mir mit, dass er mich für eine äußerst verantwortungsvolle Aufgabe einteilen muss: Ich soll die Vitrinen, die den Eingang zur Vogelthemenwelt zieren, ausräumen, säubern und wieder befüllen. Und zwar mit Vogeleiern verschiedenster Größen, Farben und Formen. Winzige und riesige, aufgebrochene und intakte, weiße, gelbe, bräunliche und grüne, einfarbige und gesprenkelte, glatte und rissige.

So viele verschiedene Eier habe ich nie zuvor gesehen. Selbst die meisten Vogelarten, die darunter auf kleinen Schildern vermerkt und beschrieben sind, kenne ich nicht. Da tauchen Namen auf wie Mönchsgrasmücke, Teichrohrsänger, Rotrückenwürger oder Trauerschnäpper.

Mit vor Stolz geschwellter Brust stellt sich Herr Friedemann in mein Sichtfeld und räuspert sich vielsagend. „Ab morgen richten wir hier zum mittlerweile fünften Mal die Internationalen Vogeltage aus. Jede Vitrine muss blitzen, jedes Ei muss aussehen wie … wie … aus dem Ei gepellt, alles muss einfach perfekt sein." Er zwirbelt sich nervös seinen Bart, während er nach Worten sucht.

„Gegen Mittag erwarten wir weitere Vogeleier sowie wertvolle Fossilien aus unseren Partnerzoos. Diese müssen dann auf den ausgewiesenen Plätzen untergebracht werden, damit alles seine Ordnung hat und Herr Fröbel später absolut beeindruckt ist. Leider sind heute zwei Mitarbeiter krank geworden, deshalb haben wir einen Engpass."

Ich schaue ihn mit großen Augen an. „Und Herr Fröbel ist wer genau?", frage ich.

Sein Blick, der mich mustert, als wäre ich ein ahnungsloses und ignorantes Objekt, verrät: Herr Fröbel muss ein wichtiger Mensch sein. Zumindest in den Augen von Herrn Friedemann.

„Herr Fröbel", fährt dieser mit betont deutlicher Stimme fort, „ist der Direktor der Bank, die uns seit einigen Jahren finanziell stark unter die Arme greift. Ohne diesen Sponsor sind Aktionen in dieser Größenordnung nicht zu bewältigen."

Ich nicke beeindruckt. Soso, ein Zoo hat also auch Sponsoren. Welches Ei hat wohl Herr Fröbel gelegt, frage ich mich belustigt, als ich ein paar hellgrüne Exemplare erspähe.

„Daher müssen Sie sich im Klaren sein, was für eine verantwortungsvolle Aufgabe ich Ihnen hier übergebe. Ich bitte um volle Konzentration und Disziplin. Herr Fröbel ist passionierter Ornithologe."

Als Herr Friedemann nach einer läppischen halben Stunde mit seinem autoritären Vortrag fertig ist, schnappe ich mir ein

Paar Einweghandschuhe, hole alle Eier aus den insgesamt fünf Vitrinen und lege sie auf einem großen, extra bereitgestellten Tisch ab. Zum Glück ist hier heute besucherfreie Zone, sonst hätte ich ein Rudel von kreischenden Kindern am Hals, auf das ich achtgeben müsste.

Meine Gedanken schweifen ab, während ich die kleinen Schilder, auf denen Erklärungen und lateinische Begriffe zu jedem einzelnen Ei stehen, auf ein weiteres Tablett lege.

Als ich morgens aufgewacht bin, waren Hannah und Toni immer noch nicht da. Muss ich mir Sorgen machen? Hoffentlich erweisen sich die beiden Männer, die Toni und Hannah treffen, nicht als gestörte Irre!

Ich stülpe mir die viel zu engen gelben Putzhandschuhe über und wasche mit dem großen Schwamm die dreckigen Vitrinen aus.

Toll, jetzt sind bestimmt bald alle im siebten Pärchenhimmel! Siggi und Jana, Hannah und dieser Oliver Bierhoff, Toni und der Feuerwehrmann. Ich fühl mich richtig scheiße! Wahrscheinlich darf ich die nächsten Monate nur noch das fünfte Rad am Wagen spielen. Ätzend!

Eine Stunde später kommt die Lieferung der Partnerzoos, und plötzlich stelle ich fest, dass ich mit den Gedanken so weit abgedriftet bin, dass ich mir nicht gemerkt habe, welches Schild zu welchem Ei gehört. Scheiße Scheiße Scheiße! Das darf jetzt nicht wahr sein!

Der Lieferant stellt die hochsensiblen Fundstücke neben mir ab und verabschiedet sich schnell wieder.

Verdammt, was mache ich nur?

Ein Blick auf die Uhr verrät mir, dass ich nicht mehr viel Zeit habe, bis Herr Friedemann den ersten Kontrollgang macht.

Ich studiere ein paar Schilder und lese mir die Beschreibungen durch. Okay, dass ein Straußenei größer ist als ein Ei von einer Amsel, ist mir schon klar. Vielleicht kann ich mich mit den Größen der Eier durch alle hindurchhangeln!

Zum Glück finde ich in dem Raum, in dem morgen der Eröffnungsvortrag gehalten wird, ein Maßband und messe damit jedes einzelne Ei ab. Gut, dass dieser Friedemann gerade nicht da ist. Der fände das sicher nicht so witzig.

Nach anderthalb Stunden habe ich es geschafft – alle Vitrinen glänzen, sind mit Eiern und Schildern bestückt, und ich bin schweißgebadet. Puh, gerade noch mal gut gegangen, denke ich stolz.

Es dauert nicht lange, bis Herr Friedemann mit drei Herren im Anzug die Eingangshalle betritt und mich von Weitem argwöhnisch mustert. Hoffentlich gibt es hier keine Überwachungskameras. Sonst bin ich geliefert.

„Einen Moment, ich bin sofort wieder bei Ihnen", wendet er sich höflich an seine drei Gäste und kommt mit großen Schritten auf mich zu.

„Und, wie ist es gelaufen?", will er wissen.

„Öhm, ja, war okay", gebe ich locker zurück.

Er zieht eine Augenbraue hoch und sieht mich skeptisch an. „Nun gut! Wenn ich mir mit Herrn Fröbel und seinen beiden Mitarbeitern ein Bild von Ihrer Arbeit gemacht habe, komme ich noch mal auf Sie zu. Sie können so lange die Ställe im Streichelgehege ausmisten."

Er zeigt mir, wo ich hingehen muss. „Gabi wartet dort auf Sie. Das ist die Tierpflegerin."

Gabi gehört zweifelsfrei in die Kategorie „Kein Spaß unter drei Promille" und sieht mich über den Rand ihrer Nickelbrille herablassend an. Meine Fresse, wie kann man mit Tieren arbeiten und den ganzen Tag so miese Laune haben, frage ich mich.

„Hier!", sagt sie im Kommandantenbefehlston und hält mir eine große Harke hin.

„Da!“ Sie zeigt auf die kleinen Stallungen der Ziegen, Ponys und Hängebauchschweine. „Saubermachen!“

Ich nicke und rolle mit den Augen, als ich an ihr vorbeigehe. Die würde besser zur Bundeswehr passen als in einen Streichelzoo. Beinahe sehne ich mich nach dem albernen Handykostüm von Mike zurück. Aber auch nur beinahe!

Gerade streichle ich grinsend eines der dicken, kleinen Schweine, das mir mit seinem ausladenden Bauch ungewollt dabei hilft, den Stallboden sauberzumachen, als ich von Weitem Herrn Friedemanns Stimme höre. Und zwar in einer unangenehmen Lautstärke.

„Frau König!“, schreit er über das Gelände und kommt auf mich zugeeilt. Mir schwant Schlimmes!

„Frau Kööööönig!“

Ich lehne die Harke an den Zaun. „Ja?“, rufe ich unschuldig zurück.

„Sofort hierher!“, mahnt er mich.

O Gott, das klingt gar nicht gut!

Als ich bei ihm angekommen bin, sehe ich, dass sein Hals beinahe den doppelten Umfang angenommen hat, so sehr ist der Zoodirektor außer sich vor Wut.

„Frau König, Sie haben alle durcheinandergebracht. Sind Sie eigentlich vollkommen derangiert? Wollen Sie mich ruinieren? Mich zum Gespött der ganzen Stadt machen? Wie kann man nur so dämlich sein?“

Er ergreift meinen Arm und zieht mich hinter sich her in die Halle, in der drei bleiche Wesen stehen. Herr Fröbel scheint kurz einer Ohnmacht entkommen zu sein. „Der Teichrohrsänger ...“, murmelt er vor sich hin und sieht dabei aus, als wäre er reif für die Klapse. „Der Teichrohrsänger ...“

„Was haben Sie sich nur dabei gedacht, Sie ... Sie ... Sie unfähige Person, Sie?“, fährt Friedemann währenddessen mit seinen Beschimpfungen fort.

„Und die Waldschnepfe ...“, seufzt Fröbel mit traurigem Gesichtsausdruck und betrachtet die Eier, die neben dem Schildchen liegen.

Friedemann schnappt nach Luft und zurrt an seiner Krawatte. „Ein Fiasko! Ein Fiasko!“

Schuldbewusst will ich gerade etwas Entschuldigendes sagen, als er abwinkt. „Nichts will ich hören. Absolut nichts!“

Dann geschieht etwas Unglaubliches. Herr Fröbel kommt auf Herrn Friedemann zu und sagt kraftlos: „Sie haben mich überzeugt! Ihr Zoo braucht dringend weiterhin unsere finanzielle Unterstützung. Sie benötigen offensichtlich qualifiziertes Personal. Und nicht so ein ...“, er sieht mich an, als wäre ich ein Häufchen Schmutz, „... ein unnützes Pack!“

Friedemann kriegt sogleich große Augen.

„Deshalb denke ich, dass wir unseren bisherigen Betrag verdoppeln müssen, um künftig zu gewährleisten, dass so etwas nie wieder passiert.“

Jetzt steht Friedemann kurz vor einer Ohnmacht. Er hält sich an einer der Vitrinen fest und bedankt sich wie ein Schuljunge für ein Fleißkärtchen. Für einen Moment habe ich die Hoffnung, dass meine Situation sich dadurch automatisch bessert, und will gerade scherzhaft darauf hinweisen, dass man mir ja eigentlich danken kann, als ich Herrn Fröbels eiskalten Gesichtsausdruck sehe.

„Aber nur unter der Bedingung“, fährt er schließlich mit Schlitzaugenblick fort und zeigt auf mich, „dass Sie dieser Person unverzüglich kündigen.“

Beide sehen mich durchdringend an.

„Das ist gar nicht nötig“, lächelt Herr Friedemann süffisant, „denn einen Vertrag gibt es sowieso noch nicht. Und wird es nie geben. Auf Nimmerwiedersehen, Frau König!“

Altlasten

And you told me how you're feeling
But I don't believe it's true
Anymore Anymore
(Maroon 5)

Ich habe noch gar nicht richtig begriffen, was heute alles passiert ist, als ich mich auf den Heimweg mache. Plötzlich klingelt mein Handy, und ich wühle in meiner Umhängetasche, bis ich es endlich gefunden habe. Ich will gerade auf den Knopf drücken, um das Gespräch entgegenzunehmen, als ich fassungslos erkenne, dass es Silvanas Nummer ist. Beinahe renne ich gegen eine Laterne. Es klingelt, klingelt, klingelt. Und klingelt nicht mehr. Scheiße. Was will sie bloß?

Es folgt eine SMS mit der Mitteilung, dass jemand eine Nachricht für mich aufgesprochen hat.

Zitternd rufe ich meine Mailbox an. Und dann haut es mich regelrecht aus den Socken, als ich zum ersten Mal wieder ihre Stimme höre.

„Hi, Victoria. Ähm. Du wunderst dich sicher, von mir zu hören. Öhm, ich … Ich weiß auch nicht genau, warum ich anrufe. Na ja, wobei … Also, ich bin für ein paar Wochen beruflich im Ruhrgebiet und dachte … Ich, ich … Ich vermisse dich irgendwie. Ich dachte, vielleicht könnten wir uns sehen. Falls du das willst … Ach, was red ich. Wahrscheinlich willst du das nicht. Kann ich auch verstehen … Aber … Also, ich würde mich freuen. Ehrlich … Ruf mich doch bitte mal zurück, ja? Oder wir sehen uns auf der Glamour-Party … Falls du da hingehst. Oder halt nicht. Na ja, überleg's dir. Ja? Tschüss!“

Ich speichere die Mitteilung und laufe wie hypnotisiert weiter.

Das überleb ich heute nicht! Nicht auch noch das! Irgendwann reicht es doch mal.

Zu Hause angekommen, trotte ich ausgelaugt in mein Zimmer und werfe mich aufs Bett. Hannah telefoniert, während aus Tonis Zimmer laute Musik tönt.

Ich habe keinen Bock, mir auch noch die glücklichen Date-Storys der beiden anzuhören.

Doch zu spät – schon stehen die beiden in meinem Zimmer und sehen mich fragend an.

„Mein Gott, siehst du scheiße aus!“

Hannah knufft Toni in die Seite. „Na! Nicht so gemein. Was ist los, Süße?“ Sie setzt sich neben mich aufs Bett.

„Alles ist!“, sage ich kraftlos.

Toni steht im Türrahmen und kratzt sich unterm T-Shirt am Bauch. „Was ist denn passiert?“, fragt sie gähnend.

Also erzähle ich. Angefangen bei dem Horror-Knutschabend mit Siggi und Jana, von meinem Probetag im Zoo und schließlich von Silvanas Anruf.

„Zeit für eine kleine Sofasession, was?“ Toni lächelt mich an, während Hannah mir besorgt über den Kopf streicht.

So setzen wir uns zu dritt in die Küche auf unser durchgesessenes Sperrmüllsofa und trinken einen ekelhaft süßen Rotwein aus dem Tetrapack vom Discounter.

„Was will die Alte bloß von dir?“, fragt Toni, als ich den beiden die Mailboxnachricht vorspiele.

Ich zucke mit den Achseln.

„Ich sag dir gleich – ich übersteh kein zweites Mal eine Zeit mit tausend todtraurigen Liebesliedern in der Wohnung.

Da zieh ich eher aus." Toni nimmt einen Schluck Wein und wischt sich den Mund ab.

„Jetzt sei doch nicht so", beschwichtigt Hannah. „Sie weiß doch selbst nicht, was Silvana will."

„Und ich war so froh, dass ich diesen beschissenen Namen nicht mehr hören musste." Toni verschränkt einen Arm hinter dem Kopf und seufzt hörbar.

„Wie war es eigentlich mit dem Feuerwehrmann?", frage ich, um abzulenken, auch wenn ich Angst vor der Antwort habe.

Toni macht eine wegwerfende Handbewegung. „Kannste absolut vergessen. Der hat mich den ganzen Abend vollgequatscht, und dann sind wir in einer Bar versackt."

Ich kann eine gewisse Erleichterung nicht verbergen. Sie hat also nicht mit ihm …

Toni schaut aus dem Fenster und lacht plötzlich. „Gevögelt haben wir dann auch noch, war aber nicht so der Hit."

Theater, Theater

Theater, Theater, der Vorhang geht auf
Dann wird die Bühne zur Welt.
Theater, Theater, das ist wie ein Rausch
Und nur der Augenblick zählt.
(Katja Ebstein)

Nach unserem traditionellen WG-Besäufnis in der Nacht zu Heiligabend überreichte mir Hannah im vorletzten Jahr kichernd einen Briefumschlag, den ich Glühwein gurgelnd und dabei durch die Innenstadt torkelnd öffnete. Ich überflog die Zeilen und las nur „Gutschein für ET." – sogleich musste ich schallend lachen.

„Ist das nicht der hässliche Außerirdische aus den Achtzigern, dessen Finger leuchtet wie ein Glühwürmchen?"

Hannah zog eine Grimasse. „Nee, das ist ein Abo fürs Experimentelle Theater."

Ich übergab mich in den Vorgarten einer Kirchengemeinde und warf den Brief samt Inhalt im Affekt weg, während Toni lachend ins nächste Gebüsch torkelte.

Am nächsten Tag entschuldigte ich mich mehrfach bei Hannah, konnte dem Abo aber nicht entkommen, denn Hannah hatte den Umschlag fürsorglich an sich genommen. „Dann musst du dir jetzt jeden ersten Freitagabend im Monat frei halten. Schön, nicht? Sechs Monate Theater. Und immer wir zwei zusammen."

Damals ahnte ich nicht, was für Folgen dieses Geschenk haben würde.

Das erste Stück, das Hannah und ich besuchten, stand unter dem Motto *Konsumgeilheit*. Der zugehörige Infoflyer kündigte ein gesellschaftskritisches Stück an. Bei einem Milchkaffee im Theaterbistro unterhielten Hannah und ich uns darüber, dass es doch durchaus spannend und interessant klinge. Da war mir auch noch nicht klar, was für Fähigkeiten blutjunge unverbrauchte Theaterschauspieler und deren Intendanten entwickeln können, wenn es um die moderne Darstellung von Gesellschaftskritik geht. Zu allem Unglück war der Saal, der eigentlich eher die Bezeichnung „Raum“ verdiente, nicht nur winzig klein, sondern wir saßen auch noch in der zweiten Reihe.

„Geil, ne!“, kreischte Hannah mir aufgeregt ins Ohr. „Und das Coolste ist, dass das unsere festen Plätze für alle Vorstellungen sind.“ Ich konnte mich gerade noch beherrschen, vor exemplarischer Freude nicht überzuschnappen.

Dann ging das Licht aus, das Husten wurde weniger, und Hannahs Stimme schaltete sich auf Zimmerlautstärke runter. Plötzlich lag die Bühne in gleißendem Licht, so dass einem beim Hinsehen die Augen wehtaten, als hätte man monatelang in die Sonne gestarrt. Die Kulisse wurde langsam sichtbar; sie sah aus wie der Piccadilly Circus am Samstagabend. Überall Leute, die fotografierten, redeten, Krach machten.

„Klasse dargestellt, ne!“, schrie Hannah mir ins Ohr.

Ich nickte.

Zugegeben, es war recht realitätsnah. Einige Minuten lang schlenderten die Leute durch Geschäfte aus Pappmaché und imitierten Touristen. Plötzlich wurde eine Leinwand heruntergelassen, auf der ein 0190-Werbespot abgespielt wurde. „Ruf mich an, du heißer Hengst“, sabberte eine in rote Lackausrüstung gequetschte Hängebusenfrau mit russischem

Akzent. Hannah kicherte. Irgendwo hinter uns wurden Sitze hochgeklappt und einige Leute verließen unter Protest den Raum.

Dann flogen Ballons durch die Luft. Auf einem Bildschirm erschien ein nerviges Küken aus einem Handyklingeltonspot. Ich warf einen flüchtigen Blick auf meine Uhr. Es waren gerade mal sechzehn Minuten vergangen. Als ich den Blick wieder zur Bühne hob, traf mich fast der Schlag. Ein Dutzend splitterfasernackter Männer kam von rechts auf die Bühne gehüpft. Alle hielten ihre Arme weit über dem Kopf, machten komische Bewegungen und ließen ihre Schwänze im Rhythmus zu *Yellow Submarine* kreisen. Mir wurde schwindlig.

Ich stellte mir vor, dass, wenn sie dieses Spektakel noch lange fortsetzten, ihre Penisse im hohen Bogen durch den Raum fliegen würden, und musste nun zum ersten Mal schallend lachen. Ein älterer Herr in der Reihe vor uns blickte sich nach mir um. Prustend sah Hannah mich an, die sich vermutlich sehr über die nackten Tatsachen freute, denn schließlich hatte sie nach ihrer letzten Beziehung lange keinen solchen Anblick mehr erleben dürfen.

„Scheiße, der da links hat ja einen Hammerlangen!", grunzte Hannah. Ich wäre am liebsten im Boden versunken. Ganze Stuhlreihen hinter uns schienen sich nach und nach zu erheben und das Theater zu verlassen, denn nicht nur auf der Bühne, sondern auch hinter uns war Lärm zu vernehmen. Die russische Busenfrau hauchte immer noch „Ruf mich an, du heißer Hengst", während ein junges Paar mit Kinderwagen und Pitbull-Terrier auf die Bühne kam und die nackten Männer beobachtete.

Neben mir sagte ein Mann genervt zu seiner Begleitung: „Was soll mir die Scheiße eigentlich sagen?"

Sie blitzte ihn daraufhin wütend an: „Du verstehst davon eben nichts."

Als das Stück vorbei war, hatte ich rasende Kopfschmerzen. Trotzdem ließ ich mich von Hannah zu einem Absacker in der Theaterkneipe überreden.

Hannah war völlig begeistert von dem Stück und sprudelte nur so vor Interpretationsansätzen. Ich nuckelte abwesend an meinem kühlen Bier und beobachtete zugleich die anderen Leute.

Plötzlich ertönte Applaus. Aus der Tür, hinter der sich offenbar die Räume der Darsteller befanden, waren einige Schauspieler getreten, um sich unters Volk zu mischen. Und da geschah das, was man gemeinhin nur aus Filmen kennt.

Ich sah *sie* und war von einer Sekunde auf die nächste hin und weg. Umringt von einem kleinen Pulk von Leuten, stand sie noch immer wie im Rampenlicht, ihre langen, dunklen Haare leuchteten und ihre Augen strahlten wundervoll. Wie in Zeitlupe warf sie ihre Haare in die Luft, die genauso langsam wie in einer Schwarzkopf-Reklame wieder zurückfielen. Jetzt erkannte ich auch, dass sie die junge Frau mit dem Kinderwagen dargestellt hatte – nur, dass sie nun ohne Perücke und mit weniger Schminke dastand.

„Hallo?" Hannah winkte vor meinem Gesicht hin und her.

„Hä?", fragte ich abwesend.

Hannah drehte sich um und sah, warum ich nicht bei der Sache war.

„Och, das ist doch eine von der Bühne, oder? Wow, die sieht ja wirklich fantastisch aus."

„Allerdings." Mein Herz schlug im Rekordtempo, mein Puls war bei gefühlten zweihundertfünfzig angelangt. Was für eine Frau!

„Hannah?"

„Ja?"

„Ich muss sie kennenlernen!"

Mit erstauntem Blick musterte mich Hannah. „Ja, dann geh hin!"

Und so kam es, dass ich Silvana kennenlernte. Zum ersten Mal in meinem Leben sprach ich eine wildfremde Frau an. Einfach so. Ohne zu wissen, ob ich auch nur den Hauch einer Chance hatte. Ohne irgendwas über sie zu wissen. Aber es funktionierte.

Hannah verabschiedete sich irgendwann unauffällig (wofür ich sie hätte küssen können), und als der Trubel sich legte, ließ ich mich von Silvana in eine Bar ganz in der Nähe des Theaters entführen. Es war ein langer Abend voller tiefsinniger Gespräche über das Leben, die Liebe, über Theater und Film, über alles, was man in einigen Stunden bereden kann.

Es war Liebe auf den ersten Blick. Bis dahin hatte ich nicht daran geglaubt, dass es sie geben könnte. Doch nun war ich sicher.

Ihre dunkelbraunen, langen Haare, die strahlend türkisfarbenen Augen, die aussahen wie das Karibische Meer. Sie war sehr klein und schmal und wirkte dadurch einerseits zerbrechlich, aber durch ihre energische und attraktive Erscheinung gleichzeitig sehr stark. Ich war sogleich fasziniert von ihr.

Sie war verträumt, poetisch, aber auch klug, charmant und genießerisch. Sie machte mir am laufenden Band Komplimente. Mit ihr verbrachte ich unvergessliche Stunden, Tage, Wochen, Monate. Binnen kürzester Zeit hatte sie mich vollkommen verzaubert. Zum ersten Mal in meinem Leben fielen in meinem Freundeskreis Worte wie „Traumpaar“ oder „so süß zusammen“. Ich genoss mein Zusammensein mit ihr in vollen Zügen.

Die Einzige, die Silvana auf den Tod nicht ausstehen konnte, war Toni. Während ich den Rekord in Theaterbesuchen schlug, machte sie keinen Hehl daraus, dass unsere Verliebtheit ihr total auf den Wecker ging.

„Sie ist eifersüchtig wegen mir“, attestierte Silvana. „Sie wäre gern an meiner Stelle, da bin ich sicher.“

Ich jedoch hatte nie an diese Theorie geglaubt. Eher beschlich mich das ungute Gefühl, dass Toni mehr in Silvana zu sehen vermochte, als ich es jemals tat. Nämlich die schlechten Seiten.

Es dauerte beinahe ein Jahr, bis ich herausbekam, dass ich nicht die einzige Frau in Silvanas Leben war. Diese Tatsache traf mich wie ein Faustschlag ins Gesicht. Doch noch mehr verletzte mich Silvanas Rechtfertigung: „Süße, du bist etwas ganz Besonderes für mich. Die Tollste von allen. Die anderen sind nur so eine Art Musen. Weißt du?“ Dabei schaute sie mich so unschuldig an wie die personifizierte Jungfrau Maria. „Das ist eben die Welt des Theaters. Da nimmt man das nicht so genau.“

Beinahe hätte ich ihr eine gelangt, doch ich widerstand der Versuchung. „Wir sind hier aber nicht in deinem beschissenen Theater“, erwiderte ich heiser, packte alle meine Sachen, die ich im Laufe der vergangenen Zeit bei ihr gelagert hatte, und verließ ihre Wohnung. Darauf folgten die schlimmsten Monate meines Lebens.

Plan mit Folgen

Seit Tagen verlasse ich mein Zimmer nur noch im Notfall. Ich mache die Nacht zum Tag und schaue ab abends drei bis vier DVDs, gehe zwischendurch kurz aufs Klo, bestelle mir Pizza oder hole mir bei Ahmet und Gökhan um die Ecke Döner und Bier. Die letzten Tage und Wochen waren einfach zu viel für mich. Hannah und Toni scheint es nicht allzu sehr zu stören, dass ich mich wieder einmal depressiv verkrümle. So wie in meiner schlimmen Silvana-Phase. Oder fängt die gerade etwa wieder an?

Zwischendurch gesellen sich meine Mitbewohnerinnen zu mir. Toni kommt manchmal abends geschafft vom Flaschensammeln rein und stößt mit mir auf ein paar Folgen *Golden Girls* an. Hannah nervt mich mit Geschichten über ihren Disko-Malte oder will mit mir über meine Gefühle reden. Meistens ist es ihr nach einer Viertelstunde zu blöd, weil ich nicht reagiere, und sie verlässt wutschnaubend mein Zimmer mit Kommentaren wie „Es stinkt bei dir mittlerweile wie im Pumakäfig" oder „Dann eben nicht, selbstmitleidige Ziege".

Toni hingegen ist ungewöhnlich gelassen und gibt bis auf Bierflaschenöffnen seit Tagen kaum Töne von sich.

Doch heute Morgen ist plötzlich alles anders. Ich träume gerade wunderbar von Ananasscheiben, die mir eine wohlgeformte karibische Schönheit reicht, als ich wach werde, weil meine Tür aufgerissen wird. Bevor ich meine Augen richtig aufkriege, werden schon die Rollläden hochgezogen, und

Sonnenstrahlen strömen in mein verstaubtes Zimmer. Dann reißt Toni mein Fenster auf und lässt – oje – frische Luft herein. Meine Lungen sind komplett überfordert und ich greife wütend nach der Bettdecke, die in diesem Jahr noch nicht gewechselt wurde, soweit ich mich erinnern kann.

Ich ziehe mir mein Kissen über den Kopf und nuschle darunter hervor: „Wasnlos, verdammtnochmal?"

Mit einem Ruck reißt mir Toni die Bettdecke weg, so dass ich mit nackten Beinen in der Frischluft hänge. „Wir haben vier Uhr nachmittags, das Wetter ist geil, wir gehen jetzt raus. Das ist los!"

„Ja, dann viel Spaß", erwidere ich genervt, weil ich davon ausgehe, dass sie mit „wir" von sich und Hannah spricht.

„Ja, den werden wir haben. Du und ich!" Sie klatscht mir auf den Hintern und reißt mir nun auch noch das Kopfkissen weg.

„Ey, lass mich in Ruhe pennen!", schreie ich sie an.

„Du hast drei komplette Tage gepennt. Das reicht für den Rest des Monats."

„Bist du bekloppt? Was machst du bitte schön?" Mit verschränkten Armen setze ich mich gegen das Kopfteil meines Betts.

„Ich übernehme ein Stück Verantwortung für eine Unzurechnungsfähige! Komm jetzt aus dem Bett, sonst hol ich den Gartenschlauch aus dem Keller!"

Ich reiße den Mund auf. „Das wagst du eh nicht!", sage ich unsicher.

„Willst du es drauf ankommen lassen?", fragt sie mit hochgezogener Augenbraue.

„Du kannst mich mal", erwidere ich stur.

Sie reißt an meinem Arm, zieht mich aus dem Bett, ohne dass ich eine Chance habe, mich zu wehren, und zerrt mich hinter sich her ins Badezimmer. All mein Schreien und Aufbegehren nutzt nichts. Hannah steht kichernd im Türrahmen und feuert Toni belustigt an. Ich werfe ihr einen warnenden Blick zu. „Warte du nur ab“, sage ich drohend.

Wir stehen im Badezimmer und Toni macht sich an meinem siffigen T-Shirt zu schaffen.

„Schon gut, den Rest schaff ich allein“, ergebe ich mich maulend und ziehe mich aus, um in die Dusche zu steigen.

Nach dreißig Minuten warmer Dusche fühle ich mich so frisch wie seit einer halben Ewigkeit nicht mehr und will mich gerade zu Hannah gesellen, die lernend am Küchentisch sitzt, als Toni warnend mit dem Zeigefinger wedelt. „Nix da, wir haben was vor!“

Lustlos verziehe ich das Gesicht. „Och, ich will aber einfach nur einen Kaffee und ’ne Zigarette.“

Unerbittlich schüttelt sie den Kopf. „Wir lassen unseren Sonnenschein jetzt mal hübsch allein, damit Madame in diesem Leben noch mit ihrem Studium fertig wird.“

Sofort stellt sich Hannahs Sirene ein und sie quiekt erbost herum. Ein triftiger Grund, die Küche schnell zu verlassen. Fragend sehe ich Toni an. „Und nun?“

„Pack deinen Bikini ein, wir gehen schwimmen.“

Ich lache hysterisch. „Bikini? Du spinnst ja wohl. Ich hab in diesem Jahr noch keinen müden Sonnenstrahl abbekommen. Da präsentiere ich mich garantiert nicht im Bikini.“

Tonis böser Blick zeigt mir allerdings, dass sie es todernst meint. Also bleibt mir nichts anderes übrig, als ihr zu gehorchen und mit ihr loszustiefeln. Mit vollgepackter Sporttasche trotte ich hinter ihr her zu Siggis Auto.

„Setzen!“, befiehlt sie.

Mit lautem Gröhlen startet sie den Motor, und ich verziehe das Gesicht. Der arme Wagen!

Wie ein geölter Blitz rasen wir die Dreißiger-Zone entlang, in Richtung Autobahn, als mir plötzlich einfällt, dass Toni ja gar keinen Führerschein hat. Unwillkürlich stoße ich einen kurzen Schrei aus, so dass wir beinahe in die Leitplanke fahren.

„Bist du irre?“, schreit Toni.

Jetzt hab ich mich auch noch verschluckt. „Sorry“, huste ich, „mir fiel nur gerade wieder ein, dass du eigentlich nicht fahren darfst.“

„Jaja, ist eine Ausnahme, okay?“, beschwichtigt sie mich.

Seufzend ergebe ich mich meinem Schicksal. „Wohin fahren wir denn eigentlich?“

Toni setzt ihre Sonnenbrille auf, macht die Musik lauter und grinst. „Wirst schon sehen.“

Nach über einer Stunde sind wir wer weiß wo gelandet und Toni parkt vor einem Gebäude, auf dem „Eingang Freibad“ steht. Ich hasse Massen-Freibäder! Schwimmen kann ich nur genießen, wenn ich mich nicht den unerwünschten Nebenwirkungen von solchen Asi-Hochburgen hingeben muss. Und Freibad ist da der ungeschlagene Horror-Favorit: plattgelatschte Pommes auf heißen Pflastersteinen, quengelnde Kinder mit eisverschmierten Gesichtern, liebestolle Paare, die sich am Rande von Büschen halbnackt im Gras wälzen, vollgepisste Schwimmbecken und selbstverliebte Bademeister, die von pickligen Teenagern begafft werden. Na, herzlichen Dank! Und ich hab noch nicht mal Badelatschen eingepackt.

Doch zu meiner Verwunderung gehen wir nicht durch den Eingang, sondern ein ordentliches Stück entfernt durch ein kleines Wäldchen, bis wir zu einem sonnigen Platz an einem winzigen schnuckligen See gelangen. Komischerweise ist kaum ein Mensch hier. Bis auf wenige Pärchen ist keiner da. Na ja, kein Wunder eigentlich – bietet doch das Spaßbad nebenan Riesenrutschen, Wellenbad und Whirlpools.

Erleichtert schaue ich Toni an, die mir durch ihre Sonnenbrille zuzwinkert. „Na, herrlich, oder?“

Ich nicke. Es kommt mir vor, als wäre ich wochenlang nicht mehr draußen gewesen. Zumindest war ich hier noch niemals zuvor. Woher Toni wohl diesen tollen See kennt? Wahrscheinlich hat sie sich hierher schon mit der ein oder anderen Eroberung zurückgezogen.

Wir breiten eine riesige Decke aus. Toni zieht Jeans und T-Shirt aus, lässt sich im Bikini mitten auf die Decke plumpsen und verschränkt ihre Arme hinter dem Kopf.

Zögernd ziehe auch ich meine Sachen aus und schäme mich für meine käseweißen Beine, die seit gefühlten fünf Jahren keine Farbe mehr abbekommen haben. Neben Toni habe ich allerdings eh keine Chance. Sie ist das ganze Jahr über braun gebrannt. Die italienischen Wurzeln werden nur mal unsichtbar, wenn sie verkatert und bleich vor Übelkeit in die Küche getrottet kommt. Also circa einmal in der Woche.

„He, rück mal." Ich knuffe sie in die Seite.

„Ich geh mich eh erst mal abkühlen." Und schon springt sie auf, sprintet zum See und schmeißt sich mit einem galanten Kopfsprung ins Wasser. Einige Sekunden später taucht sie weiter in der Mitte des Sees auf, lässt mit einer zackigen Kopfbewegung die nassen Haare durch die Luft wirbeln und winkt mir lachend zu. Ich beobachte sie aus sicherer Entfernung und stöbere in dem Rucksack, den Toni gepackt hat. Kühle Getränke, Sandwiches, Salzstangen, Kekse und Äpfel. An alles hat sie gedacht, Wahnsinn.

Dann springe ich auf und folge Toni ins Wasser. Es ist eiskalt, aber ich gewöhne mich schnell daran. Wir schwimmen gemächlich nebeneinander her und genießen das herrliche Wetter.

Als wir zurück zu unserer Decke kommen, habe ich einen Bärenhunger. Wir stützen uns auf die Ellbogen und knabbern an den belegten Toastscheiben herum. Meine Güte, was sieht Toni zum Anbeißen aus, schießt es mir plötzlich durch den

Kopf. Ihre Haare liegen nass am Kopf, die dunkelbraunen Augen leuchten gut gelaunt …

Was denke ich hier eigentlich?

„Weißt du, worüber ich mir in den letzten Tagen Gedanken gemacht habe?", unterbricht Toni plötzlich meine Hirngespinste.

„Äh, nö, worüber denn?" Ich fühle mich ertappt.

„Dass ich echt froh sein kann, dich zu haben!"

Ich schlucke. Warum gefällt mir das denn jetzt so, wie sie mich ansieht?

„Was wir schon alles durchgestanden haben", fährt sie lächelnd fort. „Solche Freunde findet man echt selten im Leben!"

Ich nicke. „Ja, da hast du recht. Ich bin auch froh, dass ich dich habe."

Zuckersüß lächelt sie mich an, so dass es mir durch Mark und Bein geht. Ich spüre, wie mein Herz schneller schlägt, und hoffe, dass sie nichts davon mitkriegt. Ich würde ihr gerade so gern über die Wange streicheln, durch ihre pitschnassen Haare fahren und sie … sie küssen? Bin ich wahnsinnig?

Toni knabbert lautstark an einer Ladung Salzstangen herum und schaut mich an. „Ich hab übrigens 'ne geile Idee, wie du mit Silvana endgültig abschließen kannst!"

„Ach ja?", frage ich nervös.

„Sie wird doch heute sicher zur Glamour-Frauenparty gehen, wenn sie schon mal im Revier ist. Schließlich hat sie dir das ja auch auf die Mailbox gequatscht. Und wir waren eh schon ewig nicht mehr da. Das wäre doch die Gelegenheit, um ihr mal richtig eins auszuwischen."

Ich stutze. „Wie meinst du das?"

„Na ja, wir tun einfach so, als wären wir zusammen, und machen sie so richtig eifersüchtig."

Mit großen Augen starre ich sie an, während sie unbekümmert in einen Apfel beißt. Wir beide? So tun, als wären wir zusammen? Ich hoffe, sie verkohlt mich jetzt nicht, um mich auf die Probe zu stellen oder weil sie vielleicht doch gemerkt hat, dass ich so seltsam drauf bin heute. „Ich finde, das klingt nach einem Teenie-Vorschlag", sage ich deshalb schnell.

Gespielt beleidigt schaut sie mich an. „Na, ich dachte, das wäre ein super Angebot. Mit mir eng umschlungen tanzend, flirtend ..." Sie lacht.

Puh, das sind Argumente, die mich gerade tatsächlich nicht kalt lassen.

„Und überleg mal", fährt sie fort. „Du und ausgerechnet ich. Ihr wird alles aus dem Gesicht fallen! Ich war ihr doch immer ein Dorn im Auge."

Ich habe es zwar eher umgekehrt in Erinnerung, sage aber nichts, sondern stimme schließlich zu. Na, wenn das mal gut geht.

Lesbe

Vier Jahre nach dem verheerenden Unfall von Enzo fuhren Toni und ich zum ersten Mal an den Ort des Geschehens. So schlimm der Tod ihres Bruders war, seither verband uns eine noch tiefere Freundschaft als bisher. Wir vertrauten einander unsere engsten und tiefsten Geheimnisse an. Dinge, die wir nicht einmal in ein Tagebuch zu schreiben wagten.

Tonis Eltern waren mittlerweile seit zwei Jahren geschieden, ihr Vater zurück nach Italien gezogen. Sein Kontakt zum Rest der Familie war spärlich. In Toni sah er offenbar wirklich jenen Teufel, als den er sie bezeichnet hatte.

Es war Frühjahr, als ich mich zum ersten Mal heftig in ein Mädchen verguckte. Marie, eine verrückte Punkerin, die in unsere Parallelklasse ging. Toni nahm meine Fantasien und geheimen Liebesschwüre gelassen zur Kenntnis, doch ich war sicher, dass sie auch eifersüchtig war. Dass sie wenige Monate später jedoch die Erste von uns beiden sein würde, die mit einem Mädchen „ging“, ahnte ich da noch nicht.

Als wir unsere Beine in die Ruhr tauchten und mit den Füßen im eiskalten Wasser planschten, kamen die schrecklichen Erinnerungen an den Tag unserer Mutprobe wieder herauf.

„Meinst du, ihm geht es gut, wo er ist?“, fragte Toni mich nachdenklich.

Es gab nicht viele Momente, in denen sie über ihren kleinen Bruder sprach. Und jedes Mal berührte es mich, wenn es dann doch dazu kam.

Ich rückte näher zu ihr und schlang meinen Arm um ihre Schultern. „Bestimmt schaut er gerade von irgendwo zu uns her und freut sich, dass es uns gut geht."

Toni, scheinbar nicht besänftigt durch meine Antwort, schlug mit einem kleinen Stock gegen das Grasufer. „Glaub ich nicht", sagte sie schließlich. „Ich glaub eher, dass er einfach nicht mehr da ist. Tot eben. Blöde Asche in seinem kalten Grab. Mehr nicht."

Erschrocken über ihre Worte nahm ich meinen Arm von ihr. „Quatsch, Toni. Sag doch so was nicht. Ich bin mir ganz sicher, dass ..."

„Ach ja?", keifte sie dazwischen. „Du bist dir sicher? Du hast ihn doch auch tot gesehen. Mausetot. Wo soll denn da noch was von ihm übrig geblieben sein?"

Wenn ich ihr jetzt mit Gottesglauben gekommen wäre, hätte sie genervt abgewinkt. Und in solchen Situationen, wo Toni in Rage war, war es meist besser, die Klappe zu halten.

Trotz unserer schlechten Stimmung hielten wir auf dem Heimweg bei einer Pommesbude und aßen Currywurst. Am Nebentisch saß eine kleine Gruppe von Teenagern in unserem Alter. Zwei Mädchen und drei Jungs. Ich bemerkte sie erst richtig, als plötzlich das Wort „Lesbe" fiel. Einer der Jungen hatte etwas über eine Mitschülerin gesagt und sie als „Lesbe" bezeichnet. Ich lief rot an, ohne überhaupt gemeint gewesen zu sein. Doch auch Toni blickte prompt zum Nachbartisch und verfolgte, was dort geredet wurde.

Es war ein lautes Durcheinander, jeder wollte seine Meinung sagen. Besonders ein vorlautes Mädchen ließ einen abwertenden Spruch nach dem anderen fallen, so dass die anderen am Tisch laut lachten und in die Hände klatschten.

Plötzlich bemerkte einer der Jungs, dass wir zu ihnen hinübersahen, und sprach uns an: „Na, interessant, ne? Habt ihr auch was beizutragen?" Die anderen lachten schallend und schauten uns fragend an.

Toni wischte sich mit einer Serviette über den Mund, lehnte sich in damals schon ebenso cooler Manier zurück wie noch heute und verschränkte die Arme. „Ihr seid doch allesamt Hinterwäldler. Und ich wette, jeder von euch findet es heimlich und allein doch ganz schön spannend, was zwei Mädels miteinander so treiben."

Die Jungs grölten zustimmend, während die Mädchen die Gesichter verzogen. Mir fiel beinahe ein Stück Wurst aus dem Mundwinkel. Ich wünschte, wir hätten uns schnell vom Acker gemacht, doch Toni sah eher so aus, als fände sie Gefallen an der Situation.

Die fünf schauten einander an. Das vorlaute Mädel schlug schließlich mit der Faust auf den Tisch und sagte: „Was willst du denn über uns wissen, he? Gar nichts weißt du."

Eine heiße Diskussion entbrannte nun. Und allen voran die Vorlaute.

„Wie heißt du denn?", fragte Toni dazwischen und zeigte auf sie.

„Wieso willst du das wissen, he?"

„Och, ich find dich ziemlich süß, Kleine", erwiderte Toni ganz gelassen. „Hast dich zwar nicht ganz unter Kontrolle, aber wenigstens Pfeffer im Arsch."

Mit offenem Mund starrte das Mädchen uns an. Damit hatte sie nicht gerechnet. Nach einigen Schrecksekunden fingen das andere Mädchen und die Jungs laut an zu lachen. „Sie heißt Danni!", rief der eine zu uns rüber, wofür er von dieser direkt eine Backpfeife bekam. „Sag mal, geht's noch?" Sie war knallrot und ganz offensichtlich stinkwütend.

Auf Tonis Gesicht breitete sich ein kleines neckisches Grinsen aus. Ich bewunderte ihre Art, sich über alles hinwegzusetzen. Sich nichts aus der Meinung anderer zu machen. Einfach ihr Ding durchzuziehen.

Schließlich standen wir auf. Beim Hinausgehen zwinkerte sie Danni noch einmal zu. „Ciao! Und vielleicht sieht man sich ja mal wieder." Das war zu viel für die anderen. Tränen vor Lachen liefen ihnen die Gesichter hinab, und Danni hatte die Arschkarte gezogen.

Einige Wochen später lief Danni ihr tatsächlich erneut über den Weg. Und es dauerte nicht lange, bis sie und Toni sich näherkamen. Diesmal war ich die Eifersüchtige.

Angriff ist die beste Verteidigung

Die Glamour-Party. Die legendäre Fete für alle aus dem Pott und alles drum herum. Wie lange das her ist, seitdem ich zum letzten Mal hier war! Und kaum ist ein halbes Jahr vergangen, ist das Publikum gefühlte Jahrzehnte jünger als man selbst. Ich bin völlig schockiert darüber, wie viele Mädchen unterhalb der Mündigkeit sich spärlich bekleidet auf der Tanzfläche tummeln – mit Zigarette im Mundwinkel, Alkopopflasche in der Hand und einem Duplikat ihrer selbst im Arm.

„Geil, alles wie früher", sagt hingegen Toni. „Die drei A sind auch wieder da: Anorexie, Amnesie, Adipositas." Sie lacht dreckig und sieht dabei unfassbar sexy aus. Ich schüttle gespielt empört den Kopf und kneife ihr in die Hüfte. Ihre dunkel geschminkten Augen fixieren mich, und ein Schauer schießt mir wie ein Silvesterknaller durch den Körper.

Dann lässt sie mich am Rand der Tanzfläche stehen und kommt wenig später mit zwei kühlen Flaschen Pils zurück. Sie ist eindeutig in Partylaune; ihr Körper bewegt sich schon unwillkürlich im Rhythmus der Musik.

„So, Baby, jetzt zeigen wir's dem jungen Gemüse mal so richtig", sagt sie und krallt ihren Arm um meine Taille.

Als sie in Rekordgeschwindigkeit ihr Bier runtergespült hat, zwinkert sie mir verschwörerisch zu, nimmt meine Hand und wirbelt mich umgehend auf die Tanzfläche, ohne dass ich eine Chance hätte, mich zu wehren. Ich manövriere meine noch zu zwei Dritteln gefüllte Flasche über die Köpfe der anderen Frauen hinweg und hoffe, nicht zu fallen.

„He", versuche ich gegen die Musik anzuschreien, „ich bin noch nicht so weit. Ich muss erst noch warm werden."

Doch Toni ignoriert meine Hilferufe und bringt ihr breites Grinsen unters Lesbenvolk, nicht ohne vorausschauend meine Hand fest im Griff zu behalten, damit ich nicht entfliehen kann. Hölzern und klapprig bewege ich mich zur Musik.

Doch nach dem dritten Lied ist die Tanzfläche wieder mein Element. Ich tanze und fühle mich mindestens wie eine Mischung aus Madonna und P!nk. Toni zwinkert mir begeistert zu und zieht neckisch ihre Augenbraue hoch.

„Du siehst heute mal wieder echt heiß aus", flüstert sie mir ins Ohr.

Uff! Zwar bin ich solche Worte aus Tonis Mund gewohnt – wenn sie das Partyfieber packt, ist sie immer so charmant –, doch irgendwas ist heute anders. Mein Herz klopft schneller als sonst. Und in meiner Magengegend breitet sich ein komisch warmes Gefühl aus.

Wir tanzen, bis mir die Wangen glühen. Die Stimmung ist wirklich super. Und nachdem ich zum Glück auch genügend bekannte Gesichter in unserem Alter entdeckt habe, fühle ich mich nicht mehr so unwohl.

Und dann ist es plötzlich so weit. Auftritt Silvana! Sie betritt die Eingangshalle mit zwei anderen Frauen im Schlepptau, und es kommt mir vor, als würde gerade ein Spot auf sie zeigen. Die mit den langen blonden Haaren muss es sein. Ihre neue sogenannte Muse! Die Blicke, die die beiden einander zuwerfen, sind eindeutig.

Ich habe Herzklopfen, das bis in die Zehen und Haarspitzen strahlt. Toni folgt meinem nervösen Blick und zieht mich an sich. „So, *Sweetheart, it's showtime!*"

Ich schaue sie verzweifelt an. Ich bin mir sicher, ich packe das nicht. Meine Knie sind so weich und ich fühle mich plötzlich so hilflos und klein.

Doch Toni nimmt auf einmal sanft mein Gesicht in ihre Hände und flüstert mir ins Ohr: „Du schaffst das! Hörst du? Du wirst dich von so einer dahergelaufenen Schnepfe nicht unterkriegen lassen. Heute ist dein Abend! Ihr werden die Augen rausfallen und sie wird sich für immer ärgern, dass sie dich verloren hat! Das schwör ich dir!"

Langsam wandelt sich meine Angst in Adrenalin um, und ich bin mir plötzlich sicher, dass Toni recht hat. Ja, ich schaffe das! Ich werde meiner Ex zeigen, dass sie mir gar nichts kann!

Aber als Silvana und ihre zwei Begleiterinnen von der Garderobe zurückkommen und auf die Tanzfläche stürmen, wird mir doch noch ganz anders. „Nicht hingucken", flüstert Toni. „Ignorier sie einfach. Ich mach das schon für dich."

Ich werfe einen letzten Blick auf Silvana. Sie sieht so anders aus. Für den Bruchteil einer Sekunde bin ich mir nicht sicher, ob sie es überhaupt ist. So fremd erscheint sie mir. Dann schaue ich Toni an und versuche mich auf sie zu konzentrieren. Sie nickt lächelnd und formt mit ihrem Mund die Worte „Ja, genau!".

Wie auf Knopfdruck setzen ruhigere Klänge ein. Toni Braxtons spanische Gitarre haucht durch die Boxen. Es ist wie im Film. Die Tanzfläche verändert sich. Einige, die gerade noch wild getanzt haben, ziehen in den anderen Raum ab. Dafür kommen mehr Pärchen hinzu, die sich eng umschlungen zur Musik bewegen. Ich fühle mich wie auf einer dieser aufregenden Partys mit dreizehn. Im Augenwinkel sehe ich, dass Silvana und die beiden Frauen sich nun langsam zum Tanzflächenrand begeben und dort stehen bleiben, um sich zu unterhalten und was zu trinken. Noch hat sie uns offenbar nicht gesehen.

Plötzlich legt Toni ihre Hand in meinen Nacken und zieht meinen Kopf ganz nah an sich. Sie sieht mir tief in die Augen.

„Schau nicht hin, hab ich gesagt. Lass mich nur machen." Mit der anderen Hand fährt sie sanft meinen Rücken hinab und legt all ihre schauspielerische Leidenschaft in ihr Tun. Sie ist dermaßen überzeugend, dass ich eine gewisse innere Erregung nicht abstreiten kann. Außerdem macht sich vertikal von meinem Hals abwärts ein wohliger Schauer breit.

„Jetzt guckt sie zu uns rüber", haucht sie mir ins Ohr, bevor sie neckisch in mein Ohrläppchen beißt. Ich fürchte, ich kippe gleich in Ohnmacht. Was zum Teufel macht sie nur mit mir?

Wir sind mittlerweile so eng umschlungen, dass ich nicht nur ihr Parfum rieche, sondern auch ihre Haare an meiner Wange kitzeln. Unbeholfen streiche ich ihr über den Rücken, während sie schon bei meinem Po angelangt ist. Mir ist so dermaßen heiß, dass ich fürchte, gleich innerlich auszutrocknen. Außerdem ist da wieder dieses Gefühl. Dieses Verlangen, Toni zu küssen.

„Und? Wie reagiert sie?", frage ich stotternd, um mich selbst abzulenken.

„Sie starrt uns mit offenem Mund an. Genau wie ich gesagt habe", triumphiert sie. „Guck bloß nicht hin."

Und dann nimmt Toni ihre Hände von meinem Körper, tanzt sich ein paar Schritte von mir weg und sieht mich herausfordernd an, nur um sich kurz darauf wieder eng an mich zu schmiegen. Ich bin kurz vorm Kollaps, und Silvana ist fast schon vergessen. Es geht nur noch um Toni. Ich lasse mich vollkommen in diesem Gefühl treiben. O mein Gott! Das nimmt hier gerade eine sehr beunruhigende Wendung.

Wieder nimmt Toni mein Gesicht in ihre Hände und kommt mir mit ihrem Kopf näher und näher. Ich bin wie in Trance. Ihr Mund öffnet sich leicht, ihr Blick bleibt fest auf meine Augen gerichtet. Dann zieht sie mich sanft an sich heran und küsst mich. Küsst mich so zart, dass mir sogleich das Herz in die Hose rutscht. Zitternd lasse ich mich auf diesen

Kuss ein. Gerade noch denke ich, wow, dass sie so überzeugend sein kann …, als ich plötzlich ihre Zunge in meinem Mund spüre. Verlangend, aber sanft umspielt sie meine. Hilfe! Ich bin kurz vorm Wahnsinn.

Dann ist das Lied aus und es setzen härtere Akkorde ein. Doch wir verharren in unserer Position. Keine von uns traut sich offenbar, die andere anzusehen. Sekunden verrinnen, bis Toni auf einmal meine Hand nimmt und mich von der Tanzfläche wegzieht. Raus aus dem Raum, raus aus dem Gebäude, in die frische Luft nach draußen.

Ich kann gar nichts sagen, fragen, tun. Sie zieht mich hinter sich her, hebt den Arm, als ein Taxi kommt, und bedeutet mir einzusteigen. Sie nennt kurzerhand unsere Adresse und wir fahren durch die Nacht.

Wir wechseln die ganze Fahrt über kein Wort. Ich weiß überhaupt nicht, wie ich mich verhalten soll. Ich versuche sie heimlich von der Seite aus anzuschauen und ihren Blick zu deuten, aber es gelingt mir nicht. Was hat sie nur vor? Ich habe plötzlich eine unerklärliche Angst. Hat sie gemerkt, dass es alles ausgeufert ist? Will sie flüchten, bevor wir uns zu sehr reinsteigern? Bereut sie ihre Idee?

Als das Taxi vor unserem Haus anhält, zahlt Toni, und wir gehen – immer noch schweigend – die Treppe hinauf in den ersten Stock. Toni schließt die Tür auf, lässt mir den Vortritt in die Wohnung und schließt hinter uns ab.

Dann sieht sie mich zum ersten Mal wieder an. Ihren Blick habe ich so noch nie gesehen. Ich weiß nicht, was ich darin lesen soll. Ist das Sehnsucht? Kann es sein, dass es ihr gerade genauso geht wie mir? Ich bin völlig durch den Wind.

Bis sie einen Schritt auf mich zugeht, sich an mich schmiegt und mir ihre Hand in den Nacken legt. „Vic, ich will mit dir schlafen. Jetzt sofort."

Tausendmal berührt

I like
What is happening
Don't be far from me
Every step of you and I
Brings on the morning
All heavenly
Don't be lost from me
There is more for you and I
(Grandadbob)

Nepomuks Kratzen an der Zimmertür weckt mich. Mein Kopf ist schwer wie ein Eimer voll Blei. Ich kann kaum die Augen öffnen. Irgendwann schaffe ich es doch. Als ich Tonis Parfum rieche, bin ich mit einem Schlag wach. Ich bin in ihrem Bett! Aber wo ist Toni?

Meine Klamotten liegen verstreut auf dem Boden, bruchstückartig ordne ich meine Gedanken und erhebe mich langsam. Meine stinkenden Klamotten in der Hand, pirsche ich mich an die Zimmertür und horche. Auf dem Flur kein Geräusch. Vorsichtig öffne ich die Tür und schleiche hinüber zu meinem Zimmer, als plötzlich Hannah aus der Küche kommt und mich verwundert ansieht.

„Was wanderst du denn hier nackt durch die Bude?", quietscht sie. „Wenn du Toni suchst, die ist schon ganz früh gegangen. Hat heute ihr Hiwi-Frühstück."

Ich nicke peinlich berührt und verschwinde dann wortlos in meinem Zimmer. Bleibt nur zu hoffen, dass Hannah weiterhin so naiv bleibt und überhaupt nicht schnallt, was ich mit meinen Siffklamotten in der Hand nackt auf dem Flur zu suchen habe.

Eine halbe Stunde später bin ich frisch geduscht und umgezogen, aber immer noch völlig neben der Spur. Ich latsche in die Küche, um mir einen Kaffee zu kochen. Hannah sitzt zu meiner Überraschung mit ihrem Hello-Kitty-Nachthemd auf dem Schoß von Oliver Bierhoff, lässt sich von ihm mit einem Croissant füttern und grinst mich an wie ein Clown auf Ecstasy. Ich strecke meine Hand zur Begrüßung aus.

„Malte", sagt Oliver Bierhoff und schüttelt freundlich lächelnd meine Hand. „Falls du dich nicht mehr erinnern kannst."

„Ja, doch, klar", sage ich. „Ich bin Vicky."

„Ich weiß schon", lacht er. „Und? Hattet ihr gestern Spaß?"

Ich reiße die Augen auf. Ob man uns gehört hat? Ob sie was wissen? Ob Hannah deshalb so bekloppt grinst?

„Ja, öhm", antworte ich stotternd und drehe den beiden den Rücken zu. „War … äh … war eine heftige Nacht. Deswegen hab ich auch einen Brummschädel." Ich tippe mir an den Kopf.

Als ich mich umdrehe, sind die beiden ins Knutschen versunken. Na, Gott sei Dank. Offenbar waren sie eh mit was Besserem beschäftigt, als Toni und mir zu lauschen.

Mit Kaffee und Toast ziehe ich mich in mein Zimmer zurück. Ich muss mit Toni reden, denke ich. Wir müssen das klären. Aber was soll ich sagen? Und was soll dieses Herzklopfen? Ich schlage die Zeit tot und meine Gedanken fahren Karussell.

Was habe ich mit Toni schon alles durchgestanden! Wir waren immer füreinander da. In der Grundschule, als ich mich mit Gregor um ein Playmobilauto geprügelt habe und er mir ein blaues Auge geschlagen hat, hat Toni ihm ein Bein gestellt. Ich habe mich für sie eingesetzt, als sie wegen einer Sechs in Erdkunde beinahe sitzen geblieben wäre. Und schließlich bei Enzos tragischem Unfall.

Immer waren wir zusammen.

Wie oft haben wir Arm in Arm auf ihrer oder meiner Couch gelegen, *Der Pate I* bis *III, Fargo, Der Hexer* oder *Schweinchen Babe in New York* geguckt, dazu ein kühles *Fiege* getrunken und über Gott und die Welt gequatscht.

Und sie war da, als es mir wegen Silvana Wochen und Monate lang schlecht ging. Während Hannah mir mit ihrem „Lass uns drüber reden" irgendwann total auf die Nerven ging, kam Toni einfach in mein Zimmer und hat sich mit mir durch meine DVD-Sammlung geguckt.

Es war eine wehenartige Zeit. An manchen Tagen waren die Wunden freigelegt und ich hörte stundenlang im Wiederholungsmodus die *Best of Münchner Freiheit* durch. Bis Toni gegen meine abgeschlossene Tür trat und schrie: „Wenn ich noch ein einziges Mal ‚*Tausendmal du*' höre, dann lass ich die Männer mit der Zwangsjacke kommen. Stell die Scheiße ab, sonst werd ich zum Tier!" Und Hannah rief im Hintergrund: „Süße, wenn du reden willst, dann sag Bescheid!"

Doch langsam kam hinter den dunklen Wolken wieder der blaue Himmel zum Vorschein. Zum ersten Mal legte ich Gloria Gaynor ein und war mir sicher: „*I will survive*"!

Mein Schwelgen wird rasant unterbrochen, als sich der Schlüssel im Schloss dreht. Oje, das ist sie bestimmt!

Ich atme ein paar Mal tief ein und aus und gehe ihr entgegen. Knapp grüßend stürmt Toni an mir vorbei und verzieht sich in ihr Zimmer.

Ich bin völlig perplex. Das ist ja auch ein Statement der besonderen Art! Lass mich ruhig abgewrackt hier stehen, als wär nichts gewesen, Toni!

Ihr Verhalten verletzt mich, macht mich aber auch wütend. Also nutze ich die Gunst des Moments, in dem ich noch so richtig aufgeputscht bin, und folge ihr.

Abrupt dreht sie sich nach mir um. „Ja?“, fragt sie, als wäre ich irgendwer, und schaut mir dabei noch nicht einmal in die Augen.

Kopfschüttelnd öffne ich den Mund. „Wie kannst du nur so sein?“

Abweisend und kühl zuckt sie mit den Schultern. „Was meinst du damit?“, fragt sie, als würde sie meine Anspielung nicht verstehen.

„Du weißt genau, was ich meine!“

„Nein, sag es mir!“ Sie wühlt mit dem Rücken zu mir in irgendwelchen Unterlagen herum und beachtet mich gar nicht.

Ich verschränke die Arme, meine Stirn runzelt sich. „Stell dich doch nicht so blöd. Ich rede von letzter Nacht. Und jetzt tust du so, als wäre nichts gewesen. Und ich wache auf, und du bist weg.“

Sie stößt ein kurzes, abfälliges Lachen hervor, dreht sich zu mir um und sieht mir fest in die Augen. „Werd erwachsen, Victoria, wir sind hier nicht bei Kai Pflaume. Nur weil wir gevögelt haben, müssen wir noch nicht heiraten. Komm mal wieder runter.“

Ich bin fassungslos. Wie kann sie nur? Ich brauche einige Sekunden, um mich zu fangen. „Du sarkastische Ziege. Du bist doch nur zu feige, einmal deine Gefühle zu zeigen“, platzt es aus mir heraus.

Daraufhin schmeiße ich die Tür zu ihrem Zimmer zu und lasse mich wütend auf mein Bett fallen. Ich hätte große Lust, irgendwas kaputt zu machen oder meine Kissen gegen die Wand zu schleudern.

Es dauert eine halbe Stunde, bis Toni an meine Tür klopft und mit beschwichtigendem Blick hereinkommt.

„Hey, Vic“, fängt sie vorsichtig an, „tut mir leid.“ Sie schließt die Tür hinter sich und setzt sich neben mich auf mein Bett. Ich drehe mich zu ihr und sehe sie fragend an.

Einige Sekunden lang schauen wir einander an. Schließlich durchbreche ich die Stille. „Was genau tut dir leid?“

Toni seufzt leise. „Ich hätte nicht so unfair sein sollen vorhin. *Das* tut mir leid. Okay?“

Ich nicke. „Und was ...“, stottere ich, „geht gerade in dir vor?“ Ich räuspere mich. „Ich meine, was denkst du wegen ... wegen gestern?“

Sie fährt sich nervös durch die Haare. „Na ja, ich weiß es ehrlich gesagt nicht ...“

Klasse. Sie weiß es nicht. Das bringt uns ja enorm weiter.

„Dir ist aber schon klar“, pirsche ich mich mutig vor, „dass *du* diejenige warst, die den Anfang gemacht hat?“

Sie fährt sich mit der Zunge langsam über die Lippen, und es breitet sich ein kaum wahrnehmbares neckisches Grinsen auf ihrem Gesicht aus. „Ja, ich weiß.“ Wie sie mich ansieht! O Himmel, ich will sie am liebsten gleich wieder küssen. „Du sahst aber gestern auch umwerfend aus“, lächelt sie.

Spitze, was soll das denn jetzt heißen? Will sie mir damit sagen, dass es für sie wirklich nur Sex war? Ich kann und will das nicht glauben.

„Mit anderen Worten, es hätte auch jede andere x-beliebige Frau sein können, die du gestern mit nach Hause genommen hast?“, frage ich mit herausfordernder Stimme.

Toni rollt die Augen. „Quatsch, das wollte ich damit nicht sagen.“

„Sondern?“

Sie erhebt sich abrupt und geht zu meinem Fenster. „Was wird das denn hier? Ein Frage-Antwort-Spiel? Ich fühle mich gerade wie eine Beschuldigte.“

„Nein, ich finde nur, dass wir über das, was passiert ist, reden sollten."

Anstatt etwas zu sagen, schaut Toni nur aus dem Fenster. Alles kommt mir so unwirklich vor. Ist es tatsächlich erst wenige Stunden her, dass wir nackt in ihrem Bett lagen und ich plötzlich das Gefühl hatte, der glücklichste Mensch der Welt zu sein?

„Du kennst mich doch, ich bin nicht so der Lass-uns-reden-Typ. Ich bin eher der Lass-uns-ein-Bier-trinken-und-dabei-einen-Film-gucken-Typ. Das müsstest du doch mittlerweile wissen."

Ich erhebe mich vom Bett, weil ich nicht mehr ruhig sitzen kann. „Ja, ich weiß das durchaus", sage ich. „Aber sonst konnten wir, wenn es nötig war, auch immer über alles reden. Und ich glaube, dass es verdammt nötig ist."

Sie dreht sich um und schaut mir fest in die Augen. „Okay, Vicky, dann sag mir, was du zu sagen hast. Sag *du* mir, was *du* denkst und fühlst. Ja?"

Wie in der Falle fühle ich mich. Was will sie nun hören? Dass ich mit ihr zusammen sein will? Dass ich gerade Gefühle für sie entwickle? Sie würde sich totlachen! Nervös spiele ich an meinen Haaren herum. „Ich hab mich halt einfach total komisch gefühlt heute Morgen. Die Nacht war … Sie war …" Ich muss schlucken. „Ich fand die Nacht wunderschön. Und heute Morgen warst du plötzlich weg. Ich wusste nicht, was los ist. Und jetzt hab ich Angst, dass irgendwas zwischen uns steht."

Langsam kommt sie auf mich zu und nimmt mich in die Arme. Endlich. Wie schön.

Ihren Kopf auf meiner Schulter, flüstert sie mir ins Ohr: „He, ist doch auch kein Wunder, dass du dich komisch gefühlt hast. Das ging mir nicht anders. Ich meine, ausgerechnet wir! Wir sind die besten Freundinnen. Das muss ja verwirrend sein, nicht wahr?"

Ich nicke und drücke sie an mich. „Und jetzt?“

Sie befreit sich aus unserer Umarmung und sieht mich besänftigend an. „Am besten, wir vergessen das mit gestern einfach. Es ist passiert, und ändern können wir es eh nicht mehr. Aber nun haben wir uns ausgesprochen, und alles ist paletti!“

Ich schlucke. Irgendwie hatte ich eine andere Quintessenz erwartet. „Ja“, erwidere ich heiser. „Klar. Du hast recht.“

Nach ein paar wortlosen Momenten streicht Toni sich über den Kopf und sagt: „Übrigens, ich darf als Dozentin am Lehrstuhl anfangen. Der Dekan war beim Hiwi-Frühstück und hat es mir zwischen Omelett und Marmeladenbrot gesagt.“ Sie zupft an meiner braunen Topfpflanze herum und schaut mich an.

Ich seufze laut. Zögerlich nehme ich sie noch einmal in den Arm, um ihr zu gratulieren. „He, das ist ja super. Freut mich für dich.“

Meine Güte, sie sieht einfach zum Anbeißen aus. Wir halten uns, und ich rieche wieder ihr Parfum. Wie gut sie duftet. Dann driften wir langsam auseinander.

„Du, es tut mir wirklich leid, dass ich eben so scheiße war. Okay?“ Sie gibt mir einen Klaps aufs Bein und stupst mich an. Als ich nichts erwidere, fragt sie abermals: „Okay?“

Ich nicke. „Ja, okay.“

Und ich weiß, noch während ich es ausspreche, dass es für mich so keineswegs okay ist. Diese Nacht werde ich niemals vergessen. Und mir ist schleierhaft, wie ich wieder umschalten soll auf „platonisch“.

Wenig später piept mein Handy. „Hallo Vicky, ich wollte dir nur sagen, dass ich dich gestern gesehen habe. Ihr seid ein wirklich schönes Paar. Ich hoffe, du bist glücklich mit Toni. Silvana.“

Tatort mit Leiche

Doch ich kämpf' mich durch die Nacht
Hab keine Ahnung was du mit mir machst
Ich krieg dich nicht aus meinem Kopf
Und dabei will ich doch
(Silbermond)

Es ist Sonntagabend. Der Tag war anstrengend. Aber ich habe tatsächlich mal ein paar Stunden gelernt. Soeben wische ich mir eine kleine Träne aus dem Gesicht, weil ich wieder einmal bei *Nur die Liebe zählt* hängen geblieben bin. Ein junger Mann mit Achtziger-Jahre-Vokuhila-Frisur hat seiner Angebeteten in einem romantischen Schloss sein Herz ausgeschüttet. Zu schön, um wahr zu sein.

Die Nacht mit Toni geht mir nicht mehr aus dem Kopf. In Gedanken läuft alles immer und immer wieder vor meinem inneren Auge ab. Eine endlose Schleife von Gedanken beherrscht mich. Detail für Detail gehe ich den Abend durch und sehe Tonis Lippen, wie sie sich meinen langsam, aber forsch nähern. Jedes Mal durchströmt mich eine Wärmeflut, die mir durch Mark und Bein geht. Ich sehe uns beide, wie wir uns küssen, wie Toni meinen Rücken streichelt, ihre Hände hinabwandern, ihr Mund meinen Hals erobert. Wie wir schließlich in ihrem Bett landen, uns die Klamotten vom Leib reißen. Gerade so, als wäre es das einzig Wahre, was wir uns beide schon immer gewünscht hätten. Doch dann dieses trostlose Erwachen.

Wenige Minuten später stehe ich im Bad vorm Spiegel, als ich aus Hannahs Zimmer schon den Vorspann zum *Tatort* höre.

„Ach du Scheiße, Vicky", ruft Hannah plötzlich. „Schnell, komm."

Ich laufe Nase putzend in ihr Zimmer, sehe erst sie an, dann den Fernseher und erstarre. Silvana!

Es war immer ihr Traum, zum Fernsehen zu gehen. Dabei habe ich es bewundert, wie souverän und überzeugend sie ihre Rollen auf die Bühne brachte.

Und jetzt – ist sie die Leiche im *Tatort*. Ich kann es nicht fassen. Nicht nur, dass sie mich lang genug in meinen Gedanken wahnsinnig gemacht hat – jetzt ist sie auch noch mit meiner Lieblingskrimiserie in mein Leben gedrungen.

Doch als ich genauer hinsehe und sie betrachte, wie sie da bleich geschminkt in der Kulisse eines Fabrikgeländes liegt, spüre ich gar nichts mehr. Kein Schmerz, keine Trauer, nicht mal mehr Wut oder Verletztheit.

Es ist vorbei! Ein bisschen wie tot. So wie die Leiche, die sie dort spielt.

„Alles okay mit dir?", fragt Hannah besorgt, als sie mein runzliges Gesicht sieht.

„Ja, alles im grünen Bereich!" Ich lasse mich neben sie auf ihre flauschige Couch fallen und lege meinen Kopf auf ihre Schulter.

Aneinandergekuschelt verfolgen wir die Ermittlungen der Kommissare, als Hannah mich von der Seite mustert. „Du, kann ich dich mal was fragen?"

„Mhh!", murmle ich mit halb geschlossenen Augen.

„Läuft da was zwischen dir und Toni?"

Ich schrecke hoch. Oje, hat sie etwa doch geschnallt, wieso ich splitterfasernackt durch die Bude gerannt bin?

Ich schüttle energisch den Kopf. „Wie kommst du denn darauf?“

„Och, war nur so ein Gefühl!“ Prüfend sieht sie mich an.

Dann höre ich plötzlich den Schlüssel im Schloss. Toni! Mein Herz fängt wie wild an zu pochen, und ich löse mich aus der kuschligen Position mit Hannah, damit sie nichts von meinem gleich mit Sicherheit herausspringenden Organ bemerkt.

„So eine Scheiße!“, flucht Toni im Gang. Hannah und ich sehen uns fragend an.

„Ist was passiert?“, rufe ich.

Wir vernehmen nur ein lautes Stöhnen und Schimpfen.

„Geh doch mal gucken!“, flüstert Hannah mir auffordernd zu.

Ich erhebe mich und falle beinahe in Ohnmacht, als ich Toni sehe. Blutüberströmt sitzt sie an die Wand gelehnt auf dem Boden, und ich muss kurz aufschreien. „O Gott, was ist passiert?“

Sofort ist auch Hannah da und könnte als perfekte Parodie von mir durchgehen, weil sie auch erst schreit und dann nachfragt.

Toni zieht ein schmerzverzerrtes Gesicht und ich rase zu unserem Erste-Hilfe-Kasten in der Küche, in dem sich glücklicherweise noch abgelaufene, aber brauchbare Verbandsutensilien befinden. Hannah und ich tupfen vorsichtig das Blut ab, das ihr böse von der linken Augenbraue das Gesicht bis zum Hals hinabrinnt. Zum Glück sah es auf den ersten Blick schlimmer aus als es ist.

„Nun sag, was ist passiert?“, frage ich wieder, während ich vorsichtig die Blutung stille.

„Ach, so ein bescheuerter Typ meinte, ich würde in seinem Revier wildern.“

„Was für ein Revier?“, fragt Hannah.

Toni deutet auf den Beutel mit dreckigen Flaschen, der in der Ecke steht. „Er meinte, das wäre seine Route, um nach Pfandflaschen zu suchen, und was ich da verloren hätte. Der hat gar nicht groß gewartet, sondern mir gleich eine gezimmert."

Besorgt schütteln Hannah und ich die Köpfe.

Ein angestrengtes Grinsen huscht über Tonis Gesicht. „Allerdings hab ich ihm auch ordentlich eins mitgegeben. Der lässt sich bestimmt auch gerade verarzten."

Das Haus, das Verrückte macht

Von Günter Grass hatte ich seit dem Leistungskurs auf dem Gymnasium die Schnauze so was von gestrichen voll! Wahrscheinlich eher wegen des beschissenen Deutschlehrers als wegen Grass, aber trotzdem konnte ich *Katz und Maus* und Co. einfach nicht mehr hören, lesen, sehen.

Doch manchmal kann man als Studentin froh und glücklich sein, ein passendes Seminar im passenden Modul im passenden Studiengang an der richtigen Fakultät der passenden Uni in der richtigen Stadt zu bekommen, und würde alles daransetzen, sogar ein Hauptseminar zum Thema *Die sinnlosesten Texte der ödesten Autoren der Neuzeit* zu besuchen und dort Klausur, mündliche Prüfung und Hausarbeit abzulegen, nur um diese verfluchten Credit Points zu bekommen.

Und so schrieb ich mich im letzten Semester für ein Hauptseminar zu Günter Grass bei einem Prof ein, den ich nie zuvor gesehen hatte. Wenigstens kannte ich dort einige Gesichter, die nicht nur nett waren, sondern auch meine Unterschrift annähernd perfekt beherrschten, so dass ich die Grass'schen Romane statt im nach Schweiß stinkenden Seminarraum also auch getrost stellenweise auf dem Weg zu den diversen Nebenjobs in der Bahn, auf dem Klo oder abends in der Badewanne lesen konnte, um mir das Basiswissen anzueignen.

Es war wie immer – das Semester war schneller rum, als man gucken konnte. Und somit war auch die Zeit, in der man sich noch mittelprächtig gut auf die anstehenden Klausuren und Hausarbeiten vorbereiten kann, schnell verflogen. Viel war nicht hängen geblieben, aber ich traute mir in meinem mich bisweilen selbst überraschenden Optimismus zu, trotzdem eine mehr oder weniger brauchbare Arbeit abzugeben, um an den vorletzten ersehnten Schein zu kommen, der mein Modul abschließen sollte. Schließlich hatte ich mich auf meinem bisherigen Durchmarsch auch immer auf mein Glück verlassen können. Manchmal auf mehr Glück als Verstand.

Heute ist es so weit. Die sechs Wochen, die mein Prof veranschlagt hatte, um die Hausarbeiten durchzugehen, sind verstrichen. Und so stehe ich nun im Büro seiner Sekretärin, um meinen Schein abzuholen.

„Victoria König, ich komme wegen des Leistungsscheins", sage ich fröhlich und trommle mit den Fingern auf der Theke herum.

„Einen Moment", entgegnet die junge Sekretärin freundlich und blättert in einem Wust von Unterlagen herum.

„Oh", sagt sie dann und schaut mich plötzlich bedauernd über ihre randlose Brille an. „Tut mir sehr leid, aber der Herr Professor möchte Sie erst in seiner nächsten Sprechstunde sehen."

Erstaunt schaue ich sie an, weil mir so was noch nie passiert ist. „Aha, und wann ist die nächste Sprechstunde?", frage ich höflich.

Sie blättert weiter in den Unterlagen. „Ähhm, also, wenn auf der Liste an der Tür nichts mehr frei ist, dann erst wieder in zwei Wochen."

Ich seufze. „Okay, ich guck mal."

Natürlich ist die Liste an der Tür hoffnungslos überfüllt. Nicht nur die komplette Tabelle ist mit zahllosen, teils krakeligen, teils ordentlichen Namen ausgefüllt, sondern auch der komplette Platz rund um die Tabelle, die das DIN-A4-Blatt ziert. Trotzdem quetsche ich meinen Namen in Schriftgröße fünf zwischen drei andere kreuz und quer gekrakelte Namen und gehe wieder. Übermorgen muss ich zur Sprechstunde. Na, da bin ich ja mal gespannt, was der Herr Professor mir mitzuteilen hat.

Als würde der Zeitaufschub mit meinem Schein nicht schon reichen, sehe ich am Geldautomaten auf dem Konto, dass das blöde BAföG-Amt mir keine Kohle überwiesen hat. Da es sich nur um einen Irrtum handeln kann, rufe ich von zu Hause aus selbstbewusst meine ätzende Sachbearbeiterin für die Buchstaben H bis M an.

„BAföG-Amt, Wischnewski-Scholl. Was kann ich für Sie tun?", geht sie mit ihrer kratzigen Kettenraucherstimme ran.

„Ähm, ja, König hier. Ich wollte mich mal erkundigen, wieso mein Geld nicht eingegangen ist."

„BAföG-Nummer?", fragt sie unfreundlich.

„Ähm, hab ich gerad nicht vorliegen", gestehe ich kleinlaut.

„Ohne Nummer geht gar nichts", sagt sie und legt auf.

Ich bin baff. Hat diese hinterletzte Ziege jetzt doch tatsächlich den Hörer aufgelegt. Sofort gehe ich auf Wiederwahl.

„BAföG-Amt, Wischnewski-Scholl. Was kann ich für Sie tun?", ertönt es sogleich wieder.

„König noch mal", sage ich schnell.

„BAföG-Nummer?"

„Die hab ich nicht, aber ich will doch nur …"

„Ohne Nummer geht gar nichts." Es macht wieder Klick.

Das kann doch nicht wahr sein! Ich raste gleich so was von komplett aus!

Ein drittes Mal wähle ich die Nummer und schreie sogleich in den Hörer, als Frau Erbarmungslos abhebt.

„Jetzt hören Sie *mir* mal zu, Sie seltendämliche Zicke! Ich hab keinen einzigen blöden Euro mehr und muss meine Miete bezahlen. Wovon soll ich bitte einen Monat lang essen? Können Sie mir das mal sagen?“

„Das ist nun wirklich *Ihr* Problem“, sagt sie mitleidslos. „Wenn wir uns hier um die persönlichen Belange aller Studierenden kümmern würden, wären wir nicht zu zehnt, sondern zu Tausenden.“

Als wäre das nicht alles schon genug, begegne ich wenig später beim Müllraustragen ausgerechnet wieder Herrn Altmann, der mit Herrn Salabimbam, unserem asiatischen Nachbarn, dessen Namen wir nicht aussprechen können, rauchend vor dem Haus steht und sich angeregt unterhält. Ich will ihn gerade untertänigst grüßen, als er mir dazwischenfährt: „Zum nächsten Ersten sind Sie draußen!“

Mit offenem Mund blicke ich ihm nach, will noch etwas rufen, aber der plötzliche Kloß in meinem Hals verhindert, dass ein Ton rauskommt.

Scheiße Scheiße Scheiße! Seine Drohung haben wir völlig verdrängt. Der kann uns doch nicht einfach vor die Tür setzen.

Simsalabim

Toni sitzt mit einer gefrorenen Packung Fischstäbchen über dem Auge in der Küche, um ihre Platzwunde zu kühlen, als ich mich entschließe, uns endlich aus der Finanzkrise zu holen. Ich sehe eine winzige hoffnungsvolle Möglichkeit.

Kurz darauf stehe ich vor der Tür von Familie Salabimbam, den stets lächelnden Nachbarn, die mit ihren vier Kindern unter uns wohnen. Herr Altmann steht mit Herrn Salabimbam häufig vor der Haustür. Scheinbar verstehen die sich gut. In meiner Verzweiflung hoffe ich, dort eine Idee zu finden, wie man Herrn Altmann doch noch überreden kann, hier weiter wohnen zu dürfen.

Als ich den Klingelknopf betätige, hört man hinter der Tür laute Stimmen. Schließlich wird mir geöffnet. Die kleinste Tochter steht im rosa Kleidchen vor mir und hält sich grinsend die Hand vor den Mund.

„Hallo, ist dein Papa auch da?"

Sie lacht nur und versteckt sich hinter der Tür. Dann erscheint die Mutter im Flur der Wohnung und strahlt mich an. „Guten Tag. Was kann ich tun?"

„Guten Tag! Ich, ähm … Ist Ihr Mann zufällig auch da?"

Sie nickt und ruft ihn. Kurz darauf erscheint auch er und im Hintergrund schauen mich weitere neugierige Augenpaare an, die ihren Kopf zum Flur rausstrecken.

„Hallo! Wollen reinkommen?"

Ich betrete die Wohnung, die vollgestellt ist mit kitschigen Figürchen, kleinen bunten Wandteppichen und nach einer Mischung aus Mottenpulver und Gewürzen riecht.

„Herr, ähm … Also …", stottere ich herum und komme mir plötzlich vor wie eine Beauftragte von der Stasi, um Nachbarn auszuhorchen. Schrecklich.

„Salanzhinchan. Ganz einfach!" Er grinst mich an.

„Ja, natürlich, tut mir leid."

„Was möchten Sie?", fragt er unaufhörlich lächelnd.

„Wissen Sie …", beginne ich vorsichtig. Und dann erzähle ich ihm von unserem Dilemma. Dass wir die letzten Mieten nicht bezahlen konnten, weil es uns finanziell allen nicht gut ging, dass wir uns nun alle um einen Nebenjob bemühen, sogar Nepomuk, aber die ausstehenden Schulden nicht auf einen Batzen zurückzahlen können. Und dass wir aber unbedingt in dieser tollen Wohnung bleiben wollen. Und auch, dass Herr Altmann uns, wie er ja selbst gestern mitbekommen hat, nun zum nächsten Ersten rauswerfen will.

Immer noch lächelt er. Ich hoffe, es ist keine angeborene Gesichtslähmung, die er seinen Kindern vererbt hat.

„Und nun?", fragt er.

„Na ja, Sie unterhalten sich ja oft mit Herrn Altmann. Und da dachte ich …"

„Ja?"

„Sie könnten mir vielleicht einen Rat geben, wie man mit ihm am besten umgeht!"

„Ah! Verstehen!" Er erhebt sich vom Sessel und geht zum Fenster.

„Wissen Sie, er ist keine schlechte Mensch. Aber er hat auch Familie und muss gucken, wo er bleibt."

Schlechtes Argument, denke ich. Schließlich hat Altmann einen Chauffeur, von dem er sich mit seinem dicken Mercedes durch die Weltgeschichte kutschieren lässt. Das ist wohl kaum vergleichbar mit unserer Situation.

„Und außerdem steckt er viel Geld in gute Projekte. Ähm, wie heißt das …?"

„In gemeinnützige Projekte?", frage ich erstaunt.

„Genau!"

„Oh, was denn für welche?"

Frau Saladingsbums kommt mit zwei kleinen Schälchen herein und reicht sie uns. Dass sie dabei einen kleinen Knicks macht, gibt mir ein ganz seltsames Gefühl. So, als wäre ich ein hoher Gast.

Ich nehme dankend die Schale mit Reis und allerlei Gemüse entgegen und lächle sie an.

„Er kümmert sich um arme Menschen und Tiere. Genau weiß ich auch nicht", fährt er fort.

Nachdenklich nicke ich. Das hätte ich unserem Vermieter gar nicht zugetraut.

„Meinen Sie, er lässt mit sich reden?", frage ich.

Er kratzt sich nachdenklich am Kinn. „Können Sie kochen?", fragt er dann mit strahlenden Augen.

Kochen? Ja, verbrannte Nudeln, denke ich. Und Toni kann Rührei. Und Hannah versalzene Eintöpfe.

„Na ja, es geht so. Warum?"

„Herr Altmann mag gutes Essen. Wenn Sie ihn vielleicht einladen und gutes Essen machen, wer weiß."

„Sie meinen, er würde kommen?"

Er nickt. „Bestimmt. Aber muss gutes Essen sein. Er ist ein, wie sagt man …"

„Ein Genießer?"

„Ja, genau." Er strahlt mich an.

Oje. Genießer. Na, da wird er ja eine Geschmacksexplosion der besonderen Art kriegen, wenn wir für ihn kochen. Verdammt.

„Sie können nicht wirklich kochen, oder?" Schelmisch grinst er mich an.

Ich schüttle den Kopf. „Nein, eigentlich nicht."

„Ich habe gute Idee! Meine Frau hilft Ihnen!“

„Was?“

„Meine Frau. Ist gute Köchin. Kann viele gute Sachen. Und Herr Altmann liebt Essen von meine Frau!“

Alle Einwände nützen nichts. Es ist besiegelt. Frau Salabim wird uns helfen, Herrn Altmann mit einem asiatischen Essen zu bestechen.

„Probieren!“ Er zeigt auf meine Schüssel. Ich nehme mir eine Gabel, die seine Frau auf den Tisch gelegt hat, und esse.

Es schmeckt fantastisch. Reis mit Gemüse und Curry und anderen Gewürzen. Wow, wirklich gut, denke ich. Er beobachtet mich genau dabei, wie ich Bissen für Bissen kaue. Doch dann plötzlich – breitet sich die Schärfe aus. O mein Gott! Mein Mundraum wird gleich Feuer fangen. Mir laufen schon die ersten Schweißperlen an der Stirn herunter. Aber ich kann jetzt nicht den Rest stehen lassen. Das wäre unhöflich.

„Ist scharf, was!“ Er lacht. „Ihr Deutsche seid nicht gewohnt. Haha.“

„Haben Sie vielleicht etwas Wasser, Herr ... äh ... Simsalabim?“, frage ich heiser.

„Salanzhinchan! Wasser nicht gut. Brennt noch mehr. Vielleicht Milch?“

Ich nicke. Meine Zunge fühlt sich an, als wäre sie nun doppelt so dick. Während er schon die ganze Schüssel leer gegessen und dabei keine Miene verzogen hat, habe ich das Gefühl, gleich Feuer speien zu können. Ob seine Landsleute gegen scharfes Essen von Geburt an immun sind? Oder haben sie so viel Schärfe mit der Muttermilch aufgenommen, dass sie es gewohnt sind?

Die kalte Milch beruhigt meinen Mund etwas. Ich esse gemächlich die Schüssel leer, spüle immer mit Milch nach und versuche, so zufrieden wie nur möglich zu wirken. Was angesichts meines schweißgebadeten Gesichts durchaus eine Herausforderung ist.

„Haben Katze, oder?", fragt er plötzlich.

Ich nicke.

„Das ist gut!" Er lächelt.

Wieso ist das gut? O Gott! Essen Asiaten Katzen? Hoffentlich meint er nicht, dass seine Frau Nepomuk in die Menüfolge einplanen darf.

„Herr Altmann liebt Katzen! Hat selbst fünf. Sie werden sein Herz stechen. Nein, wie sagt man?"

„Erobern?", krächze ich.

Er nickt.

Na, zum Glück. Er liebt Katzen, aber nicht tot auf dem Teller. Perfekt. Jetzt müssen wir mit Nepomuk nur noch ein Knigge-Seminar für Samtpfoten besuchen, damit er uns nicht vorführt.

Grüne Tinte

Gespannt stehen Toni und Hannah um mich herum, während ich am Telefon mit Engelszungen auf Herrn Altmann einrede.

„Lieber Herr Altmann, wir möchten Sie gern zum Essen einladen, um mit Ihnen noch einmal über unsere Situation zu sprechen. Möchten Sie heute Abend vorbeikommen?"

Am anderen Ende der Leitung hört man nur, wie er die Nase hochzieht.

„Wollen Sie sich jetzt bei mir einschleimen? Das kommt aber ein bisschen spät, finden Sie nicht?"

Ich stelle den Lautsprecher an, damit Hannah und Toni mithören können.

„Ähm, na ja, besser spät als nie, oder?"

Toni hält sich die Augen zu und schüttelt den Kopf. Das war jetzt wohl kein so schlauer Spruch.

Einen Moment lang ist es still in der Leitung.

„Und Sie wollen freiwillig kochen? Wollen Sie mir eine Henkersmahlzeit vorsetzen und mich vergiften?", fragt er halbernst.

„Frau … ähm … Salabim … äh, unsere Nachbarin …"

„Frau Salanzhinchan!", berichtigt er mich.

„Ja, genau. Sie möchte mit uns gemeinsam etwas kreieren. Das wäre doch eine tolle Sache!"

Hannah schaut mich mit großen Augen an und nickt. Toni zwinkert verschwörerisch.

Er räuspert sich. Anscheinend wittert er unsere Honig-um-den-Bart-schmier-Aktion. „Ich habe nicht lange Zeit, das sage ich Ihnen gleich. Und ich lasse mich nicht erpressen."

Hannah reißt die Augen auf und hält den Daumen hoch.

„Das haben wir ja auch nicht vor. Wir möchten uns nur für die Unannehmlichkeiten der letzten Zeit entschuldigen. Quasi ein Friedensmahl bereiten."

Altmann grummelt durch den Hörer und scheint nachzudenken. Die Vorstellung, ein leckeres Essen von unserer begabten Nachbarin serviert zu bekommen, überzeugt ihn dann offenbar doch. „Um wie viel Uhr?"

„Wäre Ihnen acht Uhr recht? Sie haben sicherlich den Tag über genügend zu tun." Pah, ich alte Schleimscheißerin.

„Gut, um acht. Bis dann."

Ich lege das schnurlose Telefon weg und umarme Hannah und Toni kreischend. „Juhu, er kommt!"

Wir führen einen kurzen Regentanz auf und werfen uns lachend aufs Sofa.

Hoffentlich funktioniert unser Plan. Und hoffentlich besticht Toni nicht durch Sarkasmus und schlechtes Benehmen.

Noch acht Stunden, bis Altmann kommt. Jetzt noch schnell zur Uni, um schon mal die gesammelten Scheine einzureichen. Meine Panik, dass plötzlich unsere Wohnung abbrennen könnte und damit alle meine Scheine, wurde in den letzten Jahren von Schein zu Schein größer. Und jetzt, da mir nur noch zwei fehlen – einer für die ätzende Hausarbeit, deren Note ich noch nicht weiß, und einer von meiner letzten noch bevorstehenden mündlichen Prüfung –, möchte ich die vorliegenden schon mal in Sicherheit bringen.

Ich reihe mich in die circa dreißigköpfige Schlange ein, die vor dem Prüfungsamt steht, doch selbst das kann mich heute nicht schocken. Ich habe ein dickes Buch dabei und überbrücke die zwei Stunden Wartezeit gut gelaunt. Als ich drankomme, lege ich frohen Mutes alle Unterlagen vor und schaue die Sekretärin gespannt an. Ihr bitterer Blick verrät: Sie gehört zu den neunzig Prozent der universitären Angestellten, die keinen Spaß verstehen. Und die keinen Kompromiss eingehen. Und die auf keinen Fall gegen eine der 96.614 Regeln der Uni verstoßen.

„Dat müssense nochma neu machen", sagt sie kalt und zeigt auf den Schein, der mein Germanistikgrundmodul offenkundig bestätigt.

„Hä?", frage ich.

„Grüne Tinte!", sagt sie und wendet sich sogleich an den Typen hinter mir. „Außerdem fehlt Ihnen noch der Leistungsschein für das letzte Modul."

„Jaja, ich weiß, den kriegen Sie ja noch. Aber was soll das heißen, grüne Tinte?"

„Na, grüne Tinte geht gar nicht. Der Schein ist mit grüner Tinte unterschrieben. Nicht dokumentenecht. Machen Sie einen Termin bei Ihrem Professor und sagen Sie ihm, dass er den Schein neu ausstellen muss. Die anderen Dozenten müssen dann natürlich auch noch einmal unterschreiben!"

Und damit wendet sie sich mit voller Aufmerksamkeit dem Studenten zu, der mich mitleidig ansieht.

Mit offenem Mund stehe ich da und starre die Frau ungläubig an. Das kann jetzt nicht ihr Ernst sein.

Na ja, es bleibt keine Zeit für schlechte Gedanken. Das mit der doofen Tinte werde ich noch klären. Jetzt heißt es erst einmal „Operation Altmann".

Zurück in der WG angekommen, stehen Hannah, Toni und Frau Salanzhinchan mitsamt ihren zwei jüngsten Töchtern in unserer Küche und schneiden Gemüse klein. Frau Salanzhinchan sprudelt nur so vor sich hin und erzählt uns in gebrochenem Deutsch von Gerichten, die sie am liebsten kocht. Meine Güte, ich werde nie die Leidenschaft fürs Kochen nachvollziehen können. Fürs Essen schon eher.

Unserm Stubentiger scheint es da ganz ähnlich zu gehen wie mir. Nepomuk hockt unter dem Tisch und wartet gespannt, dass irgendetwas für ihn abfällt.

Ich kraule ihn hinter den Ohren. „Dicker, das ist Gemüse. Das magst du eh nicht."

Um fünf vor acht haben wir allesamt das größte Chaos in der Küche beseitigt, als es an der Tür klingelt. Unser Vermieter betritt die Wohnung und schenkt uns ein leicht unterkühltes „Guten Abend", bevor er Frau Salanzhinchan zur Begrüßung umarmt und dann auf dem einzigen nicht wackligen Küchenstuhl am Kopfende Platz nimmt.

Plötzlich kommt Nepomuk in die Küche geschossen wie ein Blitz und rast wie ein Wirbelwind auf Herrn Altmann zu. Hannah und ich wechseln verzweifelte Blicke, denn jetzt stürzt sich unser sonst so bewegungsfauler Mitbewohner wie ein Irrsinniger auf dessen Trachtenjacke und zerrt mit seinen scharfen Krallen am Stoff herum.

„Nepomuk!", entfährt es Hannah und mir im Wechsel. Toni hält sich den Bauch vor Lachen. Frau Salanzhinchan und die Kinder beobachten die Situation amüsiert und laden Essen auf die leeren Teller.

„Nepomuk, lass das!", kreischt Hannah in höchsten Tönen.

Altmann kämpft mit dem Kater herum und versucht ihn von seiner Jacke abzuschütteln. Ohne Erfolg.

„Das hat er noch nie gemacht! Das ist mir ein absolutes Rätsel", entschuldigt sich Hannah. „Ich verstehe das nicht."

Doch Altmann reagiert unverhofft gelassen und zieht schließlich seine Jacke aus, an der Nepomuk sich festgekrallt hat. Unser Vermieter schnappt sich Nepomuk am Nacken, setzt ihn sich auf den Schoß und krault ihn.

„Na, du Süßer? Hast du die Katzenminze gerochen?"

Hannah und ich gucken uns verwirrt an.

„Meine Katzen flippen auch völlig aus, wenn sie Katzenminze riechen."

Dann holt er einen kleinen Beutel, den ich eher für Gras gehalten hätte, aus seiner Jackentasche hervor und hält ihn Nepomuk hin. „Ich muss das Päckchen in meiner Jacke vergessen haben", lacht er.

Nepomuk schnappt sich in null Komma nichts das kleine Tütchen und zerrt wie ein Wahnsinniger daran herum. Altmann lacht fröhlich und scheint bester Laune.

„Herrlich! Ich liebe Katzen. Das sind Geschöpfe, auf die man sich immer verlassen kann."

Ja, denke ich. Besonders, wenn es ums Fressen geht.

„Im Gegensatz zu den Menschen", fügt er dann spitzfindig hinzu und sieht uns drei nacheinander an.

Gemeinsamkeiten

Mein Mundraum gleicht schon wieder einem Höllentempel, als ich den zweiten Gang mit einem halben Liter Milch herunterspüle. Hannah und Toni haben Schweißperlen auf der Stirn. Frau Salanzhinchan, die Kinder und Herr Altmann jedoch verziehen keine Miene beim Essen.

„So!“ Unser Vermieter legt das Besteck zusammen und lehnt sich zurück. „Dann legen Sie mal los!“

Ich schaue Hannah und Toni nacheinander an. Na klar, es bleibt natürlich an mir hängen.

„Also“, beginne ich salbungsvoll. „Lieber Herr Altmann, wir möchten uns erst mal ganz herzlich bedanken, dass Sie unserer Einladung gefolgt sind und …“

„Jaja“, sagt er ungeduldig. „Kommen Sie zur Sache, Fräulein König.“

Ich räuspere mich nickend. „Gut. Also, wir drei möchten in dieser Wohnung bleiben. Und wir zahlen Ihnen selbstverständlich den ausstehenden Betrag.“

„Und wie genau haben Sie sich das vorgestellt?“

Hilfesuchend sehe ich Toni an. Sie hat einen knallroten Kopf von Curry, Sambal Oelek und Peperoni. „Wir bemühen uns gerade alle ernsthaft um Arbeit. Ich habe eine kleine Nebeneinkunft gefunden …“

Hoffentlich sagt sie jetzt nicht, dass sie Flaschen einsammelt, denke ich.

„… und selbst Nepomuk verdient nun sein eigenes Geld!“

Altmann horcht auf. „Wie bitte?"

Hannah grinst stolz. „O ja, er ist nun in eine Katzencastingkartei aufgenommen und hat schon bald Aufträge als Model!"

Altmann bricht von jetzt auf gleich in lautes Gelächter aus. „Was?"

Unsicher lachen Toni und ich mit. Hannah jedoch zieht eine Schnute.

Frau Salanzhinchan lächelt. „Ja, die Kater ist eine wirklich schöne Tier."

Altmann beruhigt sich wieder und trocknet sich mit einem Stofftaschentuch die Augen. „Das ist ja ein Ding! Das habe ich ja noch nie gehört. Katzen, die nebenbei arbeiten."

„Ja", füge ich hinzu. „Wir packen halt alle mit an, wenn es um unseren Lebensunterhalt geht. Nur hatten wir in den letzten Monaten großes Pech."

Fragend sieht er uns an. „Wieso?"

„Na ja", fährt Hannah fort. „Vicky hat ihren Job verloren, Toni bekommt kein BAföG mehr, seitdem sie mit der Uni fertig ist, und ich muss zurzeit so viel Stoff nachholen, dass ich mir keinen Nebenjob suchen kann."

Zum ersten Mal sieht uns Altmann einigermaßen verständnisvoll an. „Hm, so ist das also."

Wir erzählen und erzählen. Reden uns die Münder fusslig, geben unserem Vermieter Einblicke in das Leben von Studenten, die nicht nur ihren Lebensunterhalt verdienen, sondern auch noch für Prüfungen lernen müssen, und irgendwann sind wir an einem Punkt, wo ich Hoffnung schöpfe, dass er uns nun versteht.

„Also, meine Damen", sagt Herr Altmann ernst. „Ich kann nun Ihre Lage besser verstehen. Mir war vorher nicht klar, dass das Studentenleben so schwierig sein kann. Zu meiner Zeit war das alles noch anders. Man wohnte bei den Eltern, wurde da tüchtig durchgefüttert, und nach dem Studium hatte man sofort einen festen Job. Aber das, was Sie mir schildern, dreht natürlich einige Vorurteile, die ich hatte, um."

Mit glänzenden Augen schauen Hannah, Toni und ich uns an.

„Allerdings", fährt er dann fort, „kann ich Ihnen die ausstehenden Mieten nicht erlassen. Das müssen Sie auch verstehen. Denn auch wenn ich auf Sie wahrscheinlich wie ein reicher Mann wirke, habe ich genügend persönliche Probleme finanzieller Natur."

Fragend schauen wir ihn an.

„Ja!" Er nickt mir zu. „Mir gehören mehrere Häuser, die aber teilweise renoviert, saniert oder sogar abgerissen werden müssen. Das kostet nicht nur Zeit und Nerven, sondern auch eine Menge Geld."

Wir nicken gleichzeitig.

„Und meine Eltern sind mittlerweile in einer Seniorenresidenz, die im Monat ungefähr so viel Geld verschlingt wie eine Segeljacht an Benzinkosten. Seitdem ich wegen einer Erkrankung meinen Führerschein abgeben musste, gönne ich mir den Luxus, einen Fahrer zu haben und mich in meiner Freizeit um ein Projekt für verwahrloste Tiere zu kümmern. Ansonsten achte ich auch darauf, nicht zu viel auszugeben. Das haben wir also gemeinsam."

Frau Salanzhinchan nickt lächelnd. „Ist nicht so große Unterschied, wie Sie denken. Herr Altmann ist guter Mann. Hat große, große Herz."

Peinlich berührt streicht Altmann Frau Salanzhinchan kurz über die Schulter. „Is' schon gut. Nun, langer Rede kurzer Sinn: Ich schmeiße Sie nicht raus!"

Wir brechen in jubelndes Gekreische aus und werfen uns einander in die Arme. Yeah! Er setzt uns nicht auf die Straße.

„Aber was ich von Ihnen verlange", unterbricht er unseren Freudenausbruch, „ist, dass Sie ab jetzt Ihre Schulden abbezahlen. Ich lasse Ihnen dafür ein Jahr Zeit, mehr nicht."

Wir schauen uns nacheinander ernst nickend an.

„Und ab sofort keine Mietverzögerung mehr. Mir ist egal, wie Sie es machen, aber ich bin auf die monatlichen Einnahmen angewiesen. Ich habe genügend andere Häuser, in denen jahrelang Mietnomaden wohnten. Da bin ich mittlerweile unerbittlich."

„Ja, natürlich!", sage ich. „Wir tun unser Bestes. Das haut schon irgendwie hin."

Hannah und Toni fallen zustimmend ein.

Mit vollen Bäuchen schmeißen wir uns zu dritt auf die Couch in der Küche, nachdem die Salanzhinchans und Herr Altmann gegangen sind.

Hannah fängt an zu kichern. „Meine Güte, haben wir ein Schwein!"

„Ja, unverschämtes Schwein", stimmt Toni lachend ein.

Ich grinse glücklich, obwohl mein Magen gerade dabei ist, sich zu überlegen, ob er sich eventuell gleich rumdrehen will.

„Fairer Deal!", stimme ich zu. „Das müsste zu schaffen sein."

Vaterfreuden

„Wo hattest du bloß diese Scheiß-Kondome her?“, fragt Siggi mich in angriffslustigem Tonfall, als ich zur Tür reinkomme, um mir ein bisschen Ablenkung bei ihm zu holen.

„Boah, geht's nicht 'ne Spur freundlicher?“, entgegne ich.

Wie ein aufgescheuchtes Reh und völlig übernächtigt springt Siggi durch die Wohnung, plustert ein Sofakissen auf, schleudert es zurück auf die Couch, läuft um den Wohnzimmertisch rum und schnaubt.

„Was zum Teufel ist los?“, schreie ich ihn an. Ich habe keine Lust auf Ratespiele und schon gar nicht auf Streit, bei dem ich nicht mal weiß, worum es überhaupt geht.

„Jana ist schwanger! Darum geht es!“

Atemlos schaut er mich an. Erst jetzt sehe ich, wie er schwitzt. Kleine Schweißperlen laufen ihm die Stirn hinab, verfangen sich in den Brauen und tropfen schließlich hinunter auf seine Wange. Dann bricht es aus ihm heraus. Er fängt an zu weinen!

Behutsam gehe ich auf ihn zu und nehme ihn vorsichtig in den Arm. Nun ist alle Aggression aus ihm gewichen, nur noch Verzweiflung ist da.

Trotzdem bin ich ganz schön erbost, dass ich jetzt die Schuld daran tragen soll, dass Siggi nach seiner Vögelei mit der Segelohrfrau bald Windeln kaufen, eine Wiege schreinern und ein kreischendes Baby versorgen muss. Was kann ich dafür, wenn irgendwelche blöden Präser nicht funktionieren?

„Bist du denn ganz sicher?", frage ich, als er sich etwas beruhigt hat. „Ich meine, wie lange ist es denn jetzt her, dass ihr …?"

Er schnäuzt laut in ein Taschentuch und faltet es nach einem kurzen Blick hinein zusammen. „Mann, das ist doch scheißegal. Sie ist schwanger! Sie hat drei Tests gemacht."

Hm. Ob Siggi sich mit den biologischen Vorgängen selbst nicht besonders gut auskennt? Oder ist er jetzt einfach nur fertig? „Aber bist du dir auch sicher, dass …" Wie kann ich mich ausdrücken, ohne ihn zu verletzen? „… dass auch wirklich *du*…?"

Vorwurfsvoll schaut er mich an. „Jana ist nicht so eine …"

Ich nicke entschuldigend. Aber meine Skepsis bleibt. Immerhin kennen sie sich erst ein paar Tage. Und wieso bemerkt man denn nicht, wenn das Kondom reißt? Aber na ja, davon habe ich offenkundig nun mal keine Ahnung und will mir auch nicht anmaßen, besserwisserisch zu sein.

„Ich muss jetzt mal allein sein", haucht Siggi mir bewegungslos entgegen.

Also mache ich mich mit dem Fahrrad auf den Weg zur Uni. Während die Autos an mir vorbeirasen, muss ich wieder einmal an Toni denken. Seit dem Tag nach der Glamour-Party haben wir keinen Ton mehr über unsere gemeinsame Nacht gewechselt. Und trotzdem vergeht kein Tag, an dem ich nicht mit Herzklopfen daran zurückdenken muss.

Ich klopfe an der Tür zu meinem Professor und trete auf sein Murren hin ein. Nervös nehme ich Platz, während er genüsslich die Mappe mit meiner Arbeit öffnet wie bei einem Trommelwirbel.

Er atmet hörbar tief ein. „Soso, Sie sind also die Dame, die mir diese Arbeit beschert hat. Jaja, soso."

Ich nicke. „Jaha, das bin ich." Wieso beschert?

„Ist das Ihr Ernst?", fragt er herausfordernd.

Ich weiß nicht genau, worauf er hinauswill. „Wie meinen?"

„Ob diese Arbeit Ihr Ernst ist?“, fragt er weiter, ohne aufzuschauen.

„Ich wüsste nicht, warum man daran zweifeln sollte“, gebe ich vorsichtig zurück.

„Diese Arbeit“, beginnt er langsam und schaut mich nun durchdringend an, „ist wirklich die größte, ja, die allergrößte Unverschämtheit, die mir in den letzten Jahren untergekommen ist.“

Meine Augen untersuchen die Mappe, um sicherzugehen, dass es wirklich meine ist. Doch es *ist* meine. Ich bekomme kein Wort heraus, während meine Gedanken sich überschlagen.

Er klatscht die Mappe mit pikiertem Blick auf den Schreibtisch und steht dann auf, um zum Fenster zu gehen. „Frau, ähm ...“

„König“, sage ich schnell.

„Wie passend“, murmelt er. „Frau König ...“

Ich räuspere mich und habe eine trockene Kehle.

„Ich muss Ihnen leider attestieren, dass Sie keinerlei Sprachgefühl besitzen. Die Inhalte der Grass'schen Romane sind Ihnen weder geläufig, noch scheinen Sie sich sonderlich dafür zu interessieren. Ganz zu schweigen von dem blamablen Satzbau. Ich frage mich ernsthaft, wie Sie es bisher geschafft haben, an dieser Fakultät zu studieren.“

Mir fallen beinahe die Augen raus. Ich öffne den Mund, doch ich bin so platt, dass ich nichts sagen kann. Ist das hier alles ein großes Missverständnis?

„Wissen Sie“, fährt er fort, ohne meine entgleisten Gesichtszüge zu bemerken. „Ich doziere hier nun seit mehr als fünfundzwanzig Jahren. Und mir ist in dieser Zeit noch keine derart schlechte Arbeit auf den Tisch gefallen. Vielleicht sollten Sie sich mal überlegen, etwas zu machen, das Ihnen mehr liegt.“

Endlich finde ich meine Sprache wieder. „Ich bin fast fertig mit dem Studium!“, sage ich erbost.

Er zieht seine Lesebrille ab, verschränkt seine Arme und sieht mich kopfschüttelnd an. „Nur leider werde ich Ihnen den Schein nicht unterschreiben.“

Mein Herz pocht jetzt so laut, dass ich befürchte, es wird sich gleich den Weg durch den Brustkorb bahnen. „Was?“, dröhne ich wie im Stimmbruch.

„Sie glauben doch nicht allen Ernstes, dass ich eine solch minderwertige Leistung auch noch honoriere.“ Er nimmt wieder Platz, setzt seine Brille auf und reicht mir dann meine Mappe. „Hier. Und viel Glück für Ihren weiteren Lebensweg.“

Dann dreht er sich um und greift nach einem Buch hinter sich. Immer noch fassungslos bleibe ich wie erstarrt sitzen.

„Ist noch was?“, fragt er, als ich nicht aufstehe.

Wenn jetzt Toni hier an meiner Stelle säße, würde sie ihm richtig die Meinung geigen. Aber Toni ist nicht da. Und außerdem geht es hier um mich. Um mich und um meine Zukunft.

„O ja, allerdings“, sage ich angrifflustig.

Überrascht sieht er mich an. „Ja?“

Mein Adrenalinspiegel erklimmt gerade den Zenit. Mit einem Ruck erhebe ich mich, wedle mit der Arbeit vor seinem Gesicht herum und schreie ihn an: „Sie sind ja wohl das Mieseste, das mir in fünfundzwanzig Jahren begegnet ist. Ich habe nun alle meine Scheine gemacht, abgesehen von Ihrem. Aber wissen Sie, was? Da lege ich auch gar keinen Wert mehr drauf. Jetzt, wo ich weiß, was Sie für ein alter Sesselfurzer sind. Ich werde mich an einen Ihrer Kollegen wenden. Vielleicht haben die mehr Sinn für moderne Texte und können besser beurteilen, wie sehr ich mir für diese beschissene Arbeit den Arsch aufgerissen hab.“

Ihm fällt beinahe die Kinnlade herunter. „So etwas derart Unverschämtes …"

„… haben Sie in fünfundzwanzig Jahren noch nicht gehört?", beende ich lautstark seinen Satz. „Na, dann war's ja mal allerhöchste Zeit dafür!"

Und damit wanke ich schnellen Schrittes aus seinem Büro und eile auf den Gang. Angetrieben von der ungewohnten Macht, die ich in meine Worte gelegt habe.

Auf dem Flur sitzen bemitleidenswerte Kommilitonen, die nun vermutlich ausbaden können, wofür ich den Grundstein gelegt habe.

Wichtiges Spam

Obwohl ich seit Wochen viel ernsthafter für meine bald bevorstehende Prüfung lernen müsste, als ich es tue, kann ich mich einfach nicht aufraffen. Es ist immer dasselbe. Warum schon heute anfangen, wenn man doch noch zwei Wochen Zeit hat? Aber ich beginne mich so zu akzeptieren. Ich rede mir ein, dass ich nun mal eben nicht so lange brauche wie die anderen. Ich kann halt schneller lernen.

In Wahrheit *muss* ich schneller lernen, weil ich viel zu spät anfange. Aber es macht mehr Spaß, sich einzureden, man sei den anderen voraus. Also bleibe ich dabei. Deshalb schaue ich auch – statt in meine Bücher – zum vierten Mal in dieser Stunde in mein E-Mail-Postfach. Könnte ja jede Sekunde sein, dass sich was tut.

Tut sich aber nicht. Gähnende Leere. Nur der Spamordner quillt über, weil ich seit Wochen nicht hineingeschaut habe. Könnte ich ja jetzt mal machen.

Als ich die Viagra- und Penisverlängerungs-E-Mails durchhabe, fällt mir plötzlich eine mit dem Betreff „Re: Meine Bewerbung" auf. Hm. Ob das auch bloß eine Junkmail ist? Andererseits. Man könnte ja mal einen Blick riskieren. Der Rechner wird schon nicht zusammenbrechen.

Als ich die E-Mail schließlich öffne und dann den Inhalt überfliege, wird mir kurzerhand schwindlig. Hilfe! Das ist keine Werbemail! Das ist eine Einladung zu einem Vorstellungsgespräch! In der Düsseldorfer Werbeagentur, bei der ich mich initiativ um ein Praktikum beworben habe. Und zwar – *morgen!*

Als ich von meiner kurzzeitigen Herzattacke wieder zu mir komme, schlage ich mir vor die Stirn und schnauze mich selbst an. „Victoria, du bescheuerte Kuh, die verdammte E-Mail versauert seit drei Wochen in dem beschissenen Spam-Ordner. Ganz toll, ganz, ganz toll!“

Und erst jetzt sehe ich, dass im PS der E-Mail steht: „Bitte geben Sie uns schnell Bescheid, ob Sie den Termin wahrnehmen können.“

Scheiße! Mit „schnell“ meinten sie vermutlich nicht vierundzwanzig Stunden vorher. Ich raste aus!

Mit allen Überredungskünsten mache ich wenige Minuten später am Telefon der Personalleiterin der Agentur das Dilemma mit dem Spam-Ordner klar, und sie sagt meinen Termin seufzend zu. „Aber seien Sie bitte pünktlich. Herr Winter hat im Anschluss ein Meeting“, warnt sie mich.

Affige Kleidung

Die Kirchenglocken wecken mich, und es ist schon viel später, als ich eigentlich aufstehen wollte. Und jetzt muss ich auch noch zur Uni hetzen, um zuerst den blöden Schein in *schwarzer* Tinte schreiben zu lassen und dann einem anderen Prof meine angeblich so schreckliche Arbeit vorzulegen. Stress pur.

Ich betrete das Sekretariat des Dozenten, von dem ich die erste Unterschrift brauche, und halte der Sekretärin den Schein hin. Sie schaut stutzend über ihre rahmenlose Lesebrille hinweg und sagt: „Wo haben Sie denn die Bestätigung über die bestandene Prüfung?"

Verwirrt sehe ich sie an. „Aber das *ist* doch die Bestätigung."

Perplex schaut sie mich an und schüttelt den Kopf. „Schon, aber warum ist das mit grüner Tinte unterschrieben?"

Ich seufze. „Weil Professor Gehrmann keinen anderen Stift zur Hand hatte, als ich ihn damals um seine Unterschrift gebeten habe."

Sie schaut mich missmutig an. „Na ja, ich will mal nicht so sein."

Blöde Ziege, denke ich. Sie will mal nicht so sein. Pah. In welchem Saftladen bin ich hier eigentlich?

Als ich unglaublicherweise tatsächlich innerhalb von zweieinhalb Stunden alle drei Profs erwischt und überredet habe, mit schwarzer Tinte den Schein noch einmal auszustellen, gehe ich mit meiner Blättersammlung wieder zum Prüfungsamt. Die Tür ist geschlossen, kein Student in Sicht. Und neben der Tür hängt ein Zettel mit dem Hinweis „Wir haben geschlossen". Ja, ach! Das hätte ich wohl auch noch selbst gemerkt. Kein Hinweis, wie lange und warum. Nichts. Am liebsten würde ich die Tür eintreten und mir selbst den Wisch stempeln.

Das mit der Hausarbeit muss ich schon wieder verschieben. Im Eiltempo fahre ich mit dem Fahrrad zurück nach Hause und ziehe mich für das Vorstellungsgespräch um. Mist, das blöde Jackett ist offenbar eingelaufen. Ich komme kaum rein. „Hannah!", schreie ich. „Bei wie viel Grad hast du mein Jackett gewaschen?"

Hannah kommt angelaufen, sieht mich wie eine Wurst in die Jacke gequetscht und prustet. „Ähm, ach ja, das wollt ich dir noch sagen. Ich hab übersehen, dass die Jacke noch in der Maschine war, und hab dann meine Unterhosen auf neunzig Grad gewaschen!"

„Auf *neunzig* Grad?", schreie ich. „Mit deinen *Unterhosen* zusammen?"

Sie nickt unschuldig.

„Sag mal, wie blind muss man eigentlich sein, wenn man ein Jackett in der Maschine übersieht?"

Beleidigt schaut sie mich an. „Sei froh, dass ich es überhaupt mitgewaschen habe!"

„O ja", erwidere ich ironisch. „Ich bin dir zu größtem Dank verpflichtet, dass ich nun aussehe wie ein Gorilla in der Jacke eines Kapuzineräffchens."

„Affen tragen keine Kleidung", sagt sie altklug. Ich könnte ihr eine runterhauen. Würde aber ja auch nichts bringen. Außerdem bin ich Pazifistin.

Also bleibt mir nichts anderes übrig, als in diesem Zustand zum Vorstellungsgespräch zu gehen. Toni im Schlepptau, die mich bis zur Bahn begleitet und kichernd neben mir herläuft, fühle ich mich so scheiße wie selten zuvor. Außerdem bin ich seit der Begegnung mit dem blöden Prof total aggressiv.

Doch das Gespräch mit Herrn Winter beginnt vielversprechender, als ich erwartet habe.

„Stellen Sie sich vor, Sie sind Kühlschrankverkäuferin und müssen jeden Tag einen Kühlschrank verkaufen, um Ihre Familie zu ernähren. Nun haben Sie schon drei Tage keinen mehr verkauft und müssen darum heute dem letzten Kunden, der den Laden betritt, vier Kühlschränke auf einmal verkaufen. Der nächste Kunde, der den Laden betritt, ist ein Eskimo. Was tun Sie?"

Bingo! Die Frage kenne ich noch aus einem anderen Vorstellungsgespräch und habe direkt die passende Antwort parat.

„Tja, da er Kälte ja offenbar mag", sage ich selbstsicher, „wird er wohl auch vier Kühlschränke nehmen. Je mehr, desto besser, oder?"

Skeptisch schaut Herr Winter mich an. „Aha, die kannten Sie offenbar schon."

Nervös kratze ich mich am Kopf. „Öhm, nein, ich dachte nur, dass es doch logisch ist."

Was stellt der mir so dämliche Fragen, wenn er hofft, dass ich sie nicht beantworten kann!?

„Okay, Frau König. Wieso halten Sie sich für diesen Beruf für geeignet? Sie haben keinerlei Vorkenntnisse, durchschnittliche Noten, keine Auslandserfahrung. Wieso bitte schön sollten wir Sie als Volontärin einstellen?"

Provokanter Pisser! Da hat er mich auf dem falschen Fuß erwischt! Seit diesem beschissenen Gespräch mit meinem Prof werde ich mir so was nie wieder gefallen lassen.

„Sie haben ja überhaupt keine Ahnung!" Meine Halsschlagader pocht. „Versuchen Sie doch mal, mit den paar Hundert Öcken im Monat über die Runden zu kommen."

Überrascht, aber keineswegs erfreut, sieht er mich an. „Also haben Sie keine Argumente, warum wir Sie nehmen sollten?"

„Ehrlich gesagt, wüsste ich gar nicht, wieso ich bei Ihnen anfangen sollte. Wenn hier immer so ein ätzender vorwurfsvoller Ton in der Luft liegt, kann ich mir weitaus Schöneres vorstellen."

So, dem hab ich's aber gezeigt.

Nur dummerweise zeigt er mir kurz darauf den Ausgang. Und das nicht, damit ich mich demnächst zurechtfinde, wenn ich hier anfange.

Pampers

Ob ich es wahrhaben will oder nicht – die Absage wirft mich trotzdem meilenweit zurück. Was habe ich die letzten Stunden für eine Tortur durchgemacht! Und jetzt das. Wieso musste ich meinen hitzigen Wutausbruch auch ausgerechnet am Tag des Vorstellungsgesprächs kriegen? Ich muss einsehen, dass ich es mir dieses Mal komplett allein vermasselt habe.

Ich werfe mich matt auf mein Bett und höre ein verdächtiges Reißgeräusch. Prima! Jetzt ist auch noch die Naht unter der linken Achsel geplatzt. Ein perfekter Tag.

Als ich dreizehn Stunden später aufwache, liege ich noch genauso da. Nur mein Nacken ist steif, mein Bauch schmerzt vom viel zu engen Gürtel und ich habe pochende Kopfschmerzen. Ich greife zur Fernbedienung und zappe mich durch morgendliche Talkshow-Wiederholungen, in denen Horden von Halbwüchsigen ihr Todesurteil entgegennehmen: das Ergebnis des Vaterschaftstests. Ich seufze laut und entscheide mich für Anspruchsvolleres: Nach fünf Folgen *Simpsons* bin ich völlig gerädert. Mein Kopf scheint zu platzen und ich schmeiße mir nun doch zwei Aspirin ein, als mein Handy klingelt.

„Kommst du mit zu *Baby-World?*", fragt Siggi am Telefon. „Du kennst dich da doch besser aus als ich."

„Hä?", frage ich. „Wieso kenn ich mich denn da besser aus? Hab ich Kinder, von denen ich selbst noch nichts weiß?"

„Nee, aber du bist 'ne Frau!"

„Ah, na klar, und wir haben das Babyklamotten-Kaufsyndrom ja bekanntlich im Blut ...", scherze ich genervt.

„Vicky, bitte ...", fleht er.

Ich seufze laut auf. Eigentlich habe ich, mal abgesehen von meinem Brummschädel und meiner schlechten Laune, tausend andere Dinge zu erledigen. Andererseits würde ich sie auch ohne Siggis Bitte vermutlich auf unendlich verschieben. Daher ist es auch schon wurscht und ich kann das Lernen für die Prüfung um einen weiteren Tag verlegen.

So kommt es, dass ich eine knappe Stunde später mit Siggi den wahrscheinlich größten Spielzeug-, Wäsche-, Klamotten- und Krimskrams-Laden der Welt betrete. Fröhlich organisiert er einen Einkaufswagen und schiebt ihn staunend durch die Gänge. „Also im ‚Pampers-Forum' haben die geschrieben, dass man unbedingt ..."

Ich pruste los. „Du hast dich im ‚Pampers-Forum' angemeldet?" Ich halte mir den Bauch vor Lachen. „Wie geil!"

Mit hochgezogener Augenbraue sieht Siggi mich an. „Wenn du es genau wissen willst, ja, und zwar nicht nur da. Ich hab auch Probe-Windeln zugeschickt bekommen, um schon mal zu üben."

„Ah ja, und an wem bitte willst du üben? An deinen Mitarbeitern?"

„Quatsch, an der Puppe, die ich mir vorgestern geholt habe."

Ich bleibe mit offenem Mund stehen, während Siggi sich ins Angebot der Lätzchen vertieft.

Wir laden den ganzen Babykrempel in Siggis Küche ab, als mir ein Anmeldebogen von der VHS ins Auge fällt. *Vater sein – Verantwortung tragen* steht als Veranstaltungstitel in der ersten Zeile. „Hiermit bestätigen wir Ihre verbindliche Anmeldung zum o. g. Kurs." Ich falle gleich tot um. Langsam beschleicht mich das ungute Gefühl, dass sich Siggi ganz schön reinsteigert. Und irgendwie mischt sich dazu die vage Intuition, dass das letzte Wort in Sachen Vaterwerden noch nicht gesprochen ist.

„So, jetzt müssen wir nur noch zur Bank!“, bestimmt Siggi, als ich mich gerade auf seiner Couch eingerichtet habe.

Ich lasse schauspielerisch den Kopf in den Nacken fallen und demonstriere, dass ich keine Energie mehr habe. „Kannst du nicht um die Ecke zum Geldautomaten gehen?“, frage ich gähnend.

„Doch nicht, um ein Konto anzulegen!“, sagt er und wühlt in einer Schublade herum.

„Anlegen? Willst du deine Bank wechseln?“

„Doch nicht für mich“, sagt er lächelnd. „Es soll natürlich für den Kleinen sein. Damit kann man nicht früh genug anfangen! Denk nur mal an Fahrrad, Führerschein, Ausbildung, Uni – was das alles kostet! Das weißt *du* doch am besten!“

Mir steht der Mund offen. „Du redest jetzt aber nicht gerade von dem ungeborenen Baby, oder?“

„Doch, klar. Wenn ich jetzt schon ein Sparkonto einrichte, dann hat der Racker mit achtzehn genug Geld, um sich ein eigenes Auto zu kaufen.“

Ich schlage mir gegen die Stirn. Dem ist doch nicht mehr zu helfen. „Spar lieber für deinen Aufenthalt in einer guten Privatklinik“, sage ich halb ernst. „Siggi, also ehrlich, du übertreibst total.“

Als ich matt nach Hause komme, hält Hannah mir einen geöffneten Brief hin. „Wenn du brav bist, kriegst du ihn!“ Grinsend versteckt sie ihn hinter ihrem Rücken.

„Schmeiß ihn weg, wenn's nicht gerad die Benachrichtigung über einen Lottogewinn oder die Einladung zu *Wer wird Millionär?* ist“, sage ich gähnend.

Enttäuscht über meinen geringen Spieltrieb schaut Hannah mich an wie ein kleines Kind. „Manno, das ist eine Einladung zu einem Vorstellungsgespräch!"

„Was? Schon wieder?" Ich klinge eher geschockt als erfreut. Noch so eine Aktion wie gestern, und ich kann mich mit dreißig begraben lassen.

„Ja, nächste Woche!"

Ich nehme ihr den Umschlag ab, lese mir den Brief durch und kann es kaum fassen. Tatsächlich. Diesmal also bei einer Agentur in Köln.

„Übrigens", flüstert Hannah geheimnisvoll, während ich immer wieder die Zeilen des Briefes lese, „habe ich eine Superidee, was wir Toni zum Geburtstag schenken können!"

Ich seufze auf. „Hannah, du weißt genau, dass sie ihren Geburtstag nicht feiert. Das wird sich auch nicht so schnell ändern."

Hannah nickt. „Jaja, ich weiß. Aber ich finde, wir sollten ihr trotzdem was schenken. So ganz ohne ist doch blöd. Außerdem sollte sie mal langsam über den Tod ihres Bruders wegkommen."

„Du bist gut! Das ist eben eine Art Trauma! Ich hätte auch keinen Bock, meinen Geburtstag zu feiern, wenn er mit dem Todestag meines Bruders aufs selbe Datum fallen würde."

Wortlos zerrt Hannah mich in ihr Zimmer und zieht die Schublade ihres Schreibtisches auf. Sie holt einen Umschlag hervor, drückt ihn mir in die Hand und fordert mich auf, ihn zu öffnen. Als ich die Zeilen überfliege, muss ich unwillkürlich lachen und bin schließlich überzeugt: Ja, wir werden Toni was schenken!

Kein Geburtstag?

Seit Stunden muss ich dringend zur Toilette, doch Toni liegt ebenso lange in der Wanne, liest einen Horrorschinken und raucht.

Als ich es schließlich nicht mehr aushalte, renne ich gebückt ins Bad. Mit hochgezogener Augenbraue sieht Toni mich durch Rauchschwaden und Wasserdampf an. „Was wird denn das, wenn's fertig ist?"

Ich ziehe mir die Hose runter und lasse mich erleichtert auf die Toilette fallen. „Sorry, aber du blockierst seit Stunden das Bad!", sage ich mürrisch. „Und ich *muss* jetzt einfach!"

„Du hättest ja auch bei Siggi gehen können!"

Ich reiße die Augen auf. „Na klar, ich hätte auch zu Siggi gehen können, um Kleopatra im Bad nicht zu stören."

Toni muss grinsen. Der Aschenbecher auf dem Badewannenrand quillt beinahe über. Die Zeiten, in denen ich mich darüber aufgeregt habe, sind lange vorbei.

„Schon okay, Vickylein, ich wollte dir schon immer mal beim Toilettengang zusehen."

„Keine Angst, ich muss nur klein!" Ich zwinkere ihr zu.

Als ich abziehe und mir die Hose wieder zuknöpfe, kommt Nepomuk ins Bad geschlichen. Nach zwei erbärmlichen Versuchen, auf den Rand der Wanne zu springen, schafft er es schließlich und sieht Toni interessiert beim Baden zu.

„He, Sportsfreund, wieso hast du nicht noch 'ne Horde Kumpels mitgebracht? Dann könnten wir 'ne richtige Party feiern!" Toni spritzt ihm ein paar Tropfen entgegen, doch unser Stubentiger lässt sich davon nicht beeindrucken. Er starrt ins Wasser und kann der Versuchung nicht lange widerstehen, mit der Pfote vorsichtig hineinzufassen. Als er die Wasseroberfläche berührt, zuckt er erschrocken zusammen. Trotzdem bleibt er fasziniert an Ort und Stelle sitzen und verfolgt in Lauerstellung die Bewegung der kleinen Wellen.

Ich setze mich auf den Klodeckel und überlege, wie ich Toni am besten auf ihren morgigen Geburtstag anspreche.

Sie blättert in dem Buch herum und gibt glucksende Laute von sich. Dann schaut sie über die Buchseiten hinweg zu mir herüber. „Is' noch was?"

Ich kratze mich am Hinterkopf. „Ja, ich wollte dich noch was fragen."

Genau in dem Moment kommt Hannah herein. „Bah, was stinkt das denn hier wie nach 'nem Hochhausbrand? Igitt, Toni, musst du im Bad rauchen?"

Vor Schreck über Hannahs Gekeife lässt Toni ihr Buch ins Wasser plumpsen. Hannah und ich müssen schallend lachen, während Nepomuk aus dem Bad flüchtet.

Das Buch sieht nun doppelt so dick aus wie vorher, als Toni es triefend aus dem Wasser zieht. „Ganz klasse, ihr zwei Pannefrauen. Das kann ich jetzt wegschmeißen. Dabei war es gerade so spannend." Genervt drückt sie ihre Zigarette aus und zieht eine Schnute. Hannah lehnt sich ans Waschbecken und dreht sich eine Haarsträhne mit dem Finger ein. „Toni?", fragt sie langgezogen.

Toni sieht uns nacheinander seufzend an. „Was habt ihr eigentlich?"

„Du", setze ich an, „wir wollten dich fragen, ob du …"

„… ob du", fährt Hannah fort, „morgen nicht vielleicht ausnahmsweise doch …"

„Nein!" Mit einem Ruck erhebt sie sich aus der Wanne und lässt das Wasser ab. „Und jetzt raus. Ich muss mich noch abduschen."

Überraschung

Es ist Samstagmorgen und Tonis Geburtstag. Hannah und ich haben uns den Wecker auf neun Uhr gestellt, um ein tolles Frühstück zu zaubern. Ich bin immer noch skeptisch, wie Toni wohl reagieren wird, wenn sie unsere Überraschung sieht. Schließlich hat sie uns mehrmals ausdrücklich darauf hingewiesen, dass sie an ihren Geburtstag nicht erinnert werden will. Andererseits bin ich mit Hannah einer Meinung, dass sich daran langsam etwas ändern sollte. Wir müssen es nur geschickt verpacken.

So stehen Hannah und ich in der Küche und bereiten leise das Überraschungsfrühstück vor, kochen eine volle Kanne Kaffee, schneiden Aufbackbrötchen auf und stellen zwei Teller auf den Tisch, die belegt sind mit Aufschnitt, den wir vorsichtshalber hinter dem Salatkopf im Gemüsefach vor Toni versteckt haben.

Vor Tonis Platz stellen wir ein klitzekleines Teelicht hin, vor ihre Tasse die Karte mit dem ultimativen Geheimgeschenk.

Es ist fast zehn Uhr, als ich endlich den altbekannten Raucherhusten aus Tonis Zimmer vernehme und Hannah und ich schnell das Rührei machen, um uns dann auf den Stühlen zu platzieren und das Teelicht anzuzünden.

Mit zugekniffenen Augen kommt Toni eine Viertelstunde später in die Küche spaziert und geht tonlos an uns vorbei zur Kaffeepadmaschine. Hannah und ich grinsen uns verschwörerisch zu. Toni legt wie gewohnt ein Kaffeepad ein und drückt auf den Knopf. Nichts tut sich. Sie kratzt sich nachdenklich am Kopf und sieht in ihren Boxershorts so sexy aus, dass ich ihr schmachtend zusehe. Blinzelnd untersucht sie das Gerät von allen Seiten und murmelt dabei unverständliche Worte. Darauf, dass wir den Stecker rausgezogen haben, kommt sie in ihrem Tran nicht.

Hannah kichert. „Tonilein, setz dich, wir haben schon Kaffee gekocht."

„Hä?" Sie dreht sich verschlafen um, gähnt und wuschelt sich mit beiden Händen durch die Haare. Wie süß sie aussieht, wenn sie so verpennt ist!

„Wir haben unsere alte Kaffeemaschine ausgegraben und richtigen starken Kaffee gekocht!", sage ich stolz.

„Aha!" Sie lässt sich müde auf ihren Stuhl plumpsen und starrt auf das kleine Teelicht. Dann ist sie mit einem Schlag hellwach. „He, ich hab euch doch gesagt, dass ..."

„... du deinen Geburtstag nicht feierst. Wissen wir", sage ich beschwichtigend. „Haben wir auch nicht vor. Wir wollen dir lediglich zeigen, wie viel du uns bedeutest."

Hannah nickt. „Genau. Vicky hat recht. Ohne dich wär's hier stinklangweilig."

„Ohne dich allerdings auch!", erwidert Toni in ironischem Tonfall. Skeptisch sieht sie uns nacheinander an. „Und was sollen die Kerze und die Karte?"

„Na, das ist Teil unserer Wertschätzung!", sage ich und zwinkere ihr grinsend zu.

Sie seufzt. „Ihr seid mir ja vielleicht zwei Hühner!"

Der Duft des Rühreis reizt sie dann doch, und sie schaufelt es sich pfundweise auf ihren Teller.

„Du musst erst die Karte aufmachen!", drängelt Hannah völlig gespannt. Ich nicke einstimmend.

Zögerlich nimmt Toni den Briefumschlag an sich, öffnet ihn mit dem kleinen Finger, holt die Karte heraus und vertieft sich in unsere schmeichelnden Worte. Ihr Gesicht verzieht sich langsam zu einem überraschten Lächeln, als sie den Schluss liest.

„Ihr seid völlig verrückt!“

Wir müssen lachen.

„Völlig verrückt!“, wiederholt Toni.

Dass sie sich so sehr über unseren Gutschein für eine Fahrstunde freut, hätte ich nicht gedacht.

So verbringen wir Stunden in der Küche, lachen darüber, wie lange sie ohne Führerschein durch die Welt gegondelt ist, und schlagen uns die Bäuche voll. Der quengelnde Nepomuk bekommt eine Scheibe Käse und lässt sich zufrieden auf der alten Couch nieder.

Hannah und ich blinzeln uns heimlich zu. Der Coup war ein voller Erfolg!

Sitzfleisch und Beule

Es ist Montagmorgen. Ich bin extra um sieben Uhr aufgestanden – eine Zeit, zu der ich mich normalerweise noch einmal umdrehe, um weiterzuschlafen –, um meine angeblich so miese Hausarbeit einem anderen Professor vorzulegen, der mir im dritten Semester schon mal den Arsch gerettet hat.

Um neun sitze ich bereits seit einer geschlagenen Stunde gähnend mit einem Dutzend weiterer Studenten auf dem dreckigen Flurboden vor Herrn Kühns Büro. Endlich geht seine Bürotür wieder auf, und er bittet mich herein.

Als ich so plötzlich vom Boden aufstehe, merke ich, dass mir die Füße eingeschlafen sind. Mit einem unkontrollierbaren Sprung hechte ich in Richtung Büro und knalle mit einem dumpfen Geräusch gegen den Türrahmen.

Herr Kühn verzieht das Gesicht. „Uh, das tat bestimmt weh."

Ich rapple mich auf, obwohl mein Kopf sich anfühlt, als hätte ich einen Faustschlag von Muhammad Ali gegen die Schläfe bekommen. Wankend steuere ich auf den Stuhl zu.

„So, Frau König, wir hatten doch schon mal das Vergnügen, oder?"

Ich hatte eigentlich gehofft, dass er sich nicht erinnert.

„Ähm, ja, ist schon eine Weile her“, sage ich.

„Ja, aber ich erinnere mich noch genau, dass Sie unbedingt einen Schein brauchten, weil Sie durch eine Prüfung einer Kollegin gefallen sind.“

Ich sehe ihn errötend und gleichzeitig nickend an.

„'tschuldigung“, sagt er dann freundlich. „Ich wollte Sie nicht an so was erinnern.“

„Nein, ist schon okay.“

Er lehnt sich zurück und legt den Kopf etwas schief. „Was kann ich denn heute für Sie tun? Wenn Sie mein Hauptseminar im nächsten Semester belegen wollen, muss ich Sie allerdings enttäuschen. Auf der Warteliste stehen schon dreiundzwanzig Leute.“

„Nein, nein. Es geht eigentlich wieder um so was Ähnliches wie damals.“

Er macht große Augen. „Ach?“

Ich nicke etwas peinlich berührt. „Ein Kollege von Ihnen hat meine Hausarbeit als ungenügend bezeichnet und mir vorgeworfen, ich hätte kein Sprachgefühl.“

Ich halte ihm meine Mappe hin, und er nimmt sie an sich und blättert darin.

„Hm, soso, Grass. Sind Sie ein Fan von Grass?“

Ich schüttle energisch den Kopf.

„Wieso besuchen Sie dann das Hauptseminar zu diesem Thema?“, fragt er zwinkernd.

Ich hole tief Luft. Immer muss man sich erklären. Immer muss man einen Grund für alles parat haben. „Weil das das einzige Seminar war, das annähernd in mein Modul und meinen Stundenplan gepasst hat“, fasse ich die Umstände prägnant zusammen.

Er nickt. „Ja, Sie haben schon recht. Besonders leicht wird einem die Organisation hier nicht gemacht, ne?“

„Allerdings.“

Er blättert und liest sich die Anmerkungen des Kollegen durch, die er mit rotem Stift auf nahezu jeder Seite angebracht hat.

„Na ja, Frau König, ich kann Ihnen jetzt natürlich nicht einfach einen Schein ausstellen. Aber ich kann Ihnen anbieten, dass ich mir die Arbeit durchlese und dann entscheide, ob es eine Chance gibt, sie anzuerkennen."

Ich nicke hoffnungsvoll. Das ist mehr, als ich mir erträumt habe!

„Wäre das in Ihrem Sinne?"

„Auf jeden Fall!", sage ich begeistert.

„Gut, dann kommen Sie am Freitag noch mal vorbei. Dann kann ich Ihnen sicher schon mehr sagen."

Ich bedanke mich und gehe frohen Mutes, aber mit schmerzender Gesichtshälfte, in Richtung Ausgang.

Rosafarbene Stiefel

Mein Wecker klingelt pünktlich um sechs Uhr morgens, obwohl ich das Vorstellungsgespräch erst um zwölf Uhr habe. Ich bin total stolz auf mich. Diesmal soll schließlich alles besser laufen als beim letzten Mal – trotz Beule an der Stirn.

Da Toni mich nach Köln begleitet, um zu shoppen, und ich noch über eine Stunde Zeit habe, als wir am Kölner Hauptbahnhof ankommen, beschließen wir, gemeinsam in der Nähe der Werbeagentur ein paar Schuhläden unsicher zu machen. Prompt wird Toni fündig: Ein Paar abgewetzte Secondhand-Cowboystiefel hat es ihr angetan. Direkt neben dem begehrten Paar stehen rosafarbene Boots mit pinkfarbenem Kunstfell. Hässlich hoch zehn. Tonis Augen folgen meinem Blick und sie schreit: „Geil, schlüpf mal rein!"

Ich lache kurz auf und zeige ihr einen Vogel.

„Nein, im Ernst", beschwört sie. „Ich mach schnell ein Foto mit dem Handy und schick es Hannah!"

„Du bist ja bekloppt", sage ich und weigere mich, indem ich die Arme verschränke.

„Komm schon", drängelt Toni lachend. „Geht doch ganz schnell."

„Boah", erwidere ich genervt. „Ich habe in knapp vierzig Minuten ein Vorstellungsgespräch. Wenn ich hier jetzt noch eine große Schuh-Anprobier-Aktion starte, bin ich gleich nass geschwitzt!"

„Okay, ich zieh dir auch die Schuhe aus, an, aus und wieder an."

„So oft?"

„Deine eigenen natürlich inbegriffen!"

Ich seufze machtlos, weil ich weiß, dass sie keine Ruhe gibt, bevor ich nicht auf ihren idiotischen Einfall eingestiegen bin. Also lasse ich mir von Toni die blitzblank geputzten schwarzen Lederschuhe ausziehen und schlüpfe in die rosafarbenen Höllenstiefel. Toni zieht die Reißverschlüsse zu und ist begeistert. Nachdem sie drei Minuten lang dreckig gelacht hat, macht sie endlich Fotos.

„So, jetzt aber schnell. Ich hab noch fünfundzwanzig Minuten."

„Jaja, Frau Humorlos! Ich mach ja schon." Sie beugt sich runter und hilft mir aus dem linken Schuh. In der Hoffnung, dass ich es nicht sehe, entfernt sie schnell rosafarbene Fetzen von meiner Nadelstreifenhose. Ich räuspere mich geräuschvoll, doch Toni geht völlig darüber hinweg. Nun noch der rechte Schuh und dann nix wie los, denke ich.

Toni macht sich an dem Schuh zu schaffen, doch der Reißverschluss klemmt.

„Was ist?", frage ich drängelnd.

„Öhm, Sekunde, hier klemmt was."

„Boah, mach jetzt schnell, sonst werd ich wahnsinnig!"

„Jaja, Moment ..."

Sie fummelt so lange an meinem Fuß, Bein und am Stiefel herum, bis schließlich der Zipper abreißt.

Geschockt schaue ich sie an. „Toni", flüstere ich bitter. „Wenn du mich jetzt nicht sofort aus diesem beschissenen Stiefel befreist, dreh ich dir den Hals um!"

„Scheiße", flucht sie leise.

Plötzlich kommt ein Verkäufer, den wir durch unsere Diskussion angelockt haben, näher. „Kann ich Ihnen behilflich sein?", fragt er freundlich, aber irgendwie skeptisch auf den Stiefel schauend.

„Nee, danke", winkt Toni schwitzend ab und versteckt den abgerissenen Zipper schnell in ihrer Hand. „Geht schon."

Er nickt kurz und geht zögernd weg.

Schließlich erhebt sich Toni aus der Hocke und stellt sich hin.

„Was?", frage ich.

„Ich hab 'ne schlechte Nachricht!"

„*Was* für eine?"

„Der Stiefel geht nicht mehr auf! Ich fürchte, du musst die Dinger anlassen!"

Ich stoße ein hysterisches Lachen hervor. „Ha! Ja, genau, aber nicht, ohne mir vorher noch ein goldenes Regencape dazu zu kaufen. Toni, ich hoffe, das ist nicht dein Ernst!"

„Ich fürchte doch. Ich zahl sie dir natürlich auch."

„Ich fasse es jetzt einfach nicht!"

Meine blitzblanken Schnürschuhe packt sie in ihren Rucksack und sieht mich zum x-ten Mal entschuldigend an, was mir gerade aber komplett scheißegal ist.

Ich könnte schreien und heulen. Hoffentlich haben die in der Agentur wenigstens Humor, denke ich noch …

Nachdem ich mein asozialstes Vokabular an Toni ausgelassen habe, dann aber einsehe, dass mir tatsächlich nichts anderes übrig bleibt, als mit diesen Stiefeln loszuziehen, stürzen wir zur Kasse.

„Wollen Sie die direkt anlassen?", fragt die Kassiererin irritiert.

„Von wollen kann keine Rede sein", antworte ich genervt.

„Ja, will sie", entgegnet Toni und zückt ihre EC-Karte.

Ein Blick auf die Uhr lässt mich aufschreien. Noch eine Viertelstunde. Scheiße.

„So, hier bitte die PIN eingeben."

Toni hackt auf die kleine Tastatur ein. Es vergehen Sekunden, die mir wie Stunden vorkommen. Ich kann immer noch nicht glauben, dass ich mit diesen Scheißschuhen jetzt tatsächlich zum Vorstellungsgespräch soll. Das ist einfach nicht zu fassen!

„Oh, es hat nicht funktioniert." Die Verkäuferin wirft einen Blick auf den kleinen Bon, der aus ihrer Maschine herausgefahren kommt. „Vorgang abgebrochen. Sie müssen die PIN noch mal eingeben."

Entschuldigend sieht Toni mich an. „Sorry."

Noch einmal gibt sie Zahlen ein, doch es geschieht wieder nichts.

„Ist Ihre Karte denn aufgeladen? Oder möchten Sie vielleicht in bar bezahlen?" Die Verkäuferin mustert uns nacheinander spitz.

Toni schluckt. „Oh, kann sein, dass ich zu weit im Minus bin. Vicky, würdest du vielleicht?"

Ich kann es nicht glauben. „Nein, ich bin ebenfalls zu weit überm Limit."

„Tja, dann müssten Sie die Schuhe bitte dalassen. Wir können Ihnen das Paar natürlich zurückstellen, wenn Sie mir Ihren Namen verraten."

Scheiße Scheiße Scheiße! Was soll ich nur tun? Ich muss jetzt los, sonst schaffe ich es nicht mehr pünktlich.

„Toni, klär du das, ich muss jetzt los!" Und damit sprinte ich aus dem Laden heraus. Ich höre noch die Verkäuferin hinter mir herrufen. „Halt! Stehen bleiben! Sie können doch nicht einfach weglaufen!"

Als ich die Tür passiere und nach draußen renne, fängt die Alarmanlage an, schrill zu klingeln. Verdammt, auch das noch. Ich blicke mich noch einmal um, sehe, dass Toni wie versteinert stehen bleibt, aber die Kassiererin hinter mir herstürmt.

Jetzt heißt es – rennen! Wie von der Hornisse gestochen, rase ich durch die Kölner Innenstadt, stoße aus Versehen ein paar Leute um, die mich entgeistert anstarren oder mir hinterherbrüllen, biege dann aber in die richtige Straße ein und erblicke das verglaste Gebäude, in dem sich die Agentur befindet. Gott sei Dank! Ich bin sogar drei Minuten zu früh. Die Verkäuferin habe ich scheinbar abgehängt, flitze schnell zu der großen marmorierten Theke und melde mich bei der völlig überschminkten älteren Empfangsdame atemlos mit meinem Namen an.

Der gläserne Aufzug fährt mich hoch in den achten Stock. Ein Herr im Anzug starrt schmunzelnd auf meine rosafarbenen Boots und lächelt mich zwinkernd an. Bleibt nur zu hoffen, dass die Personaler auch so cool sind.

Ich nehme vor der Tür, auf dem der Name des Personalchefs steht, Platz und warte nervös. Ausgerechnet „Fröhlich" heißt er – hoffentlich ist der Name Programm, denke ich.

Kurz darauf wird die Tür geöffnet und Herr Fröhlich bittet mich herein, nachdem er skeptisch und keineswegs fröhlich auf meine Schuhe geschaut hat.

„Herr Fröhlich, ich muss Ihnen erst einmal etwas sagen", beginne ich atemlos.

„Ja?"

„Diese Schuhe", ich zeige auf die felligen Stiefel, „gehören nicht mir. Mir ist vorhin ein ganz blödes Missgeschick passiert, das ich jetzt nicht näher erläutern will. Ich möchte nur, dass Sie wissen, dass es keineswegs meinem Naturell entspricht, in einem solchen Aufzug zur Arbeit zu erscheinen."

Er taxiert mich nachdenklich, lehnt sich dann zurück und nickt. „Gut! Ich habe mich ehrlich gesagt auch etwas über diese Schuhe gewundert!"

Dann holt er meine Mappe zum Vorschein und schaut mich an. „Aber wollen wir doch beginnen. Es kommt mir ja in erster Linie auf Ihr Können, Ihren Charakter an. Und erst in zweiter Linie auf Ihr optisches Auftreten." Er lächelt.

Puh, dem Himmel sei Dank!

„Frau König, ich erzähle Ihnen erst einmal ein bisschen über unsere Firma." Er knackt die Handknochen. „Wir legen größten Wert auf Offenheit, Ehrlichkeit und Zuverlässigkeit. Das sind unsere wichtigsten Grundsätze. Wenn wir mit unserem Team gute Arbeit leisten wollen, müssen wir uns darauf verlassen können, dass diese Arbeit sich auf diese Grundsätze stützt. Können Sie sich damit anfreunden?"

Ich nicke. „Ja, selbstverständlich. Das sind auch meine ganz persönlichen Grundsätze."

„Schön." Er fährt mit seinem Vortrag fort und zählt die wichtigsten Eckdaten auf. Dann greift er nach meinem Bewerbunsganschreiben und sieht mich nachdenklich an. „Sie haben, wie ich sehe, bisher noch keine Erfahrung im Werbebereich, ist das richtig? Warum möchten Sie also unbedingt bei uns anfangen?"

„Nun ja, ich habe ständig kreative Ideen und gucke mir sehr gern Fernsehwerbung an." O Gott, was rede ich denn für einen gequirlten Müll?

Er runzelt die Stirn. „Soso, und weiter?"

„Na ja, und ich würde meine Ideen natürlich gern professionell einbringen. Daher sehe ich meine Zukunft deutlich in der Werbebranche." Wahnsinnig gut auswendig gelernt, Vicky. Gott, lass Hirn vom Himmel regnen.

Plötzlich ertönt vom Flur hinter der Tür lautes Geschrei. Ich höre ein dumpfes Stimmengewirr. Herr Fröhlich seufzt laut.

„Herrgott, was geht denn da vor sich? Egal, lassen wir uns nicht stören, Frau König. Können Sie mir von einer Ihrer Ideen detaillierter berichten?"

Okay, Vicky, jetzt aber los, sporne ich mich innerlich an. „Aber ja", fahre ich selbstbewusst fort. „Ich finde zum Beispiel, dass sich Werbung oft zu sehr auf Klischees bezieht. Glückliche Familien mit zwei Kindern, Hund, Haus und Garten. Das ist doch nicht Deutschland, so wie es heute aussieht. Ich finde, es werden die Menschen vernachlässigt, die alleinstehend oder geschieden sind. Ebenso Homosexuelle. Und auch alte Menschen werden nicht genügend berücksichtigt."

Herr Fröhlich nickt interessiert, während ich weiterrede.

„Ich denke jedes Mal, wenn ich Werbung sehe, dass man denen doch dieses schöne Bild, das einem da vermittelt wird, nicht abnehmen kann. Jeder weiß doch, dass es da nicht um Realität geht. Und genau das finde ich schade. Es wäre doch viel interessanter und wirkungsvoller, wenn man die Leute mit Wahrheiten überraschen würde."

Der Personaler nickt leicht. „Nun ja, ich verstehe Ihr Argument, Frau König, aber Sie wissen sicherlich, dass Werbung nun mal nur funktioniert, wenn man die Leute in einen Zustand von Begeisterung oder Überraschung versetzt. Meinen Sie, dass die Zuschauer ihr eigenes langweiliges Dasein auf dem Bildschirm sehen wollen?"

„Es heißt ja nicht, dass ihr Dasein langweilig ist", setze ich selbstsicher entgegen. „Aber wenn ein geschiedener Mann im Minutentakt glückliche Familien sieht, stimmt ihn das sicher nicht fröhlich. Wie wäre es denn, wenn man einfach mal einen Alleinerziehenden sieht, wie er mit seinen zwei Kindern in einer kleinen Wohnung lebt und trotzdem glücklich ist? Oder zwei Schwule, die kuschelnd auf dem Sofa Chips knabbern?"

„Ihre Toleranz in allen Ehren. Aber damit sprechen wir nur leider einen sehr geringen Teil der Bevölkerung an. Oder glauben Sie, dass die achtzigjährige Frau Schmidt von nebenan sich mit einem solchen Spot identifizieren kann?"

„Das vielleicht nicht", sage ich erbost, „aber es würde zu mehr Akzeptanz in der Gesellschaft führen."

Nachdenklich lehnt Herr Fröhlich sich zurück und betrachtet mich, während meine letzten Worte noch im Raum verhallen. Vom Flur her hört man immer noch dumpfe Stimmen.

„Wissen Sie was, Frau König, mir gefällt an Ihnen, dass Sie sich nicht mundtot machen lassen."

Ich merke, dass ich leicht erröte. Ha, es gefällt ihm. Super!

„Haben Sie denn schon mal einen Spot gedreht oder konzipiert?", fragt er interessiert.

„Im Kopf habe ich viele Konzepte", erwidere ich, „aber gedreht bisher nicht."

Vom Flur her sind abermals laute Stimmen zu vernehmen, man kann aber nicht verstehen, was dort los ist.

Herr Fröhlich schüttelt murmelnd den Kopf. „Ich frage mich, was da vor sich geht." Dann wendet er sich mir wieder zu. „Sie haben aber einen Videoschnittkurs an der Uni belegt, wie ich sehe."

Ich nicke zustimmend. „Ja, das war sehr spannend. Nur bin ich bisher leider noch nicht dazu gekommen, mein Wissen in die Praxis umzusetzen."

Auf dem Flur hört man immer noch unverständliches Gekeife von zwei oder mehr Frauenstimmen.

„Und worum geht es in dem Spot, den Sie konzipiert haben?", fragt Herr Fröhlich, der seufzend zur Tür blickt.

„Um Leseförderung."

„Klingt spannend. Erzählen Sie doch mal."

Und so erzähle ich ihm von meiner Idee. Ein voll besetzter Zug fährt mit Hochgeschwindigkeit übers Land. In einem Abteil sitzen sechs Leute, von denen ein junger Mann liest. Er ist total vertieft, während neben ihm ein kleiner Junge wild mit seinem kleinen Computer Ballerspiele spielt. Irgendwann fällt es dem jungen Mann auf und er gibt dem Jungen aus seinem Rucksack einen Jugendroman über eine Fußballclique, den er eigentlich für seinen Sohn gekauft hat. Der Junge lehnt erst ab, fängt aber irgendwann an, sich in das Buch zu vertiefen. Die Mutter, die neben ihm sitzt, lächelt den jungen Mann begeistert an. Dann verschwimmt die Situation, man erkennt im Hintergrund noch, wie weitere Leute den Mann fragen, ob er nicht noch ein Buch für sie hat, und es erscheint der Slogan: „Bücher können dein Leben verändern. Lies doch mal wieder ein Buch."

Herr Fröhlich hört mir gespannt zu und nickt bestätigend, als ich zu Ende erzählt habe. „Ja. Sicherlich wären da noch einige Kleinigkeiten, die man verbessern könnte. Aber vom Grundgerüst klingt Ihre Idee nicht schlecht." Er macht sich Notizen auf einem Block. Ich bin begeistert. Es läuft fabelhaft.

„Meinen Sie, dass das harte Geschäft in der Werbung etwas für Sie ist?", fragt er nach einigen Sekunden der Stille.

Ich nicke. „Ich denke, es hat was mit der eigenen Einstellung zu tun! Wenn man …"

Weiter komme ich nicht, denn plötzlich wird hinter mir die Tür aufgerissen. Herr Fröhlich erhebt sich empört von seinem Stuhl. „Jetzt reicht es mir! Raus, hier läuft ein Bewerbungsgespräch."

„Entschuldigung", höre ich hinter mir die wütende Stimme der Schuhverkäuferin, die von der wutschnaubenden Empfangsdame am Ärmel gezogen wird, „aber die junge Frau hier hat vorhin ein paar Stiefel in unserem Laden geklaut."

Kriminell

Erledigt sitzen wir am Bahnsteig und warten auf einen Zug, der uns zurück nach Hause bringt.

„Es hätte schlimmer kommen können." Toni nimmt einen tiefen Zug an ihrer Zigarette und zwinkert mir zu. Ein bisschen Asche weht mir ins Gesicht.

„Schlimmer?", frage ich wütend. „Was könnte *noch* schlimmer sein als eine Anzeige wegen Diebstahls, ein geplatztes Vorstellungsgespräch, das eigentlich ganz gut lief, bis die Tussi dort aufkreuzte, und ein angeknackster Fuß?"

„Na ja, stell dir vor, das alles wär dir im Revier deiner komischen Psycho-Bullin passiert und sie hätte dich in Handschellen auf die Wache geführt, in eine Zelle gesperrt und ihre sadistische Ader an dir ausgelassen."

Ich seufze.

„Oder noch besser: Es wäre dir in Bochum passiert und Toto und Harry wären mit ihrem Kameramann erschienen und hätten uns beide gefilmt. Mit den Stiefeln, dem Personaler und der irren Schuh-Trine. Dann wären wir in ein paar Wochen im Fernsehen zu sehen."

Kommentarlos massiere ich meinen armen Knöchel, den die wild gewordene Schuhverkäuferin mir mit einem lauten „Knack" umgeknickt hat, als sie mir ihre heilige rosa Ware gewaltsam vom Fuß gezerrt hat. Eigentlich sollte *ich sie* wegen Körperverletzung anzeigen, diese hysterische Ziege.

„Wieso läuft in meinem beschissenen Leben eigentlich alles schief?“, frage ich eher rhetorisch, als wir eine halbe Stunde schweigend im Zug einander gegenübergesessen und aus dem Fenster gestarrt haben. Wir müssen auf die anderen Fahrgäste wirken wie die hinterletzten Penner – Toni mit ihrem blauen Auge, ich mit meiner Beule und dem angeknacksten Fuß.

„Alles hat einen tieferen Sinn“, murmelt Toni plötzlich leise, ohne mich anzusehen.

Vielleicht hat sie recht. Vielleicht hat es tatsächlich einen Sinn, dass alles danebengeht. Aber welchen?

„Sieh's mal positiv, Süße. Mit mir erlebst du Dinge, die du sonst nie erleben würdest.“

„Und die ich auch nie erleben wollte!“, ergänze ich säuerlich.

Nachdenklich und ohne blöde Widerworte sieht Toni aus dem Fenster.

„Ich wollte auch nicht alles erleben, was wir erlebt haben.“

Klasse, jetzt spielt sie auch noch auf unsere Nacht an. Was für ein Tag. Und wie unverschämt! Dabei ist *sie* doch schuld! *Sie* wollte unbedingt, dass ich diese dämlichen Stiefel anziehe. Wieso lasse ich mich auch immer wieder auf ihren Blödsinn ein?

Toni starrt immer noch die vorbeifliegenden Bäume und Häuser an. „Ich wünschte, ich hätte Enzo nicht aus den Augen gelassen. Wir hätten nie von dieser dämlichen Brücke springen dürfen.“

„Was?“, frage ich leise, weil ich kurz nicht sicher bin, ob ich träume oder ob sie das eben wirklich gesagt hat.

Sie schaut mich an. „Warum habe ich Enzo da allein am Ufer gelassen?“

Plötzlich sieht sie wieder aus wie ein kleines Kind. Als ihr Vater ihr den Satz ins Gesicht geschmettert hat, der ihr Leben so veränderte.

Ich spüre den Anflug eines Kloßes im Hals. „Toni, wir waren noch Kinder."

Ihre Augen bekommen etwas Panisches. „Er war mein Bruder, Vicky. Mein Bruder. Ich hab ihn alleingelassen. Dabei hätte ich einfach nur ein bisschen auf ihn aufpassen müssen."

Ich erhebe mich vorsichtig, um meinen Fuß nicht zu sehr zu belasten, setze mich neben sie und lege ihr meinen Arm um die Schultern.

„Du kannst nichts dafür, Toni. Deine Eltern haben dir eine Verantwortung aufgebürdet, die du nicht tragen konntest. Wir waren doch noch Kinder!"

Sie hat glasige Augen, und ich sehe, dass sie mit aller Kraft die Tränen zurückhält.

„Vielleicht", setze ich bedächtig an, „hat selbst das alles einen Sinn."

Erschrocken schaut sie mir in die Augen. Das war vielleicht kein so schlauer Satz von mir. Doch dann seufzt sie tief und nickt. „Wer weiß, vielleicht hast du recht. Vielleicht hat alles einen tieferen Sinn, den wir erst am Sterbebett verstehen. Falls überhaupt jemals."

Schweigend schauen wir aus dem Fenster und sehen Städte an uns vorbeiziehen. Verschwommen, schnell. Ich lehne mich näher an Toni und genieße es, so nah bei ihr zu sein. Sie legt mir eine Hand auf mein Bein und streichelt es. Für einen Moment bin ich wieder völlig weggetreten und spüre meinen Puls steigen. Dann piept mein Handy. Eine SMS von Hannah.

„Geil, Toni hat mir ein Foto von dir geschickt. Schicke neue Schuhe!"

Etappensieg

Wieder sitze ich auf dem klebrigen Flur vor dem Büro von Professor Kühn. Jemand hat Kaffee verschüttet, und der ganze Boden pappt.

Diesmal dauert es nur eine halbe Stunde, bis ich hereingerufen werde. Kein Wunder, denn welcher normale Student treibt sich schon freiwillig freitags in der Uni rum. Außer mir.

„Frau König, kommen Sie herein."

Ich erhebe mich langsam, um nicht wieder mit schlafenden Füßen gegen die Tür zu rennen.

„Vorsichtig!", sagt er zwinkernd.

Ich trete ein, schließe die Tür hinter mir und setze mich. Hoffentlich hat sein gut gelauntes Gesicht etwas mit der Nachricht zu tun, die er mir gleich überbringen wird.

„Erst einmal muss ich Ihnen sagen, dass ich auch schon weitaus Besseres gelesen habe", beginnt er wenig Erfolg versprechend.

Ich schlucke und merke, dass ich total kalte Hände habe.

„Aber", setzt er fort, „auch schon weitaus Schlimmeres!"

Puh! Ich fahre mir nervös über die Stirn und lasse ein zurückhaltendes Lächeln über mein Gesicht zucken.

„Ich würde nicht so weit gehen, zu behaupten, Sie hätten kein Sprachgefühl. Ich habe eher den Eindruck, dass Sie schlicht und ergreifend überhaupt kein Interesse an dem Stoff hatten."

Ich nicke schuldbewusst.

„Damit alles noch ein halbwegs gutes Ende nimmt, schlage ich Ihnen vor, dass ich Ihre Arbeit mit einer Vier benote, womit Sie den Schein erreicht hätten. Oder Sie bearbeiten …“

„Nein!“, sage ich laut und fest. Erschrocken schaut er mich an.

„Nein?“

„Ich meine, *ja!* Ich möchte die Vier. Ich nehme die Vier, meine ich.“

Schmunzelnd sieht er mich an. „Sie scheinen ja wirklich verzweifelt zu sein!“

„Allerdings!“, erwidere ich leise lachend.

Obwohl sich zu Hause noch etliche andere Probleme stapeln, hüpfe ich ausgelassen über den Flur. Meinen kränkelnden Fuß vergesse ich völlig. Selten habe ich mich derart überdreht über eine Vier gefreut. Am liebsten würde ich Professor Arschloch noch mal besuchen und ihm meinen Schein vor die Nase halten. Aber hinterher geht er noch zum Dekan und macht Kühn und mich zusammen fertig. Also genieße ich triumphierend meinen Etappensieg.

Hup Holland hup

Die Situation lässt es nicht anders zu. Wir müssen zum absoluten Notfallplan greifen. Und der ist: Hannahs betuchte Eltern um Geld zu bitten.

Von Anfang an waren Toni und ich immer dagegen, uns Geld zu borgen. Schließlich wollen wir mal langsam auf eigenen Beinen stehen. Aber jetzt ist es beinahe aussichtslos, und uns bleibt nichts anderes übrig.

„Ich bin froh, dass ihr euch endlich dazu durchringen könnt", sagt Hannah, die zwischen uns am Küchentisch sitzt, und streicht uns beiden über die Schultern. „Meine Eltern geben uns gern was."

Toni seufzt. „Das widerspricht zwar eigentlich all meinen Grundsätzen, aber na ja …"

Ich nicke zustimmend. „Wir müssen ihnen sagen, dass wir alles zurückzahlen, sobald wir dazu in der Lage sind. Auf Heller und Pfennig."

Ich nippe an meinem kalten Kaffee. Schmeckt scheußlich.

„Wisst ihr was?", strahlt Hannah uns nacheinander an. „Ich hab eine wahnsinnige Idee!"

Toni zieht die Augenbrauen hoch. „Das wäre ja nichts Neues. Also das mit dem Wahnsinn."

„Nein, im Ernst." Träumerisch spielt Hannah an einer Strähne herum. Dann haut sie mit ihrer kleinen Faust auf den Tisch und lacht. „Ja, genau, so machen wir das."

Und so kommt es, dass wir wenige Stunden später Siggis alten Volvo mit Proviant und Rucksäcken vollpacken, um Hannahs Eltern in Holland einen Überraschungsbesuch abzustatten. So sieht nicht nur Hannah ihre Eltern mal wieder, sondern wir können uns einen relaxten Strandtag machen. Was für eine fantastische Idee!

„So, haben wir alles?", frage ich, als ich einen letzten Rundgang durch die Wohnung mache. Gerade so, als wären wir für Wochen im Urlaub. Ich raufe mir nachdenklich die Haare. „Nepomuk ist bei Siggi, der Wagen ist aufgetankt, wir haben Proviant in der Kühlbox und unsere Klamotten gepackt. Wisst ihr noch was?"

Toni sitzt rauchend im Sessel und zuckt mit den Achseln. „Ich hab alles, was ich brauch."

„Habt ihr eure Badesachen schon drunter an?", frage ich.

„Jaha", antworten beide im Wechsel.

Hannah rennt durch die Wohnung wie ein aufgescheuchtes Huhn, macht Lärm im Badezimmer und kreischt: „O nein, ich hab mir keinen neuen Lipgloss gekauft!"

Toni schlägt sich theatralisch die Hand vor die Stirn. „Du bist wirklich das ultimative Tussi-Klischee. Ich glaube, dass die Niederländer mittlerweile so zivilisiert sind und auch Kosmetika verkaufen."

„So, dann geht's los!" Toni will sich gerade hinters Steuer schwingen, als ich drohend mit dem Zeigefinger vor ihrem Gesicht herwedele.

„Hast du vergessen, dass du noch keinen Lappen hast?"

Mit zusammengekniffenen Augen sieht Toni mich an. „Hallo? Ich denk, dein Fuß ist angeschwollen. Wie willst du denn bitte schön fahren?"

„Nicht *ich!*", sage ich. „Hannah!"

Verblüfft und ungläubig sieht Toni mich an. „Das ist jetzt nicht dein Ernst! Vicky, Hannah ist seit Jahren kein Auto mehr gefahren", flüstert sie, während diese im Kofferraum herumwühlt.

„Aber im Gegensatz zu dir hat sie einen Führerschein!", zische ich zurück.

„Führerschein haben und Autofahren können sind zwei Paar Stiefel!", raunt Toni.

„Nix da", bestimme ich. „Steig sofort aus, Hannah fährt. Und damit basta!"

Als wir endlich alle im Auto sitzen, ist es schon superwarm draußen. Siggis Auto braucht bedrohliche drei Anläufe, um anzuspringen, dann endlich rasen wir die Straße entlang in Richtung A 40 und hören P!nks *„Feel good time"*.

„Hoffentlich geht es Nepomuk gut", stöhnt Hannah nach einer Viertelstunde.

Toni verdreht die Augen. „Prinzesschen, der freut sich wahrscheinlich auch, dass er mal Urlaub von dir hat." Sie gibt ihr vom Rücksitz aus einen kleinen Klaps in den Nacken.

„Aua!", motzt Hannah.

„Hör auf zu flennen. Sonst schick ich Siggi 'ne Nachricht und sag ihm, er soll im Evergreens Katzenragout anbieten."

„Du blöde Ziege!"

„Boah, könnt ihr vielleicht mal die Schnauze halten", sage ich genervt. „Wenn das jetzt das ganze Wochenende so gehen soll, drehen wir lieber wieder um."

Nachdem Hannah auf der Auffahrt beinahe in den Gegenverkehr gefahren wäre und danach knapp einem LKW entkommen ist, drehe ich mich mit angstvollem Blick nach Toni um, die mich süffisant ansieht. „Ich hab's dir gesagt", grinst sie herablassend.

Und so kommt es, dass Hannah an der nächsten Raststätte halten und ihren Platz mit Toni tauschen muss. Lieber eine geübte Autofahrerin ohne Führerschein als die Möglichkeit, tot in der Leitplanke zu enden. Endlich halten beide ihren

Mund, und so können wir ohne viel Stau nach drei Stunden das Meer riechen.

Das kleine Örtchen, in dem Hannahs Eltern wohnen, ist rundum gesäumt von Campingplätzen, auf denen vorrangig deutsche Urlauber ihren Sommer verbringen.

Wir lassen das Auto in einer Seitenstraße unweit vom Strand stehen und laufen die letzten Meter, bis man endlich das Wasser sehen kann.

Ein warmer Freudenschauer zieht über meinen Körper hinweg. Meerwasser. Herrlich! Wie lange habe ich das nicht mehr gesehen, geschweige denn an meinem Körper gespürt. Erst jetzt wird mir bewusst, wie die letzten Wochen und Monate an mir genagt haben. Diese zwei Tage werden mir die nötige Energie wiedergeben. Hoffe ich zumindest.

Toni und Hannah scheint es ähnlich zu gehen. Wir alle können gar nicht anders, als wie die Kleinkinder die Dünen hinabzurennen und aufs Meer loszustürmen. Ich verdränge meinen schmerzenden Fuß und lasse mich den Rest der Düne runterpurzeln. Wir kreischen wie die Verrückten, werfen unsere Rucksäcke in den Sand und krempeln während des Laufens unsere Hosenbeine hoch, um dann bis zu den Knien ins angenehm kühle Wasser zu hüpfen.

Es ist so warm, dass wir schnell aus den Klamotten schlüpfen und in Badesachen ins Meer springen.

Wie die Bekloppten klatschen wir uns gegenseitig Wasser ins Gesicht, tauchen einander unter und führen uns auf wie Erstklässler.

Ich bin so überwältigt von Wetter, Meer und Strand, dass ich unwillkürlich die Arme in die Luft werfe und schreie: „Frei!"

Hannah und Toni lachen, doch Toni fügt hinzu: „Na, der Schein trügt aber. Wohl eher scheinfrei!"

Ich springe auf sie zu und tauche sie unter.

Plötzlich ertönt ein lauter Schrei vom Strand her. „Hee, was soll der Lärm?“

Wir schauen uns alle drei um, während Toni noch nach Luft schnappt, als wir einen dicken Mann erkennen, der wenige Meter von uns entfernt am Ufer steht. Nackt!

Toni wischt sich eine Strähne aus dem Gesicht und kneift die Augen zusammen. Dann brüllt sie los: „Scheiße, ich bin blind! So ’nen kleinen Pimmel hab ich ja noch nie gesehen!“

Hannah gluckst, und ich kann mich auch kaum halten.

Der Mann sieht uns zornig an. „Klamotten runter! Hier ist FKK!“

„Was?“, piepst Hannah außer sich. „Klamotten runter?“

„Ja, oder ihr verschwindet hier ganz schnell.“

Also machen wir uns unter Lachkrämpfen auf, nehmen unsere Rucksäcke und lassen uns außerhalb des Nacktbereichs nieder.

Es ist ein so lustiger Tag, wie wir ihn lange nicht hatten. Fernab von Miete, Uni und anderen Problemen, sind wir einfach nur ausgelassen.

Die Sonne geht unter und es ist trotz Wind immer noch warm. In die von Nepomuks Haaren geschmückten Decken eingewickelt, schauen wir alle zufrieden auf die seichten Wellen, die das Meer wirft. So könnte es für immer sein, denke ich. Meer, Strand, Wärme, gute Freunde und ein kühles Bier in der Hand. Toll.

„Meine Eltern werden überschnappen vor Freude!“, strahlt Hannah und sieht auf die Uhr. „Sollen wir so in einer Stunde los?“

Toni und ich stimmen zu.

„Aber vorher hab ich noch ’ne Überraschung dabei.“ Hannah sieht uns verschwörerisch an und wühlt in ihrem Hello-Kitty-Rucksack rum. Schließlich holt sie ein kleines transparentes Päckchen heraus. Der Inhalt sieht aus wie eine alte Gewürzmischung.

„Das ist jetzt nicht das, was ich denke, oder?", sagt Toni geschockt. Geheimnisvoll nickt Hannah. „Doch, genau das!"

Ich kapiere nicht.

„Sag mal, wie blöd kann ein Mensch alleine eigentlich sein?", fragt Toni wieder.

„Wieso?", kreischt Hannah zurück.

„Könnt ihr mir mal sagen, was abgeht?", frage ich.

„Ja, das kann ich", sagt Toni und drückt ihre Zigarette im Sand aus. „Unser Prinzesschen mit dem erbsengroßen Gehirn hat doch tatsächlich das Gras, das ich unter Litern von Angstschweiß beim letzten Venlo-Ausflug über die Grenze geschafft habe, direkt wieder zurück über die Grenze geführt!"

Sprachlos starre ich Hannah an.

Die jedoch fühlt sich total unverstanden. „Pah, ich weiß gar nicht, was ihr habt. Wir wollten längst mal wieder kiffen, haben das aber nie gemacht. Jetzt wär der ideale Zeitpunkt."

„O Mann, Hannah", seufze ich.

Wo sie es schon mal dabeihat, dreht uns Toni eine Tüte wie aus dem Bilderbuch. Es dauert nicht lange und ich fühle mich total beduselt. Und irgendwie so leicht. Und lustig. Das hatte ich ewig nicht mehr. Meine Lachmuskeln scheinen sich zu verselbstständigen. Ich höre meine eigene Lache in meinen Ohren und halte mir den Bauch. In meinem Kopf dreht sich ein großer bunter Kreisel.

Hannah hingegen starrt einfach nur in den Himmel. Was Toni wiederum total amüsiert. „Schschsch... Scheiße", kichert sie. „Ich bin total bekifft, Leute!"

Wir brechen abermals in Gelächter aus, und so vergeht nicht nur eine, sondern ganze drei Stunden, bis wir wieder einigermaßen klar denken können und uns auf den Weg zu Hannahs Eltern machen.

Es ist stockdunkel, als wir in die Straße einbiegen, wo das große Haus mit dem wunderschönen Garten steht. Aufgeregt atmet Hannah neben mir hörbar laut. Dann bleibt sie stehen. „Da ist ja meine Mutter!"

Tatsächlich, Hannahs Mutter verlässt gerade mit einer großen Tasche das Haus und läuft den kleinen Weg, der mit hübschen leuchtenden Lämpchen gesäumt ist, den Vorgarten entlang. Hannah lächelt. „Hihi, ich werde sie von hinten erschrecken."

Wir schleichen uns zum Vorgarten, als Hannahs Mutter die Hälfte des Weges passiert hat. Doch plötzlich ertönt eine laute Stimme vom Haus: „Ja, mach das, was du am besten kannst. Renn weg. Hau ab. Ich kann deinen Anblick eh nicht mehr ertragen."

Fragend schaut Toni mich an. Ich zucke mit den Schultern. Doch Hannah ist plötzlich erbleicht.

Ich schaue neugierig über den Zaun und sehe Hannahs Vater in der Tür stehen.

Jetzt dreht sich ihre Mutter nach ihm um und schreit hysterisch zurück: „Verpiss dich aus meinem Leben. Du hörst von meinem Anwalt!"

Mir fällt die Kinnlade runter, und Toni macht große Augen. Hannah steht wie versteinert da und beobachtet das Geschehen. Gerade in diesem Moment hat ihre Mutter die Gartenzauntür erreicht, biegt um die Ecke und sieht uns.

Verzweifelt wirft sich Hannah in ihre Arme. „Mama!"

Völlig überfordert schaut uns ihre Mutter nacheinander an. Sie sieht fertig aus. Verheulte Augen, verschmierte Schminke, aufgequollene Wangen. Total anders als vor einem Jahr, als sie uns zum letzten Mal in der WG besucht hat.

„Schätzchen, was machst du hier?", fragt sie in einer Mischung aus Überraschung und Verzweiflung.

„Ich, ich, ich … Was ist los mit euch?" Hannah ist nun leichenblass.

Mit gerunzelter Stirn streicht ihre Mutter ihr über den Kopf und gibt ihr einen Kuss auf den Haaransatz. „Spätzchen, wir lassen uns scheiden."

Diskret entfernen Toni und ich uns ein paar Meter.

„Scheiße, das hat gerade noch gefehlt." Toni fährt sich durch die Haare und schaut mich ernst an. „Das packt die Kleene doch nie!"

Ich muss schlucken. Verdammt, wieso sind wir bloß hergekommen? War das Schicksal? Sollten wir das alles auf eine so harte und unmittelbare Tour mitbekommen?

Eine Viertelstunde später kommt Hannah todesbleich auf uns zugetorkelt. Toni geht ihr entgegen und nimmt sie in die Arme. Ich sehe den beiden zu, wie sie da stehen. Fest umarmt wie die besten Freundinnen. Keine Spur mehr vom gewohnten Zickenkrieg. Ich gehe auf die beiden zu und lege meine Arme um sie. Es fühlt sich wie Stunden an, die wir dort so verbringen.

„Was macht denn deine Mutter jetzt?", frage ich leise, als wir langsam die Straße entlang zurück zur Promenade trotten.

Hannah schnieft. „Sie fährt zu meiner Oma."

„Und was ist passiert?", fragt Toni vorsichtig.

„Mein Vater hat ein klassisches Verhältnis mit seiner Sekretärin." Sie lacht hysterisch. „Es ist einfach nicht zu fassen."

Wortlos gehen wir weiter, bis wir wieder am Strand angelangt sind.

„Haben wir noch Bier?", fragt Hannah plötzlich und zieht die Nase hoch.

Mitfühlend nickt Toni. „Aber du magst doch gar kein …"

„Ich muss mich vollaufen lassen. Scheißegal", nuschelt Hannah.

So verbringen wir den Abend und die Nacht am Strand. Hören dem Rauschen des Meeres zu, den Stimmen aus der Ferne, sehen die Lampions des großen Hotels, das einige hundert Meter weiter weg ist, und kuscheln uns zu dritt in die Handtücher und Decken ein.

Toni entfacht ein kleines Lagerfeuer, das zu unserer Stimmung passt. Das Prasseln des Feuers, die Wellen, die, mal leise, mal laut, ans Ufer platschen, die Sterne, die von Stunde zu Stunde deutlicher zu sehen sind, die Schiffe, die in der Ferne durch winzig kleine Lichter zu erkennen sind – all das trägt dazu bei, dass ich mich plötzlich so sehr eins mit meinen beiden Freundinnen fühle, dass mir Tränen übers Gesicht laufen. So einen emotionalen Tag hatten wir lange nicht. Von gigantisch-lustig bis erbärmlich-schlimm.

Klapse

Als ich morgens aufwache, tut mir alles weh. Von wegen Strandromantik! Ich fühle mich über Nacht um rund fünfzehn Jahre gealtert. Mit knackenden Gelenken erhebe ich mich schwerfällig. Wenigstens mein Fuß tut nicht mehr ganz so weh.

Hannah sitzt mit verquollenen Augen und in eine Decke eingehüllt im Sand und starrt auf das Meer.

„Guten Morgen“, sage ich sanft. „Wie hast du geschlafen?“ Ich streiche ihr über die Schulter. So traurig hat unser Sonnenschein lange nicht ausgesehen.

„Eigentlich kaum.“

„Weißt du was!“, ermuntere ich sie. „Ich finde, wir sollten uns jetzt ein ausgiebiges Frühstück gönnen, bevor wir zurückfahren.“

Sie nickt stumm.

Ich gehe zu Toni, die mit dem Rücken zu uns auf einem großen Stein sitzt. Als ich näher komme, sehe ich, dass sie etwas in ein kleines Notizbüchlein schreibt. Ich schiele ihr über die Schulter und sehe – unglaublich –, dass sie ein Gedicht schreibt! Toni! Die Toni, die nach außen hin immer so tut, als wär sie härter als Stahl und undurchsichtiger als massive Holztüren. Scheinbar kenne ich sie doch nicht so gut, wie ich immer dachte.

Plötzlich blickt sie sich um und macht das Heft zu.

„Ey, was machst du da?“, fragt sie erschrocken.

„Ich bin beeindruckt“, sage ich. „Du schreibst Gedichte? Das wusste ich ja überhaupt nicht.“

„Ach, Quatsch, das waren nur ein paar Notizen.“ Sie springt auf, stopft das Heft und den Stift in ihre Hosentasche und klopft sich Sand vom Po. „Sollen wir uns ein Café suchen? Ich hab einen Bärenhunger!“

Ich knuffe sie grinsend in die Seite. „Dasselbe habe ich gerade Hannah vorgeschlagen.“

So sitzen wir wenig später mit unseren sandigen Rucksäcken in einem Strandcafé mit Meerblick und lassen uns Rührei, belegte Brötchen und Kaffee bringen.

Am Tisch neben uns sitzt ein deutsches Touristenpärchen. Plötzlich klingelt das Handy des deutlich älteren Mannes.

„Ja, Schatz?“, geht er ran.

Die junge blonde Frau neben ihm isst unbeeindruckt ihr belegtes Brötchen weiter.

„Ja“, fährt der Alte fort. „Die Tagung ist anstrengend. Nur verstaubte Leute im Anzug.“

Hannah dreht sich um und beobachtet ihn. Toni ist mit ihrem Rührei beschäftigt. Und ich habe das dumpfe Gefühl, dass gerade etwas beginnt schiefzulaufen.

„Hannah, gibst du mir mal eben …“

Hannah hält sich den Zeigefinger vor den Mund. „Psst!“

Ich greife nach der Marmelade und höre dem Gespräch weiter zu.

„Ja, meine Liebe, morgen Abend bin ich wieder da. Um zehn kommt mein Zug in Köln an.“

Plötzlich steht Hannah mit einem Ruck vom Stuhl auf, Toni lässt vor Schreck ihre Gabel fallen, und wir sehen zu, wie Hannah auf den Mann zugeht und ihm das Handy wegreißt.

Sie hält es sich ans Ohr und beginnt hysterisch reinzusprechen. „Hören Sie mal, gute Frau, Ihr Mann ist auf keiner Tagung. Er sitzt mit einer billigen Schlampe beim Frühstück und lässt es sich gut gehen. An Ihrer Stelle wüsste ich, was ich zu tun habe."

Ich drehe mich um und starre in zwei sprachlose Gesichter. Die junge Frau sieht Hannah mit offenem Mund an, in der Hand noch der Rest ihres angebissenen Brötchens. Dann erhebt der Mann sich mit hochrotem Kopf und reißt Hannah sein Handy weg. „Sind Sie eigentlich vollkommen übergeschnappt? Ich verbringe die Nächte bei meiner Tochter! Und ich wollte endlich mal wieder etwas Zeit mit ihr haben, da wir uns so selten sehen, seit sie mit ihrem Mann und den Kindern hergezogen ist."

Hannahs Gesichtszüge entgleisen, und sie setzt sich matt zurück auf ihren Platz.

„Hören Sie", sage ich entschuldigend. „Unserer Freundin geht es momentan nicht so gut. Es tut mir sehr leid, was gerade vorgefallen ist. Ich …"

„Die gehört doch in die Klapse!", schimpft er herum.

„He, he, nicht ausfallend werden, ja!", mischt Toni sich ein. „Rufen Sie Ihre Frau zurück und erklären ihr, dass es sich um ein Missverständnis handelt. Ihre Tochter wird es ja wohl bestätigen können."

„Unglaublich", murmelt der Mann weiter.

Wir zahlen unterdessen und gehen wortlos zum Auto.

Siggi am Boden

Als wir nachmittags wieder zu Hause sind und ich Siggi seine Wagenschlüssel nach oben bringe, höre ich schon im Hausflur ungewohnt laute Musik aus seiner Wohnung schallen. *Rage against the machine* brüllen ihr „*Killing in the name*".

Irgendwie habe ich eine ungute Vorahnung. Sonst hört Siggi meistens irgendwelche Meditations-CDs.

Ich gehe durch die Wohnungstür, die angelehnt ist, und sehe Siggi apathisch im Wohnzimmer sitzen.

„Deine Schlüssel!" Ich halte ihm den kleinen roten Anhänger vor die Nase, doch er reagiert nicht.

Mein Blick fällt auf den Tisch, auf dem ein schwarzes Büchlein mit dem Titel *No kid – 40 Gründe gegen Kinder* liegt. O nein!

„Siggi, was ist passiert?"

Endlich sieht er mich an. Ausdruckslos. „Um es kurz und knapp zu sagen: Das Kind ist nicht von mir. Ich habe Schluss gemacht." Er starrt die gegenüberliegende Wand an. Der arme Siggi! Ein gebrochener Mann.

Ich kann die Klänge nicht mehr in dieser ohrenbetäubenden Lautstärke ertragen und drehe den Regler runter.

„Mensch Siggi, das tut mir total leid", fange ich vorsichtig an. „Was ist denn passiert?"

„Es ist von ihrem Ex."

Ich nicke mitleidig. Dachte ich mir doch, dass es nicht von Siggi sein kann.

„Und wie hat sie es dir gesagt?"

„Hat geheult, gesagt, dass es ihr leidtut. Dass sie sich gewünscht hätte, ich wäre der Vater. Dass es aber rein rechnerisch nicht hinkommt. Blablabla. Alles Scheiße."

Behutsam streichle ich seinen Arm. „Was willst du denn jetzt tun?"

Er setzt ein gespieltes Grinsen auf: „Och, weißt du, ich hab mir schon ein neues Hobby gesucht."

Fragend sehe ich ihn an. „Hobby?"

„Ich habe meinen alten VHS-Kurs durch einen neuen umtauschen können."

„Und der wäre?"

„Kinderlos – Chance für den Karriereaufstieg", sagt er trocken. „Die Kindersachen hab ich bei Ebay eingestellt. Falls du mitbieten willst – die Auktionen laufen in drei Tagen aus."

Oje! Was soll man in so einer Situation sagen, machen oder raten? Mir fällt nichts Schlaues ein. Also setze ich mich zu ihm, nehme einen Schluck aus seiner Colaflasche und konkurriere mit ihm im An-die-Wand-Gucken.

„Von der Kohle bezahle ich die neue Lampe über der Ladentheke!", sagt Siggi plötzlich.

Langsam überkommt mich die Vermutung, dass er nun bald reif für einen Spezialisten ist.

„Bist du denn einigermaßen okay?", erkundige ich mich sanft.

Mit einem Ruck steht er vom Sofa auf, macht eine wegwerfende Geste und versichert: „Kein Wort mehr davon. Du hattest recht, ich war total hysterisch. So was passiert mir kein zweites Mal."

Arrogante Fatzkes

Nachdenklich schlendere ich mit Toni über den Campus. Ich weiß immer noch nicht, wie es nach dem Studium weitergeht. Immer noch nichts in Aussicht. Eine Tatsache, die mich nun langsam, aber sicher in ein tiefes Loch stürzen lässt.

„Ich kapier nicht, wieso du freiwillig in so ein arrogantes Gewerbe willst. Da sind doch nur Selbstdarsteller und Wichtigtuer."

„Na, herzlichen Dank auch."

„Ja, eben, das meine ich. Du passt da gar nicht rein. Das ist ein Haifischbecken, Vic."

„Traust mir wohl nicht zu, dass ich mich da durchbeiße, was?"

Ich schaue Toni vorwurfsvoll an. Sie hält mich doch eh für ein kleines Etwas, das sich nicht durchsetzen kann.

„Na ja", beginnt sie nachdenklich, „ehrlich gesagt ..."

Mit offenem Mund starre ich sie an. Sie traut es mir *wirklich* nicht zu!

„Du kannst mich mal!" Ich laufe schnellen Schrittes in eine andere Richtung und bin stinksauer. Doch kurze Zeit später ist sie wieder neben mir. „Hee, so war das nicht gemeint. Ich meine nur, dass du zu schade für diese arroganten Fatzkes bist. Die wollen sich doch nur alle profilieren und verlieren früher oder später den Sinn fürs Wesentliche."

„Ah ja? Und woher weißt du das so genau?", frage ich.

Sie seufzt und kramt nach ihrer Zigarettenschachtel. „Na wegen Matteo."

Ich gucke sie an. Was hat ihr Bruder damit zu tun?

„Matteo? Ich dachte, ihr habt keinen Kontakt mehr."

Sie nickt. „Eben. Weil er total abgehoben ist und nur noch in der Welt rumjettet."

Sie hat mir nie was über die Gründe erzählt, warum sie plötzlich keinen Draht mehr zueinander haben. Matteo, der früher mit uns draußen auf der Straße Fußball gespielt hat. Der große schlaksige Junge mit den pechschwarzen Haaren, genau wie Toni.

„Weißt du", beginnt sie schließlich. „Mein Bruder hat sich sehr verändert, seitdem er mit so einer Werbeschickse zusammen ist. Die ist Chefin von irgend so einer supertollen Agentur in München. Hyperwichtig, immer den Trends voraus, immer auf dem überneusten Stand. Da kann jemand wie ich nicht mithalten. Für ihn sind Leute wie du und ich doch alle Provinzler."

Nachdenklich schlendere ich neben ihr her. Ich mochte Matteo früher immer sehr. Dass er sich so verändert haben soll, kann ich kaum glauben. Und dass Toni so emotional reagiert, wundert mich auch.

„Und jetzt hat er ein fettes Auto, ein superteures Loft, eine zickige Ehefrau, die sich sowieso für die tollste Schnecke der Welt hält, in Wirklichkeit aber ein gefühlloser Eisbrocken ist. Da könnt ich halt kotzen", fährt Toni fort.

Ich nicke. „Du, so was find ich auch ätzend. Aber mir geht es ja in erster Linie um Selbstverwirklichung. Ich liebe es, mir kreative Dinge auszudenken, sie umzusetzen. Ich finde das einfach spannend. So weit müsstest du mich kennen, um zu wissen, dass ich nicht da hinwill, um mir irgendwann ein teures Auto leisten zu können und mit lauter Schickimickis rumzuhängen."

Sie legt beim Gehen den Arm um mich und sieht mich an. „Ja, ich weiß, tut mir leid. So wollte ich das auch nicht sagen."

„Außerdem sind bestimmt nicht alle in der Werbebranche so!", bin ich sicher.

Toni seufzt. „Ja, alle bestimmt nicht. Aber verdammt viele. Pass bloß auf!"

Mit Vollkraft voraus

Im Briefkasten stapeln sich Rechnungen, Werbeflyer und ein Haufen großer und kleiner Briefe. Mein Herz fängt an zu klopfen. Ich nehme den großen Stapel Post mit nach oben in die Wohnung. „Hannah?", rufe ich.

„Ja?"

„Post ist da. Ich trau mich nicht – kannst du die aufmachen?"

Mit einem Handtuchturban auf dem Kopf kommt sie in die Küche und streicht mir über die Schulter. „Ach, Süße, vielleicht ist ja diesmal was dabei." Wir setzen uns auf die Couch, sie nimmt mir die Briefe ab und sortiert die Werbung aus.

„Zuerst die großen?"

Ich mache eine wegwerfende Geste und verschränke die Arme über dem Kopf. „Ach, das sind eh Absagen. Kannst du direkt aussortieren. Fang mit den kleinen an."

Sie öffnet einen Brief nach dem anderen, schaut mich jedes Mal mit einem bedauernden Gesichtsausdruck an und zitiert nur noch Halbsätze wie „… müssen wir Ihnen leider mitteilen, dass …", „… wünschen wir Ihnen weiterhin …", „… sind wir bereits personell ausgelastet und müssen Ihnen leider …".

Ich seufze und zünde mir eine Zigarette an. „Wieso schreiben die nicht direkt ‚Tja, Loser, Pech gehabt'?", frage ich wütend und blase Rauch aus den Nasenlöchern.

„Einen haben wir noch", sagt Hannah und öffnet den Briefumschlag.

Plötzlich ist sie still und überfliegt die Zeilen wortlos, bis ihre Augen immer größer werden.

„Was?", frage ich aufgeregt. „Eine Einladung?"

Sie sieht mich mit einem Grinsen an und nickt. Mir steht der Mund offen. Eine Einladung! Eine Einladung! Eine Einladung!

„Für Nepomuk!", piepst Hannah. „Geil!", quietscht sie kurz darauf in den höchsten Tönen, als sie den Brief zum dritten Mal gelesen hat. „Ich hab's ja gleich gesagt. Nepo wird berühmt."

Perplex schaue ich sie an. „Das ist doch wohl kein Werbeauftrag, oder?"

Hannahs Strahlen übers ganze Gesicht beantwortet es mir: Nepomuk ist tatsächlich der Einzige von uns vieren, der bald einen richtigen Job hat.

Ungläubig reiße ich ihr den Brief aus der Hand und lese. „… hat unser Auftraggeber sich aus unserer Kartei für Ihren Kater Danny Star entschieden." Und weiter unten: „… neue Werbefigur für unseren Spot ‚Mit Vollkraft voraus – das neue gesunde Naturfutter für die kräftigere Katze', der vorerst in den regionalen Programmen laufen, bei Erfolg aber nach und nach für den nationalen und internationalen Markt produziert wird."

„Ist das nicht der Wahnsinn?"

Ich nicke verblüfft. „Absolut. Darauf sollten wir mit einem Kaffee anstoßen."

Überraschende Begegnung

Aus Neugierde begleite ich Hannah und Nepomuk ein paar Tage später zum Drehort nach Düsseldorf. Überraschenderweise sieht alles recht professionell aus, soweit ich das beurteilen kann. Sowohl Nepomuk als auch wir werden sehr freundlich empfangen und es gibt für uns alle etwas zu essen und zu trinken. Für uns Kaffee, Cola, Saft und Schnittchen – für Nepomuk Wasser und Vollkraft-voraus-Futter. Es scheint ihm sogar zu schmecken, denn er stürzt sich darauf wie ein ausgehungerter Wolf.

Auch der Entwickler des Vollkraft-Futters ist anwesend und hält uns sogleich einen Vortrag über seine Arbeit, als er Nepomuk in Hannahs Arm entdeckt. „Es war uns wichtig, ein Katzenfutter herzustellen, das ganz ohne Konservierungs- und andere künstliche Stoffe auskommt und trotzdem nicht binnen weniger Tage schlecht wird. Dank eines einzigartigen Verfahrens, das besonders schonend, aber ebenso wirkungsvoll ist, ist es uns tatsächlich gelungen, ein nahezu konkurrenzloses, qualitativ hochwertiges Produkt zu entwickeln."

„Und was genau soll das Futter bewirken?", fragt Hannah interessiert.

„Nun, wir haben es extra für Katzen mit leichtem Übergewicht produziert. Es trägt dazu bei, dass der Stoffwechsel angeregt wird und die Katze einen größeren Bewegungsdrang verspürt. Dadurch kommt es zu einer besonders schonenden Gewichtsreduktion. Was bei so kleinen Tieren sehr wichtig ist, damit die Gesundheit nicht leidet."

Mir fallen beinahe die Augen zu, und da Hannah ihm begeistert an den Lippen hängt, nehmen die beiden gar nicht wahr, dass ich mich langsam entferne, um mir den Drehort näher anzusehen.

Wow, was für ein Aufwand für einen Katzenfutterwerbespot. Etliche Leute laufen wild umher, schleppen Notizen mit sich herum, einige verlegen Kabel, andere kümmern sich um die Technik. Große Kameras sind aufgebaut, riesige Leuchter und Scheinwerfer sind auf die Kulisse gerichtet.

Wenn ich Glück habe, arbeite ich bald auch an solchen Drehorten. Oder zumindest für Leute, die solche Filme produzieren. Ein aufregender Gedanke.

Als ich an den Kameras vorbeilaufe und zwei Herren im Anzug sehe, die sich miteinander unterhalten, verschlägt es mir die Sprache. Einer von beiden ist Matteo! Was macht der denn hier? Als das Gespräch der beiden beendet ist, gehe ich schnurstracks auf ihn zu. Er schaut hoch und sieht mich ebenso überrascht an, wie ich ihn vorhin.

„Matteo?", frage ich völlig überflüssigerweise, denn es ist unübersehbar, dass er es ist. Seine pechschwarzen Haare sind akkurat geschnitten, sein Dreitagebart sieht wahnsinnig attraktiv aus und mit seiner getönten Brille wirkt er wie ein Filmstar.

„Vicky! Was für eine Überraschung. Was machst du denn hier?"

Wir umarmen uns und sind völlig überwältigt.

„Ich bin mit einer Freundin hier, deren Kater heute Hauptdarsteller in dem Spot ist."

„Nein!", lacht er. „Was für ein Zufall! Danny Star?"

Meine Güte, Nepomuk ist berühmter als der Papst, wenn sogar Matteo ihn schon kennt.

„Ja, genau!"

„Ha, witzig. Meine Frau lässt den Spot für ihren Auftraggeber produzieren. Und ich bin hier, weil sie gerade in New York ist. Jetset halt." Er lacht und wirkt dabei alles andere als abgehoben. Ganz anders, als Toni ihn beschrieben hat. „Ich arbeite als Freelancer und unterstütze die Firma meiner Frau ab und an als Manager vor Ort."

„Wow, cool", sage ich. „Toni hat mir letztens erst erzählt, dass deine Frau in einer Werbeagentur arbeitet."

Matteos Blick verfinstert sich. „Wie geht es Toni?"

„Gut so weit", antworte ich unsicher und zögere. „Doch, ganz gut."

Er nickt und kratzt sich verlegen am Ohr. „Du, Vicky, was meinst du. Würde sie sich freuen, wenn ich sie spontan besuchen komme?"

Puh, jetzt komme ich ganz schön ins Schleudern. Toni hat schließlich nicht gerade begeistert von ihm gesprochen. Andererseits ist er ihr Bruder. Und sie haben sich ewig nicht gesehen.

„Aber klar!", sage ich schließlich. „Komm doch gleich nach dem Dreh mit zu uns."

Er zögert. „Hättest du Lust, vorher noch was mit mir trinken zu gehen? Nur wir zwei?"

„Kannst du denn hier weg?"

Er schaut sich flüchtig um. „Ach, weißt du, ich hab hier heute eh keine richtige Aufgabe. Die Produktionsfirma hat alles im Griff. Kommt halt meistens ganz gut, wenn einer von uns da ist. Rein repräsentativ, versteht sich. Aber ich glaub, es macht nichts, wenn wir hier abhauen."

Ich nicke. „Okay, dann sage ich nur Hannah Bescheid."

„Ich hoffe, deine Freundin ist dann nicht beleidigt?"

Ich halte Ausschau nach Hannah, die nur noch Augen für Nepomuk und das Produktionsteam hat, und schüttle dann den Kopf. „Die hat im Moment andere Dinge im Kopf als eine Mitbewohnerin, die zufällig hier ist. Warte kurz!"

Wenig später sitze ich neben Matteo in einem schwarzen BMW, den er sich von einer Autovermietung geliehen hat. Ich muss an Tonis Worte denken. Doch ich kann keine Spur von Arroganz bei ihm entdecken. Vielleicht schätzt sie ihren Bruder falsch ein. Oder sie hat aus irgendeinem anderen Grund so heftig reagiert.

Vorsichtshalber schleife ich Matteo nicht ins Evergreens, als wir in Bochum ankommen. Stattdessen gehen wir in eine schnuckelige Kneipe, in der wir früher öfter Billard und Dart gespielt haben.

„Wow, hier hat sich nichts verändert."

Ich nicke. „Ja, manches ändert sich nie. Aber das finde ich auch gut. So hat man wenigstens immer ein paar Dinge, die beständig bleiben."

Begeistert schaut Matteo sich um. Ich muss daran denken, wie er früher rumgelaufen ist. Ausgewaschene Kapuzenpullis, viel zu weite Jeans, Käppi. Und nun? Steht er hier in der verrauchten Kneipe und passt rein optisch überhaupt nicht hierher. Ob ich mich auch so verändern werde, wenn ich mal längere Zeit arbeite?

Wir setzen uns, und wie in alten Zeiten bestellt Matteo uns zwei Fiege. Ich erzähle ihm, dass Nepomuk das einzige Mitglied unserer WG ist, das nun hart arbeitet, während Matteo abwesend am Etikett seiner Bierflasche herumfummelt, und ich merke, dass ihm etwas auf der Seele brennt.

„Und, was macht das Studium?", fragt er plötzlich, als ich ihn nachdenklich mustere.

„Och ja, wenn ich die letzte mündliche Prüfung noch bestehe, habe ich es endlich geschafft."

Angespannt nickt er. „Und bei Toni?"

„Die ist längst fertig", sage ich mit ein wenig Stolz. „Sie will promovieren und bleibt nun erst einmal als Dozentin an der Uni."

Matteo fährt sich durch seine schwarzen Haare. „Unsere Toni. Sie hat schon immer erreicht, was sie wollte."

„Na ja", sage ich, „dafür ist aber auch einiges in ihrem Leben schiefgelaufen."

Trübsinnig sieht Matteo mich an. „Ich weiß. Ich weiß." Er zündet sich eine Zigarette an und guckt aus dem schmutzigen Fenster nach draußen. „Weißt du, Vicky, ich hab den Tod von Enzo nie ganz verarbeitet. Und ich bin nie richtig darüber weggekommen, dass unsere Familie deshalb auseinandergebrochen ist."

Ich nicke. „Toni auch nicht."

Er blickt mich ernst an. „Hat sie das gesagt?"

Ich schüttle den Kopf. „Ich kenne sie. Sie muss es nicht extra sagen. Ich merke, dass sie immer dann, wenn es auf ihren Geburtstag zugeht, wieder an alles denkt. Sie hatte es nicht leicht, Matteo."

„Ich weiß. Und ich war unfair zu ihr. Verdammt unfair."

„Weil du nicht für sie da warst?", frage ich überrascht.

„Nein. Ich habe ihr Vorwürfe gemacht, als wir uns das letzte Mal gesehen haben. Und seither ist sie nie mehr an ihr Handy gegangen, wenn ich angerufen habe. Ich habe ein verteufelt schlechtes Gewissen."

„Was hast du ihr denn vorgeworfen?"

„Ach …" Er streicht sich nervös über seine kleinen Bartstoppeln am Kinn. „Wir hatten eine blöde Meinungsverschiedenheit. Und dann ist mir so rausgerutscht, dass sie nicht ganz unschuldig an der Trennung unserer Eltern ist."

„Rausgerutscht? Wie bitte kann einem denn so was rausrutschen?", frage ich empört. „Du weißt genau, dass es nicht stimmt. Toni kann nichts für Enzos Tod. Und dass eure Eltern sich getrennt haben, das ist ja wohl ihre eigene Schuld. Damit habt ihr Kinder doch nichts zu tun."

„Jaja, du hast ja recht. Ich hab es auch nicht so gemeint. Ich wollte mich entschuldigen, aber sie geht seitdem nicht mehr ans Handy." Tiefe Sorgenfalten ziehen sich über Matteos Stirn.

Wir reden geschlagene zwei Stunden und schwelgen in Erinnerungen. Schließlich sieht er ein, dass er Toni unrecht getan hat. Und so beschließe ich, ihn, ohne Toni vorzuwarnen, mit in die WG zu nehmen.

Als ich die Wohnungstür aufschließe und mit Matteo hineingehe, steht Toni mit offenem Mund im Flur und starrt uns nacheinander fragend an.

„Was will der denn hier?" Bitter sieht sie mich an, als hätte ich sie verraten, geht dann wortlos in ihr Zimmer und macht die Tür zu.

„Toni …"

Matteo senkt den Blick. „Es war keine gute Idee, hm?"

Ich schiebe ihn in die Küche. „Setz dich, das wird schon. Willst du einen Kaffee?"

Er nickt bedrückt und nimmt Platz.

„Sag mal, willst du eigentlich heute noch zurück nach München?", frage ich etwas besorgt.

Er zuckt mit den Achseln. „Weiß nicht. Vielleicht suche ich mir besser für eine Nacht ein Hotel."

Ich nicke. „Das wäre wohl die beste Lösung." Ich biete ihm nun lieber nicht an, bei uns auf dem Sofa zu schlafen. Toni würde mir den Hals umdrehen.

Aber plötzlich betritt sie doch noch die Küche und setzt sich mit an den Tisch.

„Was willst du hier?", fragt sie und schaut ihren Bruder herausfordernd an.

Ich stehe auf und verziehe mich in mein Zimmer. Draußen dämmert es langsam und ich höre dem Streitgespräch der Geschwister zu. Irgendwann werden die Stimmen leiser. Schließlich klopft Toni an meine Tür. „Willst du auch noch ein Bierchen? Ich hab Matteo angeboten, auf der Couch zu pennen. Geht doch in Ordnung, oder?", fragt sie.

Ich öffne und sehe sie fragend an. Ihr gelöster Blick lässt mich freudig ahnen, dass die zwei dabei sind, sich wieder anzunähern. „Klar geht das in Ordnung!", erwidere ich zwinkernd.

Es wird ein Abend voller alter Geschichten aus unserer Kindheit. Später kommt Hannah samt Nepomuk hinzu und wir lassen uns detailliert von ihrem spannenden Tag am Set berichten.

„Was machst du eigentlich nach deinem Studium?", will Matteo irgendwann von mir wissen.

„Sie will in die gleiche schreckliche Branche wie Annabell", kommt Toni mir zuvor und lächelt mir zu.

„Ehrlich?", fragt Matteo überrascht. „Und hast du schon Aussichten auf einen Job?"

Ich schüttle den Kopf. „Bisher sind alle Vorstellungsgespräche schiefgelaufen. Und der Großteil meiner Bewerbungen kommt zurück. Es ist im Moment noch alles ziemlich unsicher."

Nachdenklich nimmt Matteo einen Schluck aus seiner Flasche und sieht mich an. „Was hältst du davon, wenn ich Annabell frage, ob sie auf absehbare Zeit eine Praktikantin braucht?"

Ich schaue ihn skeptisch an. Dann Toni, die mit verzogenen Lippen zur Seite lugt.

„Wow, Vicky, das wär doch cool", piepst Hannah und kneift mir in die Wange.

„Ja, schon“, bestätige ich zögernd. „Wenn es nicht gerade in München wäre!“

„Was hast du gegen München?“, will Matteo erstaunt wissen.

Ich kratze mich am Kopf. Eigentlich war ich noch nie in München. Aber es ist definitiv viel zu weit weg! Außerdem will ich nicht nach Bayern. Was soll ich da?

„Hm, na ja …“, setze ich an.

„Du willst hier nicht weg, stimmt's?“

Ich nicke und komme mir gleichzeitig vor wie ein kleines Kind. Da stellt mir Tonis Bruder ein Praktikum bei einer coolen Agentur in Aussicht, und ich bin so undankbar.

„Kann ich verstehen!“ Er klopft mir auf die Schulter. „Vielleicht hast du ja Glück und findest was in der Nähe.“

Haha! Guter Witz! Mittlerweile habe ich das ganze Bundesland abgegrast. Mir bleiben langsam nicht mehr viele Möglichkeiten, wenn ich nicht gerade den Rest meines Daseins blöde Nebenjobs machen und depressiv werden will.

„Bisher war noch nichts dabei“, sage ich kläglich.

„Weißt du was? Ich sage Annabells Assistentin morgen, sie soll dir einfach mal die Unterlagen zu dem Praktikumsplatz zuschicken. Vielleicht überlegst du es dir ja noch.“

„Das glaube ich zwar kaum“, antworte ich. „Aber schaden kann es ja nicht.“

Patchwork ist in

Als ich aufwache, ist Matteo bereits weg. Toni sitzt in der Küche, trinkt Kaffee und sieht nachdenklich aus. Im Radio läuft *„All I need"* von *Air*. Wie passend. „Guten Morgen!", gähne ich ihr entgegen. „Na, wie war es noch?"

Sie holt tief Luft. „Ich hätte nicht gedacht, dass ich das so schnell sagen würde. Aber ehrlich gesagt war es noch eine richtig coole Nacht. Wir haben seit Jahren nicht mehr so gut gequatscht."

Zum ersten Mal seit langer Zeit macht sie einen authentischen Eindruck. Ohne Ironie und Sarkasmus.

„Allerdings", fährt sie fort, „hat das alles auch wieder eine Menge in mir bewegt. Es kommen Dinge hoch, die ich eigentlich lieber tief in mir vergraben hätte."

Ich will gerade was sagen, als das Telefon klingelt und Toni abhebt. Sie wechselt ein paar Worte, verabschiedet sich und reicht mir dann den Hörer.

„Für dich!"

Fragend schaue ich sie an.

„Matteo. Er will dir ein Angebot machen!"

Ich nehme ihr den Hörer ab. „Ja, hallo?"

„He, Vicky, ich bin es, Matteo."

„Oh, wo bist du?"

„Am Flughafen. Und wie Toni schon ganz richtig sagte, ich will dir", er spricht jetzt einige Oktaven tiefer, „ein Angebot machen, das du nicht ablehnen kannst." Er lacht.

„Ach? Und welches?"

„Ich habe vorhin mit Annabells Assistentin telefoniert und sie gefragt, ob in naher Zukunft eine Praktikantin benötigt wird."

„Und?", frage ich gespannt.

„Braucht sie leider nicht!"

Na ja, denke ich. Nach Bayern will ich eh nicht. Was soll's.

„Oh, das ist aber schade", sage ich gelassen.

„Aber dafür eine Volontärin!", sagt er plötzlich und lacht wieder.

Was sagt er da? Eine Volontärin?

„Eine Volontärin? Was? Wirklich?"

„Ja, ab Oktober!"

„Wow, das ist ja Wahnsinn!"

„Also, hast du Interesse?"

Ich bin völlig sprachlos und überrumpelt. „Öhm, ich weiß nicht. Also, für wie lange wäre das denn überhaupt?"

Er bemerkt meinen Unwillen, hier wegzugehen. Und dann ausgerechnet ins Weißwurstland.

„Weißt du, was, Vicky", unterbricht er die Stille. „Wir machen es so: Ich schicke dir die Unterlagen zu, die du benötigst. Es gibt eine Aufgabenstellung, die jeder Bewerber lösen muss. Und vielleicht erledigt es sich dann von selbst. Zu verlieren hast du jedenfalls nichts."

„Gut!", sage ich schließlich. Er hat recht. Außerdem ist das eine gute Übung für mich.

„Okay!", sagt er abschließend. „Dann wünsche ich dir, dass du dich für das entscheidest, von dem du glaubst, dass es richtig für dich ist."

„Danke! Vielen Dank, Matteo."

„Klar, kein Problem. Mach's gut! Und grüß Hannah und den kleinen Danny von mir."

Als wir auflegen, kann ich gar nicht mehr klar denken. Alles überschlägt sich in meinem Kopf. Ein Volontariat. Das wäre natürlich der Wahnsinn. Andererseits: Ich kenne da unten kein Schwein. Und ich will da eigentlich auch nicht hin! So!

Toni sieht mich an. „Und?“

Ich seufze. „Keine Ahnung. Ich weiß nicht, ob das eine Alternative für mich ist. Ausgerechnet München!“

„Tja, Baby, lass es dir gut durch den Kopf gehen. Ich muss jetzt zur Uni.“ Sie steht mit einem Ruck auf und lässt mich allein in der Küche hocken. Spitze!

Um mich abzulenken, besuche ich Siggi im Evergreens. Er kommt mir pfeifend mit einem Tablett voller schmutziger Gläser entgegen, als ich die Kneipe betrete.

„Vicky, ist das nicht ein wundervoller Tag?“

Oje, denke ich. Der Arme schnappt nun völlig über.

Irritiert schaue ich ihn an. „Ähm, ja, geht so, ne.“

Er stellt das Tablett auf der Theke ab und hakt sich bei mir unter. „Vicky, wir trinken jetzt einen Irish Coffee!“

„Hö? Wir haben gerade mal zwei Uhr am Mittag!“

„Eben!“ Er winkt Johannes, der uns die Getränke zubereitet, und zieht mich mit zu unserem Stamm-Holztisch in der Ecke.

„Ist alles okay bei dir?“, frage ich besorgt. Nicht, dass er plötzlich unter Drogen steht oder so. Verrückter Siggi!

„Alles bestens! Ich habe gestern mit meiner Mutter telefoniert!“

Fragend sehe ich ihn an. „Und deshalb bist du so gut gelaunt?“

Er nickt. „Ich habe ihr mein Herz ausgeschüttet und von Jana erzählt. Und sie hat mir die Augen geöffnet.“

Das ist wieder eine der Stellen, an der ich nachfragen muss. „Inwiefern?“

„Sie meinte, ob ich noch bei Trost bin, dass ich die Frau, die ich angeblich liebe, sitzen lasse, weil das Kind nicht von mir ist. Dass sie mich für moderner und cooler gehalten hat und ich ja gar keinen Arsch in der Hose habe. Dass alles, was ich ihr von Jana erzählt habe, sehr nett klingt und ich es nicht versauen soll."

Wow, hat der eine toughe Mutter. „Und?"

„Sie hat recht! Ich hab gestern die halbe Nacht mit Jana gesprochen und über alles geredet. Und wir sind uns sicher, dass wir das gemeinsam hinkriegen. Egal, wer der echte Vater von dem Kind ist. Wenn ich mit ihr zusammen bin, dann liebe ich auch das Kind in ihrem Bauch. Außerdem ist Patchwork in."

Meine Güte, so viel Kitsch kann ich kaum ertragen. Dennoch freue ich mich für Siggi. Er hat es verdient. Er ist ein lieber Kerl, der manchmal einen Tritt in den Allerwertesten braucht, aber ein richtig guter Typ.

Ich umarme ihn über die Tischkante und streiche ihm über die stopplige Wange. „Also doch ein Happy End! Das find ich super!"

Aller guten Dinge

Mit zittrigen Händen öffne ich den großen Briefumschlag mit den Unterlagen der Agentur und überfliege im Gehen die Zeilen. Wow, geil, denke ich. Ich soll einen Werbespot konzipieren und filmen. Zum Thema „Akzeptanz von Minderheiten". Wenn das nicht mein Thema ist!

Mit klopfendem Herzen stoße ich die Wohnungstür auf. Toni sieht erst mich und dann den Umschlag an. Ihre Augen verraten alles. Sie will nicht, dass ich gehe. Sie will nicht, dass ich so weit weg bin. Irgendwie macht mich das wahnsinnig glücklich. Aber auch ebenso traurig. Denn mein Gefühl sagt mir auf einmal, dass es vielleicht doch gut wäre, wenn ich mal für eine Zeit wegginge. Dass ich es irgendwo anders schaffen muss. Dass ich mich nicht für immer von Toni und meinem gewohnten Umfeld abhängig machen kann. Dass ich mich von ihr lösen muss.

Und so setze ich mich mit einem Päckchen Zigaretten, meinem alten Laptop, der Geräusche macht wie ein Rasenmäher aus den Achtzigern, und den Unterlagen an meinen Lieblingstisch draußen vorm Evergreens und beginne zu arbeiten. Tausend Ideen sprudeln mir durch den Kopf. Randgruppen. Naheliegend wäre es natürlich, eine Reportage über Homosexuelle zu konzipieren, aber das allein kann es noch nicht sein. Irgendwie will ich mehr. Aber was?

Gäste kommen und gehen, Siggi setzt sich immer mal wieder zu mir, raucht eine Zigarette, fragt mich, wie viel ich jetzt geschrieben habe, und hilft mir beim Brainstorming. Hannah kommt zwischendurch runter und trinkt eine Mangoschorle. Toni rast auf ihrem Fahrrad vorbei, ohne mich zu sehen. Ich schaue ihr nachdenklich hinterher, bis sie und ihre schwarze Umhängetasche mit dem Totenkopf nur noch klitzeklein zu erkennen sind. Dann biegt sie um die Ecke.

Ich lehne mich zurück und beobachte Siggis Gäste. Alles ist vertreten – Junge und Alte, Kleine und Große, Hübsche und weniger Hübsche, Männer und Frauen. Ein Rollstuhlfahrer, ein Mädchen, das das linke Bein mit Brandnarben übersät hat. Zwei Frauen, die ich von diversen Frauenpartys kenne. Und alle gehen ins Evergreens. Ein älterer Herr, der Zeitung liest. Alle haben gemein, dass sie ähnliche Interessen haben. Alle sind Menschen.

Und da kommt mir plötzlich *die* Idee für mein Werbekonzept. Prompt schreibe ich drauflos, bis mir die Hand wehtut.

Es braucht etwas Überredungskunst, um alle, die ich mir ausgesucht habe, von meiner Idee zu überzeugen. Aber als ich ihnen klarmache, dass es mir in erster Linie um die Akzeptanz von Menschen geht – egal, was sie von anderen unterscheidet –, erhellt sich ihr Blick und sie nicken zustimmend. Leider haben nicht alle so kurzfristig Zeit, aber ich kann Gerd, den Mann im Rollstuhl, und die beiden Mädels überreden. Wir tauschen Handynummern aus und verabreden uns für den nächsten Nachmittag.

Sogleich laufe ich rüber zu Ahmet und Gökhan. Stürmisch begrüßt mich Priscilla und leckt mir die Hand ab, als ich sie streichle. „Habt ihr beiden morgen Nachmittag was vor?", frage ich mit aufgeregter Stimme.

Ahmet und Gökhan sehen sich verständnislos an. „Wonach sieht das denn hier aus?“, fragt Gökhan lachend und wedelt mit der Hand durch den Laden.

„Hm, könnt ihr nicht ausnahmsweise morgen Nachmittag für eine Stunde schließen?“

Ahmet bricht in Gelächter aus. „Wie stellst du dir das vor? Wir müssen arbeiten! Worum geht es denn überhaupt?“, fragt er behutsam, als er mein enttäuschtes Gesicht sieht.

Als ich den beiden meine Idee so schmackhaft wie nur möglich gemacht habe, entscheiden sie sich tatsächlich dafür, Ahmets Mutter zu fragen, ob sie für eine Stunde die Stellung halten kann. Ich bin begeistert und umarme die beiden nacheinander. Priscilla bellt zustimmend.

Als ich gerade draußen bin, fällt mir noch etwas ein. Ich gehe zurück und bitte Gökhan, seine Mutter mitzubringen.

Plötzlich bin ich wie im Rausch. Vor lauter Freude habe ich alle anderen Sorgen völlig vergessen und bin so glücklich, dass ich spontan eine solche Idee gefunden habe. Ich bin schon völlig gespannt auf morgen.

Als ich die Wohnung betrete, ist es mucksmäuschenstill. Hannahs Tür ist verschlossen, von Toni keine Spur. Ich werfe mich auf die alte Couch in der Küche und schaue an die Decke. Zum ersten Mal traue ich mich, den Gedanken mit der Münchner Agentur weiterzuspinnen. Was, wenn ich es wirklich schaffe? Was, wenn sie mich nehmen?

Ich müsste hier alles aufgeben. Meine geliebten Freunde, meine Eltern, die WG, das Evergreens. Alles, was ich liebe. Aber muss nicht jeder irgendwann mal aus seinem gewohnten Umfeld ausbrechen? Aber muss das ausgerechnet Bayern sein?

Der Schlüssel im Schloss lässt mich aus den Gedanken schnell wieder auftauchen. Toni kommt in den Flur gepoltert und flucht. Ich winke ihr aus der Küche zu. „He, 'ne kalte Cola gefällig? Steht noch eine im Kühlschrank."

Sie nickt zögernd und kommt dann zu mir. Sie sieht schlecht aus. Tiefe Falten ziehen sich über ihre Stirn. Ich lege den Arm um sie. „He, was ist los, hm?", frage ich sanft.

Sie schaut aus dem Fenster und schluckt. Sie wird doch wohl nicht ...? Doch. Sie fängt tatsächlich an zu weinen. Das erste Mal, dass ich Toni richtig weinen sehe.

„Toni", sage ich leise und stelle meine Flasche weg, um sie in den Arm zu nehmen. „Ist ja gut."

Sie schämt sich, lässt aber trotzdem zu, dass ich ihren Kopf auf meine Schulter drücke. Leise Schluchzer dringen durch die Stille, die lediglich manchmal von dem Kühlschrank unterbrochen wird. Behutsam streichle ich ihre Wange und genieße ihre Nähe. Nach ein paar Minuten hebt sie den Kopf, zieht die Nase hoch und sieht mir fest in die Augen. „Warum bin ich so?"

Ich schaue sie fragend an. „Was meinst du?"

„Warum bin ich nach außen hin immer so und tue, als wenn mir nichts und niemand etwas anhaben könnte?"

Ich presse nachdenklich die Lippen aufeinander. „Na ja", beginne ich vorsichtig. „Du möchtest wahrscheinlich nicht, dass jeder weiß, wie es in dir aussieht. Wahrscheinlich willst du dich selbst vor irgendwas schützen."

Sie zieht noch mal die Nase hoch. „Aber das ist doch totale Scheiße!"

Ich nicke leicht. „Ja, vor allem für dich selbst."

Ich streichle ihr mit dem Handrücken über die Wange. Sie bewegt sich keinen Zentimeter. Ich könnte schwören, dass ihr Herz schneller schlägt. Entweder, weil es ihr peinlich ist, oder ...

„Warum geht es dir denn jetzt so schlecht? Ist was Bestimmtes passiert?", frage ich vorsichtig.

Sie schluchzt leise. „Ach, wegen allem."

Ich bin gerührt und streichle weiter ihr Gesicht. Ich möchte so gern in ihre wunderschönen Augen eintauchen.

Wie verletzlich sie plötzlich aussieht. Alles Harte ist von ihr gewichen. Keine Spur von schlagfertigen Sprüchen und Coolness. Es gefällt mir, dass ich so nah bei ihr bin und sie mir vertraut.

„Und wegen dir!", sagt sie plötzlich leise.

Ich halte inne. „Was?", frage ich mit trockener Kehle.

„Ja, ich will nicht, dass du fortgehst. Ich weiß ja, dass es nicht für immer so sein kann. WG und das alles. Und wahrscheinlich musst du ja auch mal raus hier. Weg von hier. Ich kann das verstehen." Sie hält kurz inne. „Aber ich will es trotzdem nicht."

Schließlich rücke ich näher zu ihr, lasse meine Hand in ihren Nacken gleiten und fahre durch ihre samtigweichen Haare. Ihr Kehlkopf zuckt leicht. Jetzt oder nie, denke ich und nehme all meinen Mut zusammen. Mit der anderen Hand drehe ich vorsichtig ihren Kopf in meine Richtung und sehe ihr in die Augen. Und dann küssen wir uns. Küssen, küssen, küssen uns. So sanft. So schön.

Déjà vu

Glaubst du wie ich daran
Dass alles gut sein kann
Solange wir zusammen sind
Brich das Eis
Mit dem Schritt
Der jedes Atmen zum Wagnis macht
Halt mich fest
Mit Gefühl
Es ist so schön, wenn du lachst
(MIA)

Ich wache auf, weil die Sonne mir ins Gesicht scheint. Meine Haare sind ganz heiß von den Strahlen. Ich drehe mich um und sehe, dass sie diesmal nicht geflüchtet ist. Sie liegt neben mir und atmet ganz leise. Ich traue mich kaum, mich zu bewegen. Vorsichtig drehe ich mich zu ihr hin und schaue sie an. Friedlich liegt sie da, ihre nackten Brüste heben sich mit ihrem Atem und senken sich wieder. Eine Ponysträhne ist ihr in die Augen gefallen.

Langsam schmiege ich mich an sie und lege eine Hand auf ihren Bauch. Genau dahin, wo ihre tätowierte Schlange ihren tollkühnen Anfang unter ihrem Bauchnabel nimmt. Toni gibt ein kleines Seufzen von sich und zieht dann meinen Arm an sich. So liegen wir eine Ewigkeit da. Ich streichle ihren

Körper und bedecke ihren Hals mit kleinen Küssen. Ich bin von Kopf bis Fuß elektrisiert vor Glück.

Langsam wird sie wach. Und dann reißt sie die Augen auf und schaut mich an. Schaut mich an mit diesem Blick, der mir klarmacht: Das war jetzt wieder nur für eine Nacht.

Bedauernd sieht sie mich an und nimmt meine Hand, die noch auf ihr ruht, drückt sie sachte und legt sie dann auf der Bettdecke ab. Ihr Mund öffnet sich, als wollte sie was sagen. Doch es kommt kein Ton heraus. Bitte geh nicht, hoffe ich. Bitte geh nicht. Doch langsam erhebt sie sich und steigt dann wortlos aus dem Bett. Mit ihren Klamotten unter dem Arm verlässt sie diesmal mein Zimmer und macht leise die Tür hinter sich zu.

Ein dicker Kloß, der sich anfühlt wie die plötzliche Bildung eines überdimensionalen Kropfes, setzt sich in meinem Hals fest. Das überstehe ich nicht! Nicht noch einmal!

Mutig steige ich aus dem Bett, ziehe mir die Klamotten über, die auf dem Boden verstreut liegen, und gehe zu ihr rüber. Sie sitzt im Schneidersitz auf ihrem Fensterbrett und raucht.

„Willst du mir jetzt wieder erzählen, dass wir ja schließlich nur mal gevögelt haben, Toni?“ Meine Stimme klingt vorwurfsvoll. Vor allem aber verzweifelt.

Sie schaut mich nicht an, sondern nur stumm aus dem Fenster.

„Toni!“, kreische ich sie an. Ich habe mich nicht mehr unter Kontrolle. Mein Herz schlägt mir bis tief in den Hals. Ich spüre, wie meine Knie weich werden und mir beinahe schwarz vor Augen wird.

Schließlich sieht sie mich an. Nicht mehr so cool wie beim letzten Mal, sondern unsicher und verwirrt.

„Sag was, irgendwas!“, flehe ich verzweifelt. Ich spüre schon, dass mir langsam die Tränen in die Augen steigen.

„Ich ...“ Sie kneift ihre Augen zu. „Ich weiß nicht, was ich sagen soll.“

„Du weißt es nicht?“ Ich schüttle fassungslos den Kopf. „Was ist das hier für dich? Ein Spiel? Heißt dieses Spiel ‚Die beste Freundin in den Irrsinn treiben‘?“

Sie drückt ihre Zigarette im Aschenbecher aus und lässt ihren Kopf zwischen ihre Knie sinken. „Nein“, sagt sie leise.

„Toni, es war kein One-Night-Stand. Es war zum zweiten Mal! Zum *zweiten!*“ Meine Stimme erhebt sich ganz wie von selbst. Ich bin so aufgewühlt, dass meine Knie drohen nachzugeben.

„Das hätte nicht passieren dürfen …“, murmelt sie.

Ich stoße einen hysterischen Lacher aus. „Ja, genau, es war halt ein Versehen. Ein Fehler. Ein Wiederholungsfehler.“ Meine Stimme klingt heiser, aber auch echt. Die Worte purzeln mir so wahr und wirklich aus dem Mund wie selten zuvor.

Sie fummelt sich mit den Fingern an den Zehen herum und versteckt den Kopf zwischen den hochgezogenen Knien.

„Du bist einfach nur feige!“, sage ich schließlich. Dann drehe ich mich um, verlasse ihr Zimmer und knalle die Tür laut zu. Wie beim letzten Mal. Déjà vu!

Am liebsten möchte ich meine Sachen packen und für ein paar Tage zu meinen Eltern fahren. Aber heute ist das Treffen mit Gerd, Tina, Caro und den anderen. Ich habe noch vier Stunden Zeit, bis wir uns alle im Stadtpark treffen.

Ich bin total durch den Wind. Mein ganzer Körper ist elektrisiert. Mein Herzklopfen strahlt in jede Zelle hinein und ich höre jeden Schlag laut in meinen Ohren. Irgendwas muss ich tun, um nicht völlig durchzudrehen. Am liebsten möchte ich laut schreien, kreischen und irgendwas kaputt schlagen. Doch das Körpererdbeben und der imaginäre Kropf in meinem Hals hindern mich daran.

Ich muss ins Wasser. Sofort! Das ist das Einzige, was mich nun noch vor dem Zusammenbruch bewahren kann.

In Windeseile packe ich meine Schwimmsachen und fahre zum Unibad. Das Wasser scheint heute wilder als sonst.

Ich kann es gar nicht richtig greifen. Und ich bekomme Toni nicht aus meinem Kopf. Was ich mir auch anderes vorzustellen versuche, sie ist wie eingebrannt in meine Gedanken. Wie kann sie nur so sein? Gestern hat sie es sich noch selbst gefragt. Und heute ist sie schon wieder so unfassbar ätzend.

Ich steige aus dem Becken, springe von einem der Startblöcke und tauche eine halbe Bahn. Unter Wasser ist es totenstill. Endlich Stille, kein Stress, keine mich in den Wahnsinn treibende Toni, keine Probleme. Nur die Lautlosigkeit des Wassers und ich.

Ein Szenario spielt sich vor meinem inneren Auge ab: Was wäre, wenn ich einfach so lange unter Wasser bliebe, bis ich keine Luft mehr zum Atmen habe? Würde der Bademeister ins Becken springen und mich wiederbeleben? Würde Toni alles stehen und liegen lassen, mit Siggis Auto zum Notfallkrankenhaus fahren und Nacht um Nacht weinend an meinem Bett sitzen? Würde sie in dem Irrglauben, ich könnte sie in meinem komatösen Zustand nicht hören, endlich zugeben, dass sie mich liebt? So wie in den Seifenopern? Da muss es auch alles erst schlimm werden, bevor sich zwei kriegen.

Mit einem Ruck schnelle ich an die Wasseroberfläche und muss husten. Der Bademeister kommt auf mich zu. „Alles in Ordnung?"

Ich nicke. Mein ganzer Körper bebt. Du musst jetzt an dich denken, sage ich mir, als ich kraftlos unter der warmen Dusche stehe. An deine Zukunft, Victoria. An deine Karriere. An die Prüfung. Du musst jetzt mal dein Leben in den Griff kriegen.

Leise führe ich Selbstgespräche, als ich mit dem Rad zurück zur WG fahre. Zu Hause angekommen, packe ich meine Kamera und das Stativ in meine große Sporttasche und beschließe, mich die verbleibenden anderthalb Stunden ins Evergreens zu setzen. Doch als ich gerade die große Tür zur Kneipe öffnen will, entscheide ich mich dagegen und habe eine faszinierende Idee.

Kahlschlag

Das kleine Glockenspiel ertönt, als ich die Glastür zu meinem schwulen Lieblingsfriseur öffne. Martin steht fröhlich am Tresen und kommt auf mich zu, als er mich sieht.

„Vicky, Süße, du warst lange nicht hier." Er knickt klischeehaft die Hände ein und strahlt übers ganze Gesicht.

Ich lasse mich von ihm drücken. „Ja, kein Geld."

„Oje!" Mitleidig beißt er sich auf die Unterlippe und fasst sich theatralisch an die Schläfe. „Was kann ich denn für dich tun, Schätzchen?"

„Glatze!", sage ich.

Martin stößt einen kleinen Schrei aus. „Das kann nicht dein Ernst sein, Darling!", näselt er. Er schiebt mich zu einem der freien Plätze. Direkt neben eine ältere Dame, die einen kleinen zitternden Hund auf dem Schoß hat.

„Doch, mein voller Ernst!", sage ich bestimmt.

Nervös fächert er sich mit der rechten Hand Luft zu, während er sich mit der linken an meiner Rückenlehne festhält.

„Nein, Vicky, nein", sagt er dann. „Ich kann das nicht. Spitzen schneiden, Highlights setzen oder färben, aber Glatze – nein, das kann ich nicht."

Bin ich hier beim Friseur oder bei der Gruppentherapie?

„Natürlich kannst du!", sage ich fest. „Bitte beeil dich ein bisschen, ich hab gleich einen wichtigen Termin."

Martin schüttelt den Kopf. „Vicky, ich habe als Friseur auch eine gewisse Verantwortung meinen Kunden gegenüber."

„Eben. Kunde gleich König, du weißt schon. Und ich gleich doppelt. Vicky König eben. Also mach bitte schnell, ich darf nicht zu spät kommen."

„Nein!", schreit er hysterisch.

Ich fasse es nicht. Muss man denn eigentlich alles selbst machen? Fest entschlossen stehe ich auf und hole mir aus seinem schwarzen Rollwägelchen den elektrischen Haarschneider.

„Vicky!", schreit Martin.

Die ältere Dame sieht uns aufmerksam zu. Der Hund zittert jetzt ein bisschen mehr, habe ich das Gefühl.

Ich schalte das Gerät ein. Es gibt ein tiefes Brummsumm von sich.

„Hilfe!", kreischt Martin, am Ende seiner Kräfte.

Ein bisschen nervös bin ich jetzt auch. Aber ich bin auch entschlossen. Der Adrenalinspiegel in meinem Körper schießt in die Höhe. Und dann setze ich das Gerät am Haaransatz an und fahre mir einmal komplett über den Kopf. Locke um Locke fällt an mir herab auf den Boden.

Martin setzt sich bleich auf seinen rollenden Hocker. Plötzlich fängt die Dame neben mir an zu lachen. Verdutzt sehe ich sie an. Ihrem Hund fallen gleich die Augen raus, bin ich sicher. Der guckt so erschrocken, als würde ein tollwütiger Pitbull auf ihn zurasen.

„Is' was?", frage ich ihn und die Frau.

„Ich wusste, dass Sie das machen. Klasse!" Die Frau klatscht in die Hände.

Völlig verwirrt erhebt sich Martin schwankend und nimmt mir den Haarschneider aus der Hand. „Den Rest mache ich, damit es gleichmäßig wird", sagt er unter Schock.

Am Ende habe ich zwar keine nackte Glatze, aber immerhin zwei Millimeter kurze Haare. Der ganze Boden ist übersät mit meinen wilden Locken. Ich streiche mir über den Kopf und bin fasziniert. Hart, stoppelig, verrückt, völlig irre. Ich kann gar nicht glauben, dass ich das gemacht habe.

Tina, Caro, Gerd, Ahmet und Gökhan samt Mutter sehen mich verblüfft an, als ich mit neuer Frisur im Park erscheine. Auf dem Weg begegne ich unserem Indianerhäuptling und kann ihn für meine Idee mit dem Film rekrutieren. „Cooler Kopp", sagt er zahnlos grinsend, als er mich betrachtet. „Krieg ich denn wat zu essen, wenn ich da mitmach?"

Ich klopfe ihm beschwichtigend auf die Schulter. „Was du willst!"

Seine Augen blitzen auf. Hoffentlich wünscht er sich kein Fünf-Gänge-Menü, denke ich.

Der Filmnachmittag wird ein geniales Spektakel. Ich habe hinterher so viel Material, dass ich daraus einen halben Kinofilm machen könnte. Aber letztlich muss der Spot nur drei Minuten lang sein.

Ich bin so voller Glücksgefühle, dass ich sogar den ganzen Mist mit Toni für eine Zeit vergessen kann.

Nachdem wir hinterher alle schachmatt, aber glücklich auf die Wiese fallen und sich Ahmet und Gökhan, die schon viel zu spät dran sind, verabschieden, um Ahmets Mutter wieder zu erlösen, mache ich mich auf, um für alle Pizza zu holen.

„Mit Extra-Käse!", ruft der Häuptling mir hinterher, und alle lachen.

Als ich abends total geschafft in mein Zimmer komme, fällt mein Blick auf einen Zettel, der auf meinem Bett liegt. Sofort erkenne ich Tonis Schrift und bekomme akute Bauchschmerzen.

„Liebe Vicky, es tut mir leid, dass ich dir so wehtue. Es geht einfach nicht. Ich will unsere Freundschaft nicht wegschmeißen. Und das würde ich, wenn ich den Weg so weiterginge. Denn kei-

ne Beziehung ist von Dauer. Und dazu bist du mir zu wichtig. Ich hoffe, du hasst mich jetzt nicht. Um es uns beiden leichter zu machen, schlaf ich für ein paar Tage im Hiwi-Büro. Toni."

Da bricht es aus mir raus. Ich fange an zu heulen wie ein Kleinkind und brülle in mein Kissen. Es dauert nicht lange, bis Hannah rüberkommt. „Um Gottes willen, Vicky, was ist mit deinen Haaren?"

Als ich nicht antworte, sondern weiter in mein Kissen heule, nimmt sie mich in den Arm. Zum Glück sagt sie mal gar nichts, sondern ist einfach nur da.

I have a dream

Die folgenden Tage bin ich nur mit dem Schneiden des Videos und dem Schreiben des dazugehörigen Textes beschäftigt. Die Arbeit lenkt mich ab und macht mir Spaß. Ich bin stolz, dass ich mich nicht wieder unter der Decke verkrieche und bis zum Erbrechen *Nur die Liebe zählt* gucke. Ist ja ohnehin immer dasselbe.

Zwischendurch besucht mich Nepomuk und kuschelt sich an mich.

„Na, Dicker", sage ich seufzend und kraule ihm den Bauch. „Die Weiber sind schon manchmal nervig, ne? Sei froh, dass du kastriert bist." Er schaut mich komisch an und rennt dann ungewohnt schnell aus meinem Zimmer. Ob Tiere Menschen doch verstehen?

Als ich mit dem Video fertig bin, hole ich Hannah, um es von ihr beurteilen zu lassen. Gespannt beobachte ich sie, während der kurze Film über meinen Laptop läuft.

Verschwommen sieht man einen Park. Im Hintergrund läuft die Rede von Martin Luther King, *I have a dream*, unterlegt mit einer loungigen House-Musik. Langsam wird das Bild scharf, als plötzlich Ahmet und Gökhan Hand in Hand vorübergehen. Sie verharren kurz und sehen in die Kamera. Dann schauen sie einander glücklich an und küssen sich. Die Szene verschwimmt wieder und sie ziehen weiter.

Der Park wird abermals unscharf. Dann kommt Gerd mit seinem Rollstuhl ins Bild. Es wird wieder klar. Er fährt mit dem Rollstuhl nah an die Kamera heran, schaut neugierig hinein, lacht dann ein kurzes, entspanntes Lachen und fährt von dannen, während ich den Hintergrund wieder verschwimmen lasse. Dieselben Szenen folgen noch mit Gökhans Mutter, die ihr Kopftuch trägt und ein lustiges Lachen von sich gibt; dann rennen Tina und Caro ins Bild, springen in die Luft, ich nehme ihren Sprung zeitverzögert auf. Nach ihnen sieht man noch, wie eine junge Frau mit Blindenstock durchs Bild geht. Ich zoome mit der Kamera heran und nehme ihr fröhliches Lächeln auf. Als Letzter kommt unser Penner von der U-Bahn-Station ins Bild. Mit seiner Indianerfeder und seinem zahnlosen Grinsen strahlt er einen besonders sympathischen Charme aus.

Der Park verschwimmt in wellenförmigen Bewegungen und die Frage erscheint: „Was haben Sie gesehen?“ Dann wieder Wellen, die ganze Geschichte im schnellen Rücklauf, und erneut Wellen. Nun erscheint langsam und blassblau die Antwort: „Glückliche Menschen.“

Alles verschwimmt komplett und meine Stimme ertönt. „Ich habe einen Traum. Dass jeder eine Chance hat, so zu leben, wie er will. Ein Spot gegen die Diskriminierung von Minderheiten.“

Die drei Minuten sind vorüber und ich schließe den Player. Hannah schaut mich mit leuchtenden Augen an. „Vicky, das ...“, fängt sie an.

„Ja?“, frage ich gespannt.

„Das ist das Beste, was ich je gesehen habe! Hammer! Wenn die dich nicht nehmen, müssen sie komplett bescheuert sein! Wahnsinn!“

Sie umarmt mich fest und erdrückt mich beinahe, und ich bin total happy. Ach, wenn ich Hannah nicht hätte.

„Hab ich nicht zu dick aufgetragen?“, frage ich unsicher.

„Quatsch, wieso das denn?“

„Na ja, von wegen *I have a dream* und so ...“, murmle ich.

„Ist doch geil! Der Hammer!“ Hannah sprudelt nur so über vor Euphorie, und es ist mir beinahe peinlich. Hoffentlich können die Leute bei der Agentur auch was damit anfangen.

Wir gehen zusammen in die Küche und trinken einen heißen Kakao mit ganz viel Sprühsahne.

„Du, ein bisschen sauer bin ich allerdings auch auf dich!“, sagt Hannah auf einmal.

Ich schaue sie irritiert an.

„Für wie naiv hältst du mich eigentlich?“ Sie sieht plötzlich verärgert aus. Es wäre wohl falsch, jetzt wahrheitsgemäß zu antworten, dass ich sie durchaus für etwas naiv halte.

„Wovon redest du?“, frage ich stattdessen, denn ich habe wirklich keinen blassen Schimmer, worauf sie anspielt.

„Na, von Toni und dir. Meinst du eigentlich, ich bin komplett blind, doof und vom andern Stern?“

Uff! Prompt durchfährt mich ein heißer Schauer. Sie hat also doch mehr mitbekommen, als ich mir eingestehen wollte. Wie blöd von mir zu denken, ihr wäre das alles entgangen.

„Nein, natürlich nicht“, versichere ich. „Ich war nur selbst so durch den Wind und verwirrt und so. Tut mir leid, dass ich dir nicht eher die Wahrheit gesagt habe.“ Nervös streiche ich mir über meinen kurz rasierten Kopf und schaue sie schuldbewusst an. „Es tut mir wirklich leid.“

Seufzend sieht sie mich an. „Ich dachte, wir sind Freundinnen!“

„Natürlich sind wir Freundinnen!“, sage ich ernst. „Du bist einer der wichtigsten Menschen in meinem Leben, Hannah. Und das wird auch immer so bleiben.“

„Ehrlich?“ Sie schaut mich mit großen Augen an wie ein Kindergartenkind beim Eisverkäufer, und ich muss sie einfach knuddeln. Wir lachen los und lassen uns auf unsere morsche Küchencouch fallen.

„Jetzt erzähl aber mal!“, befiehlt Hannah. „Was ist passiert? Wie hat es angefangen? Und wieso schläft sie jetzt im Hiwi-Büro?“

Ich hole ganz tief Luft und lasse meine Gedanken kreisen. Es ist nun das erste Mal, dass ich jemandem alles anvertraue, was zwischen Toni und mir passiert ist. So beginne ich also zu erzählen. Angefangen beim Tag am See, meinem Herzklopfen und Tonis fixer Idee, Silvana eifersüchtig zu machen.

„Du hast dich also richtig in sie verliebt!“, attestiert mir Hannah, als ich kurz innehalte, und mustert mich dabei mit einem neckischen Grinsen. „Das ist wirklich verrückt. Toni und du …“

Ich merke, wie mir unvermittelt die Röte ins Gesicht steigt. So gerade heraus hat mir das noch niemand gesagt. Na ja, kein Wunder. Schließlich habe ich ja auch alles für mich behalten. Jedenfalls bis gerade eben.

Gespannt wie ein Flitzebogen sitzt Hannah mit großen Augen und hochgezogenen Knien neben mir und hört mir zu. Es ist wie ein anderes Leben, von dem ich berichte, als ich mir selbst beim Reden zuhöre. Es klingt alles so unwirklich. So, als hätte nicht ich, sondern eine andere Vicky das alles erlebt.

Und gleichzeitig spüre ich mein Herz so wahnsinnig klopfen, dass ich befürchte, man könnte es von außen heraushüpfen sehen. Es ist aufregend, von der Nacht mit Toni zu erzählen. Ich habe plötzlich alles wieder ganz genau vor Augen. Jedes Detail. Ich sehe ihre herausfordernden Blicke, spüre ihre Hände auf mir, höre ihre Worte, die sie mir ins Ohr flüstert.

Als ich zum Ende komme, bin ich erschöpft. Hannah zieht mich in ihre Arme und streicht mir über die Schulter. „Ach, Vicky!“, seufzt sie. „Bestimmt wird alles gut.“

Ich atme tief ein und aus. „Daran glaub ich irgendwie nicht mehr.“ Der Kloß beginnt in meinem Hals wieder zu wachsen. Hannah streicht mir über meine stoppeligen Haare, und ich frage mich, was Toni gerade macht. Ob sie zwischendurch auch an mich denkt? Ob sie sich vielleicht auch ein klitzekleines bisschen nach mir sehnt?

„Du wirst mir so fehlen, falls das mit der Agentur klappt", unterbricht Hannah meine mürben Gedanken.

Ich schlucke. „Du mir auch", sage ich heiser. Und Toni erst. Der Kloß in meinem Hals entwickelt sich zu einer ansehnlichen Größe. „Na ja", unterbreche ich mein melancholisches Gefühl. „Wer weiß, ob die von der Agentur mich überhaupt wollen."

„Ich würde es dir auf jeden Fall trotzdem total gönnen. Ich drück dir ganz fest die Daumen. Und die Zehen. Und überhaupt alles." Hannah blinzelt mit ihren langen blonden Wimpern und streicht mir über die Schulter.

„Danke, das ist lieb."

„Übrigens würdest du eh viel besser nach München passen", sagt sie nach einer Weile.

„Was? Wieso denn das?", frage ich verblüfft.

„Na, ich sag nur ‚*Tausendmal du*'." Sie stimmt quietschend das Lied der *Münchner Freiheit* an, das ich zu Silvana-Zeiten zigmal am Tag gehört habe.

Ich muss lachen. Und innerlich auch ein bisschen schluchzen.

Später begleitet mich Hannah zum Briefkasten. Die gebrannte CD und mein Textkonzept im Briefumschlag, fahren wir mit der U-Bahn zur Hauptpost. Noch einmal draufgeschaut, werfe ich die Sachen in den Briefkastenschlitz und atme tief durch. Jetzt kann ich nichts mehr machen. Nur warten.

Wäre doch Sonntag

Am nächsten Tag ist Toni zurück. Ich sitze gerade in der Küche und mein Herz klopft in Rekordgeschwindigkeit, als ich den Schlüssel im Schloss höre und am Geräusch sofort erkenne, dass sie es ist.

Ich setze mich mit dem Rücken zum Flur und tue so, als wäre ich wahnsinnig in die Zeitung vertieft. In Wahrheit geht's mir beschissen. Bitte, sag was! Bitte, sprich mich an! Tu irgendwas, Toni, sonst dreh ich durch!

Und tatsächlich kommt sie in die Küche und setzt sich zu mir an den Tisch. Ich bin unfähig, sie anzusehen. Mit zitterndem Kopf starre ich die Zeitung an, als sie mich fragt: „Warst du beim Friseur?"

„Nee, die sind mir vor Kummer ausgefallen!", erwidere ich schnippisch.

Langsam schaue ich hoch. Sie hat Ringe unter den Augen und sieht übermüdet aus. Vorsichtig nimmt sie meine Hand und hält sie sanft fest.

Wäre jetzt Sonntag und Kai Pflaume stünde im Türrahmen, würde sie mir nun eine wahnsinnig romantische Liebeserklärung machen. Mir sagen, dass ihr klar geworden ist, dass wir zusammengehören. Dass sie mich liebt. Dass sie sich aufgeführt hat wie eine Idiotin. Und sie nur Angst hatte vor diesem großen Schritt. Dass ihr nun aber endlich aufgegangen ist, dass sie ihr ganzes Leben mit mir verbringen will.

Wir haben aber leider Samstag und sind im wahren Leben.

„Vic, ich …“ Sie senkt den Kopf und seufzt.

„Ja?“ Hoffend und bangend sehe ich sie an.

„Ich hab Scheiße gebaut und es tut mir leid.“

„Wovon redest du?“, frage ich mit pochendem Herzen.

„Na von uns!“ Sie schaut mich flehend an. „Ich … wir … Wir hätten das alles nicht tun dürfen.“

„Haben wir aber, Toni. Haben wir!“ Meine Stimme zittert, genau wie mein gesamter Körper. Meine Hände sind eiskalt, und Toni hält die eine immer noch in der Hand.

„Ja, ich weiß.“ Und wieder schaut sie zu Boden. Wenn das jetzt so weitergeht, muss ich irgendwas zerschmettern oder laut schreien.

„Meinst du, wir können einfach so weitermachen wie vorher?“, fragt sie.

Weitermachen wie vorher? Was denkt sie sich eigentlich? Dass ich aus Lust und Laune mit meiner besten Freundin in die Kiste springe wie mit einer Wildfremden, nur weil ich mal eben Bock drauf habe? Wie blind ist diese Frau eigentlich?

„Weiß ich nicht!“, antworte ich patzig. Von wegen! Weiß ich genau! Nämlich, dass es nicht geht.

Sie nickt verstehend und lässt meine Hand los. „Okay!“

Dann bricht es aus mir heraus. Ich kann es einfach nicht mehr in mir drinnen halten. „Nichts ist okay! Gar nichts! Du schläfst mit mir – zweimal! Und beide Male bereust du es. Was soll dieser Müll? Was willst du mir eigentlich weismachen? Ich spür doch, dass da mehr ist mit uns. Ich spüre das! Das ist nicht einfach nur so passiert. Und das ist auch keine normale Freundschaft mehr. Du bist einfach nur zu feige, es dir selbst einzugestehen!“

Ich muss mich zurückhalten, um nicht loszuheulen. Meine Augenlider flirren.

Überrascht sieht sie mich an. Das hat sie wohl so nicht erwartet.

„Aber ich will dich als Freundin nicht verlieren!“, sagt sie.

Ach herrje, was Originelleres fällt ihr nicht ein!? Ich kann diesen ganzen Quatsch nicht mehr hören. Freunde bleiben. Blabla.

„Weißt du was? Wahrscheinlich wäre es das Beste für uns beide, wenn die Agentur mich nimmt und ich tatsächlich nach München gehe. Dann müsstest du dir nicht immer wieder irgendwelche schwachsinnigen Argumente einfallen lassen."

Ein Meilenstein

Die folgenden Tage gehe ich Toni so gut wie möglich aus dem Weg. Ich gehe jeden Morgen aus dem Haus, bevor sie aufsteht, und raffe mich abends zum Schwimmen auf, damit ich ihr nicht begegnen muss. Zum Glück verkrieche ich mich nicht wie früher in meinem Zimmer. Doch trotz aller Ablenkung leide ich innerlich. Auch wenn ich mir das immer noch nicht richtig eingestehen will. Hannah hingegen nimmt kein Blatt vor den Mund.

„Hast du jetzt mal wieder ein Wort mit ihr gewechselt?“, fragt sie mich eines Morgens, bevor ich ungesehen das Haus verlassen kann.

Ich schüttle den Kopf. „Es bringt doch eh nichts.“

„Jetzt sag ihr halt klipp und klar, dass du in sie verliebt bist.“

Geschockt sehe ich sie an und lege den Zeigefinger vor den Mund. „Bist du wahnsinnig?“

„Na, ist doch wahr“, flüstert Hannah. „Außerdem kann ich diese komische Situation hier kaum noch aushalten.“

Mir geht es genauso wie Hannah. Ich benutze unsere WG nur noch zum Schlafen. Dabei ist das doch mein Zuhause. Irgendwas muss sich ändern. Und zwar schleunigst.

Als ich mittags vom Einkaufen heimkomme, lehnt ein Briefumschlag für mich auf dem Küchentisch an meiner mit kaltem Kaffee gefüllten Tasse. Ich nehme ihn in die Hand und sehe mit klopfendem Herzen, dass er aus München ist. Blitzartig reiße ich ihn auf und lese.

„Sehr geehrte Frau König, wir dürfen Ihnen mitteilen, dass uns Ihr Konzept so gut gefallen hat, dass wir es unserem Auftraggeber als zusätzliche Alternative zu unserem Projekt angeboten haben. Unabhängig davon, wofür er sich entscheidet, bieten wir Ihnen hiermit ein zwölfmonatiges Volontariat an und würden uns sehr freuen, wenn Sie sich bald entscheiden."

Fassungslos lese ich den Brief immer wieder. Ich bin völlig elektrisiert. Das gibt es einfach nicht. Sollte tatsächlich mal etwas klappen?

„Hannah!", schreie ich vor Aufregung. Ich platz gleich vor Stolz und Freude. „Hannah!"

Sie kommt in die Küche gestürmt. „Was?"

„Sie finden meinen Film super und nehmen mich!"

Hannah reißt ihren Mund auf. „Nein!", lacht sie.

„Doch!", bestätige ich kreischend. Wir tanzen wie zwei gerade frisch der Irrenanstalt Entflohene um den Tisch.

Sogleich rufe ich mit klopfendem Herzen in der Agentur an.

„Agentur Wertmann & Schneider, Nadine Voss am Apparat. Was kann ich für Sie tun?"

Ich räuspere mich. „Victoria König, ich soll mich bei Frau De Angelo melden."

Plötzlich verändert sich die Stimme der Frau am Apparat. „Ach, klasse. Hallo. Ich bin die Nadine. Du bist die, die bald bei uns anfängt, oder? Wir sitzen dann übrigens zusammen."

„Ja", sage ich aufgeregt. Ha, klasse, die scheint ja schon mal locker drauf zu sein.

„Warte, ich guck mal, ob die Chefin da ist, dann stell ich dich durch. Bis bald!"

„Danke, ja, bis bald."

Nachdem ich mir drei Minuten lang Madonnas *„Jump"* über die Warteschleife angehört habe, geht eine tiefe Frauenstimme dran.

„De Angelo."

„Guten Tag, hier spricht Victoria König. Ich sollte Sie zurückrufen."

Nachdenken am anderen Ende. „In welcher Angelegenheit?", fragt sie schnippisch.

„Ähm, Sie haben mir ein zwölfmonatiges Volontariat angeboten. Ich sollte mich melden."

„Ach so, na klar", sagt sie dann freundlich. „Tut mir leid, hier kommen so viele Anrufe rein, dass ich mir fremde Namen nicht auf Anhieb merken kann. Meine Assistentin hat mir nicht gesagt, wer dran ist."

„Macht ja nichts."

„Und? Haben Sie sich entschieden?"

„Ja, auf jeden Fall", sage ich atemlos. „Ich will die Stelle!"

„Schön, das freut mich. Warten Sie, ich hole mir kurz Ihre Unterlagen dazu, damit ich Sie noch ein bisschen kennenlerne, wenn wir uns schon nicht persönlich treffen, bevor Sie bei uns anfangen."

Oje, hoffentlich kommen jetzt keine schwierigen Fragen auf mich zu. Darauf bin ich jetzt gar nicht vorbereitet.

„So, ich sehe, Sie haben bisher noch keine Erfahrung in der Werbebranche. Trotzdem haben Sie uns ein gutes Konzept und einen passablen Film geschickt. Kompliment."

„Danke. Ja, ich habe noch keine Erfahrung, aber ich bin ganz wild darauf!"

„Das ist eine gute Voraussetzung. Die Werbung ist ein hartes Geschäft. Sie werden viele Überstunden machen müssen, werden abends tot ins Bett fallen und auch an den Wochenenden bereit sein, gelegentlich zu arbeiten."

Na spitze! Das klingt ja nicht gerade ermutigend. Aber was soll's. Es ist mein großer Traum und dafür werde ich auch mal ein Wochenende opfern können. „Das macht mir gar nichts!"

„Ich sehe, du … Ähm, da fällt mir ein, wir duzen uns hier alle. Ich hoffe, das ist in Ordnung für Sie?"

„Ja, klar, kein Problem."

„Gut, ich bin Annabell. Also, ich sehe, du hast schon eine ganze Reihe verschiedener Jobs gemacht. Bibliothek, Kellnern, Zoo. Na ja, in unserer Branche sind so viele Seiteneinsteiger, das ist völlig normal. Hauptsache wache und kluge Köpfe mit kreativen Ideen und viel Energie. Wo kommen dir denn deine besten Ideen?"

„Öhm, eigentlich beim S-Bahn-Fahren und auf dem Klo."

Ach, du Schande, was rede ich da? Bin ich wahnsinnig?

Ein Lachen tönt aus dem Hörer. „Ja, das kenne ich. Da vergisst man alles und kommt auf die irrwitzigsten Gedanken."

„Ja, genau", sage ich nervös.

Ich kann gar nicht verstehen, warum Toni so schlecht von ihr redet. Sie macht zwar einen strengen, aber auch einen witzigen und netten Eindruck.

Als ich auflege, bin ich total glücklich. Jedenfalls so lange, bis mir einfällt, dass Hannah mich noch für die Prüfung abfragen will. O Gott! Wenn ich diesen Mist doch bloß schon hinter mir hätte.

Ruhrpottrausch

Hannah hat mich unerbittlich vier Stunden lang abgefragt. Ich bin völlig hinüber und ausgehungert wie ein Bär, der seit Monaten keinen Fisch gefangen hat.

Wir stehen in Ahmets und Gökhans Imbiss und warten voller Vorfreude auf unsere Döner. Ahmet unterhält sich angeregt mit zwei jungen Türken, die auf Barhockern sitzend ihre Dürüm Döner essen, als er uns freudestrahlend entgegenkommt.

„Vicky, Hannah, ihr müsst euch den Samstag frei halten. Wir haben schon eine Menge Zusagen." Ahmet zeigt zu den beiden Jungspunden rüber, die uns grinsend zuzwinkern.

„Hannah, bring Malte mit. Und Vic, alle, die du kennst. Siggi muss auch kommen. Und natürlich Toni." Ahmet sieht uns mit begeistertem Gesichtsausdruck an, während er uns saftiges Fleisch in die Dönertaschen füllt.

„Worum geht's denn?", frage ich neugierig.

„Das wird der Hammer! Gökhan darf bei einer neuen Partyreihe auflegen. Soll sich bald als eine der größten Fünfziger-Jahre-Partys im ganzen Sektor etablieren. Mit Elvis-Doubles und so weiter. Und ich kann euch alle umsonst reinschleusen. Nur Getränke müsst ihr selbst bezahlen."

Er hält uns einen Stapel Freikarten hin: „*Ruhrpottrausch – Die Rock-'n'-Roll-Party im Revier*".

Als wir vollgefressen zurück in die WG kommen, sitzt Toni am Küchentisch. Am liebsten wäre mir, sie wäre gerade nicht da. Ihre Anwesenheit macht mich traurig, wütend und ohnmächtig.

„Cool!“, kreischt Hannah begeistert, als sie sich den Flyer noch einmal durchliest und ihn dann Toni reicht. Sie langt nach ihrem Handy. „Ich sag Maltilein direkt Bescheid.“

Toni verdreht die Augen. „Maltilein – das arme Schwein!“

Ich seufze. „Ich hab Montag doch meine Prüfung. Und ich hab das Gefühl, dass ich noch nicht genug dafür getan habe. Wenn ich da nicht fit bin, dann …“

„Montag, Süße! Montag ist nicht Samstag!“ Toni kneift mir in die Wange. „Guck mal, da haste noch den kompletten Sonntag, um alles noch mal durchzugehen. Machste doch sonst auch nicht früher.“

Ich strecke ihr die Zunge raus. „Haha, witzig.“ Mir gefällt nicht, dass sie so tut, als wäre alles okay zwischen uns.

„Komm schon, lass uns nicht im Stich. Du musst einfach mitkommen!“

Ach ja? Und warum sollte ich?, geht es mir durch den Kopf. Damit ich dir dabei zugucken kann, wie du dich an irgendjemanden ranschmeißt? Was soll diese bescheuerte gespielte gute Laune bloß?

Hannah, die gerade mit Malte telefoniert, sieht mich bedauernd an.

Unverhofft kommt oft

Ich verbringe den Samstag vor den Büchern. Dieses Auf-den-letzten-Drücker-Lernen werde ich mir wohl ein Leben lang nicht abgewöhnen können.

Dann klopft es an meiner Tür. Es ist Hannah. „He, kommst du voran?“, will sie wissen.

Ich strecke und recke mich. „Na ja, einigermaßen.“

Sie betritt mein Zimmer und schließt die Tür hinter sich. „Gehst du denn nun heute Abend mit?“

Seufzend lasse ich mich auf meinen Schreibtisch fallen. „Ich weiß es nicht“, antworte ich lustlos. „Ich habe eigentlich keinen Bock, Tonis gespielte gute Laune zu ertragen.“

Hannah nickt. „Ich versteh dich ja. Aber wenn wir ohne dich gehen, wirst du bestimmt hier rumsitzen und dir tausend doofe Gedanken machen.“

Auch wieder wahr, denke ich.

„Außerdem sind ja noch genügend andere dabei!“ Hannah zwinkert mir grinsend zu. „So kannst du Toni vielleicht auch mal zeigen, dass du dich nicht von ihr abhängig machst.“

Da hat sie eigentlich gar nicht so unrecht.

So lerne ich den Rest des Tages, was das Zeug hält, bis es Zeit ist, ins Bad zu gehen und mich für den Abend thementauglich aufzubrezeln. Mein schlechtes Gewissen zerfrisst mich zwar beinahe, weil ich weiß, dass ich eigentlich mehr lernen müsste, aber mir ist jetzt einfach nach Weggehen.

Malte kommt wenig später, um uns abzuholen, und geizt nicht mit Komplimenten, der alte Charmeur.

Als wir zu viert auf der Party auftauchen, ist alles schon im vollen Gange. Vor dem Eingang steht ein auf Hochglanz polierter pinkfarbener Cadillac. „Wow, genau so einen hat Elvis seiner Mutter geschenkt", schwärmt Malte und fährt mit der Hand vorsichtig über die Kühlerhaube.

Auch drinnen ist alles komplett im Fünfziger-Jahre-Stil aufgemacht. Nierentische, alte Sofas, Plakate von Elvis, Marilyn Monroe und James Dean und andere passende Accessoires sind liebevoll angerichtet. Die meisten Leute haben sich entsprechend den Fünfzigern aufgestylt. Es ist eine wirklich tolle Atmosphäre.

Als Ahmet uns entdeckt, begrüßt er uns stürmisch. Gökhan hängt hoch konzentriert über den Turntables und bewegt sich im Takt zur Musik.

Toni holt für Hannah, Malte und mich Tequila. Eigentlich ist mir gar nicht danach, aber ich stürze ihn dennoch runter. Mir gefällt allerdings überhaupt nicht, in was für einer wilden Stimmung Toni zu sein scheint. Kaum hat sie ein bekanntes Gesicht entdeckt, stürzt sie darauf zu, flirtet und löst in mir ein Eifersuchtsdrama aus. Hannah verwickelt mich in ein Gespräch, um mich abzulenken, doch ich kann meine Blicke kaum von Toni fernhalten.

Nachdem ich mit Malte, Hannah und Ahmet fast zwei Stunden auf der Tanzfläche verbracht, die Petticoatträgerinnen bestaunt und schon einige Cocktails getrunken habe, entdecke ich plötzlich Pia, ein Mädel, das ich von der Uni und diversen Frauenpartys kenne. Bevor ich Silvana kennengelernt habe, fand ich sie ziemlich lange sehr interessant und habe ständig nach ihr Ausschau gehalten. Sofort entsteht in meinem Kopf ein wilder Plan. Ich werde sie ansprechen!

Tatsächlich bewegt sich mein Körper wenige Augenblicke später selbstbewusst in ihre Richtung, ohne dass ich mir einfallsreiche Sprüche zurechtgelegt hätte. Die fallen mir auf die kurze Distanz von noch geschätzten fünf Metern auch nicht mehr ein. Aber zu spät – sie sieht mich bereits und winkt mir lächelnd zu.

„He, du bist doch Vicky, oder?“ Sie begrüßt mich mit einer kurzen Umarmung.

„Ja, genau“, schreie ich gegen die Musik an.

„Eine geile Party!“, schreit sie mir ins Ohr.

Ich nicke. „Aber ganz schön laut. Man kann sich kaum unterhalten.“

„Stimmt!“, erwidert sie. „Magst du eben mit nach nebenan gehen? Ich wollte mir noch was zu trinken holen, und die Theke hier drin ist so voll.“

Mit „nebenan“ meint sie die Lounge, die direkt an den kleinen Club angeschlossen ist. Also machen wir uns auf den Weg und erobern einen kleinen Tisch, an dem ein durchgesessenes, aber schnuckliges Sofa steht.

„Uff, endlich“, sagt sie, als wir uns auf die Couch fallen lassen.

„Ja, hier kann man wenigstens mal quatschen.“

Ich hole uns Getränke und bin völlig begeistert davon, wie einfach es gewesen ist, mit ihr ins Gespräch zu kommen.

Die Stunden verrinnen und ich habe lange nicht mehr so viel gelacht. Pia erzählt mir eine peinliche Blind-Date-Geschichte nach der anderen, und ich amüsiere mich blendend.

„Magst du noch einen Cocktail?“, fragt sie, als wir uns von der letzten Lachsalve erholt haben.

„Ja, gern. Eine Mango Margarita wär nicht schlecht.“

„Gute Wahl!“ Sie zwinkert mir zu, geht zur Theke und kommt wenig später mit zwei Gläsern zurück.

„Und, was macht bei dir die Liebe?", fragt sie plötzlich aus dem Nichts, als ich an meinem Strohhalm nuckle.

Ha! Was macht bei mir die Liebe. Das will sie sicher lieber nicht wissen. Ein einziger stinkender Scheißhaufen, möchte ich beinahe sagen.

„Ich bin zur Zeit lieber Single!", sage ich so überzeugend wie nur möglich.

Sie grinst zustimmend. „Geht mir ganz genauso. Dieser ganze Beziehungsstress muss auch nicht immer sein, ne?"

Plötzlich kommt Toni ins Café gewankt und sieht uns auf der Couch sitzen. Ich merke im Augenwinkel, wie Pia unsere Blicke verfolgt.

Wortlos geht Toni zur Theke. Ich schaue ihr nach und denke nur: Tja, Toni, wenn du mich nicht willst, dann schau ich mich jetzt auch anderweitig um. Was du kannst, kann ich auch. So!

„Kennt ihr euch?", fragt Pia interessiert. „Sie war doch auch schon einige Male mit dir weg, oder?"

Ich nicke. „Ja, meine Mitbewohnerin."

Ich bin sicher, dass Pia sofort merkt, dass es keineswegs nur meine Mitbewohnerin ist, die sich gerade an der Theke mit dem Rücken zu uns den nächsten Tequila bestellt. Ich will gar nicht wissen, der wie vielte das mittlerweile ist.

„Und sonst? Wie läuft bei dir die Uni?", will Pia wissen.

Und so erzähle ich ihr von meiner bevorstehenden Prüfung, meinem anstehenden Umzug nach München und davon, dass ich mich zwar freue, aber auch ein bisschen traurig bin.

Sie hört mir aufmerksam zu und stellt zwischendurch immer wieder interessierte Fragen. Ich stehe ihr Rede und Antwort und amüsiere mich prächtig. Und dann, ganz plötzlich, kommt sie immer näher und küsst mich aus heiterem Himmel. Im Affekt will ich mich erst wehren, weil Toni noch immer an der Theke steht, aber dann lasse ich mich fallen und küsse mit.

Ich habe gar kein Zeitgefühl mehr, als wir innehalten und Pia mich frech grinsend ansieht. „Keine Beziehung bedeutet ja nicht gleich kein Sex, oder?"

Mein Herz schlägt gleich mal doppelt so schnell. Puh, was für eine verrückte Frau! Ich versuche, so cool wie möglich zu bleiben. „Sehe ich ganz genauso!"

Wir küssen uns weiter, und ich muss mir eingestehen, dass ich es genieße. Ich verdränge jeden aufkeimenden Gedanken an Toni und sage mir innerlich immer wieder: Vicky, sie will dich eh nicht.

Plötzlich tippt mir jemand auf die Schulter, und ich löse mich aus Pias wilder Umarmung. Da stehen Hannah und Malte und grinsen mich an wie zwei glückliche Deppen. Ich kriege kaum die Augen auf, weil meine Kontaktlinsen schon total trocken sind.

„Entschuldigt!", sagt Hannah lächelnd. „Aber ich wollte dir nur Bescheid sagen, dass wir jetzt gehen. Du willst sicher noch bleiben, oder?" Sie zwinkert mir schelmisch zu und sieht uns nacheinander an.

Ich schaue Pia fragend an. Sie nickt leicht.

„Ja, ähm, ich glaube, ich bleibe noch."

„Okay, dann noch viel Spaß!", wünscht uns Malte. „Übrigens, Toni ist schon lange weg."

Ich muss schlucken. Aber was soll's. Ich muss mich schließlich für nichts rechtfertigen.

Dann gehen die beiden Turteltäubchen Hand in Hand weg.

„Sollen wir nicht lieber irgendwohin, wo es gemütlicher und etwas intimer ist als hier?", fragt Pia mich mit verführerischer Stimme.

„Sehr, sehr gern."

Eine halbe Stunde später sind wir in Pias Wohnung angekommen, wo es keine Toni, kein verliebtes Pärchen und keinen furzenden Kater gibt. Genau das, was ich jetzt verdammt noch mal brauche.

Wahnsinn

Meine Nacht war absolute Spitzenklasse und meine Laune ist so gut wie selten. Ich tanze durch die Straßen nach Hause, hüpfe die Stufen bis zur Wohnung hoch, schließe Arsch wackelnd die Tür auf, stoße sie schwungvoll wieder hinter mir zu und tanze wie Hugh Grant in *Love Actually* durch den Flur bis zu Hannahs Zimmer. Die starrt mich belustigt an.

„Deine Nacht war scheinbar nicht so schlecht!?"

Ich nicke grinsend wie ein Honigkuchenpferd. „Wahnsinnsaugen, ein Wahnsinnslächeln, eine Wahnsinnsausstrahlung", fasse ich prägnant zusammen.

„Wow, klingt ja nicht schlecht. Und auch was hier?" Hannah klopft sich gegen den Kopf.

Ich nicke. „Wahnsinnsintelligent!"

Hannah lacht. „Klingt nach Miss Perfect!"

Ich schüttle energisch den Kopf. „Nee, lass mal. Ich will nur noch eine nette Zeit. Mehr nicht. Von mir aus kann Miss Perfect bleiben, wo der Pfeffer wächst."

„Du und deine seltsame Einstellung. Vielleicht ist sie ja doch die Richtige!"

„Hannah, du Quatschkopp, ich bin doch bald eh erst mal weg. Außerdem sind Pia und ich uns da einig."

Schachmatt, aber glücklich über diesen wahrlich unkomplizierten One-Night-Stand mache ich mich motiviert daran, die zusammengefassten Seiten für meine morgige Prüfung durchzubeten.

Toni lässt sich den ganzen Tag nicht mehr blicken. Ich höre nur leise Musik aus ihrem Zimmer. Wenn sie jetzt denkt, ich würde rüberkommen, um zu fragen, was los ist, hat sie sich geschnitten. Sie ist an der Reihe!

Ich pauke noch bis tief in die Nacht und lasse mich erst erschöpft ins Bett fallen, als gar nichts mehr geht.

Master of the Universe

Aber wenn ich könnte
wie ich wollte
würd ich gar nichts wollen
ich weiß aber
dass alle etwas wollen solln
(Wir sind Helden)

Mir ist kotzübel. Ich starre mit Herzklopfen und zitternden Knien die Tür zum Prüfungsraum an. Dahinter höre ich ganz gedämpft Stimmen. „Komm, Vicky", sage ich mich selbst beruhigend, „nur noch diese eine verdammte Prüfung. Eine noch! Dann ist es überstanden." Meine Beine wackeln, ohne dass ich was tue. Mein Kaffee im Pappbecher schwappt beinahe über.

Es ist ein komisches Gefühl. Bei allen wichtigen Dingen in meinem Leben war immer Toni dabei. Bei der mündlichen Abiprüfung, beim Führerschein, bei den wichtigsten Prüfungen an der Uni, selbst zu den Vorstellungsgesprächen ist sie mitgekommen, um mir beizustehen. Und jetzt? Sitze ich mutterseelenallein hier vor der Tür meines Profs und habe Schiss für zehn. Keine Toni, die mir auf den Rücken klopft und ohne Worte klarmacht: Du schaffst das! Vielleicht soll das so sein. In München hab ich schließlich auch keine Toni. Der Gedanke daran macht mir plötzlich eine Heidenangst.

Dann geht die Tür auf. Der Protokollant kommt raus und sieht – zum Glück – gut gelaunt aus. „Frau König, kommen Sie rein?"

Ich nicke und erhebe mich wankend. Das Herz pulsiert mir bis in den Kopf, bis in alle Fasern meines Körpers. Der Prof steht auf und sieht mich fest an. „Frau König, geht es Ihnen gut?"

Ich nicke zögernd. „Ja, soweit es einem an so einem Tag gut gehen kann …"

Er nickt lächelnd zurück. „Das schaffen Sie schon."

Ich habe ein gutes Gefühl. Die Atmosphäre ist entspannt.

„Wollen Sie einen Kaffee oder ein Wasser?", fragt der Mitarbeiter, der sich etwas von uns entfernt an einen kleinen Tisch gesetzt hat.

„Lieber ein Wasser", antworte ich mit trockenem Mund. „Und … äh … kann ich den hier" – ich deute auf meinen Becher – „irgendwo abstellen?" Er nickt und nimmt ihn mir ab.

„So, Frau König, Sie haben sich gut vorbereitet, haben alle Kurse abgeschlossen, alle Prüfungen bestanden, Hausarbeiten abgegeben. Und jetzt schaffen Sie auch noch die knappe Stunde, die vor Ihnen liegt."

Dann klappt er den Ordner mit seinen Unterlagen auf und beginnt, mir Fragen zu stellen.

Ich schaue aus dem Fenster des Büros hinaus auf den Campus. Wilde Betriebsamkeit. Studenten laufen herum und unterhalten sich. Erstis, so wie ich einer war, und alte Hasen, die kurz vor dem Abschluss stehen, so wie ich jetzt.

So ist das Gefühl also, wenn man in einem Raum sitzt und weiß, dass das jetzt die alles entscheidende letzte Prüfung ist. Eine einzige Stunde, die darüber bestimmt, ob sich die vielen Jahre an der Uni gelohnt haben oder nicht. Ob sich die Träume, die man hat, nun verwirklichen lassen oder nicht. Ob das viele Geld, die viele Energie und die Auseinandersetzung mit der bürokratischen Maschinerie sich auszahlen oder nicht.

„Frau König?" Ich zucke zusammen und starre den Professor an, der mich wiederum mit gekräuselter Stirn mustert.

„Ja?", frage ich schnell.

„Ich habe Ihnen die erste Frage gestellt. Können Sie sie nicht beantworten?"

„Doch, sicher. Können Sie sie vielleicht noch mal wiederholen?"

Ich brauche nicht lange, um mich in die Prüfung einzufinden. Die ersten Fragen kann ich sicher beantworten und gelange nach und nach in einen richtigen Rauschzustand. Wie gut platzierte Tennisbälle fange ich seine Fragen auf, denke kurz nach, bevor ich antworte, lege mir meine Worte zurecht und gehe auf alle Punkte ein, die ich mir wochenlang eingeprägt und noch einmal alle mit Hannah durchgegangen bin. Ich will es schaffen! Ich kann es schaffen! Wenn ich das jetzt packe, dann kann ich endlich anfangen, das zu tun, wovon ich schon so lange träume.

Ich rede und rede, erzähle, formuliere aus, gebe Thesen von mir, versuche, Dingen auf den Grund zu gehen, und gebe einen Ausblick auf die Zukunft. Ich mache all das, was man uns im Studium versucht hat beizubringen. Und erst jetzt, in genau diesen Minuten, habe ich das Gefühl, begriffen zu haben, worum es geht.

Wir lernen ein Leben lang. Wir besuchen den Kindergarten, die Grundschule, die weiterführende Schule. Machen einen Abschluss, erlernen einen Beruf, machen eine Ausbildung, ein Studium und was weiß ich noch alles. Und diese Zeit kommt uns manchmal vor wie eine nicht enden wollende Vorbereitung auf das Leben. Und doch – stecken wir schon längst mittendrin. Mitten im Leben. In einem Leben, bei dem es die ganze Zeit nur darum geht, frei zu werden. Selbst zu bestimmen, wohin die Reise geht.

„So, Frau König, das war's auch schon. Wir haben vierundsechzig Minuten rumgekriegt. Bitte nehmen Sie auf dem Gang Platz. Wir holen Sie in ein paar Minuten wieder rein."

Ich atme tief ein und aus und gehe hinaus. Ich nehme mich selbst gar nicht mehr richtig wahr, auch die Umgebung nicht. Es ist wie ein Bewusstseinsverlust. Ich selbst komme mir fremd vor. So schnell ging diese Stunde vorbei. Habe ich alles richtig beantwortet? Habe ich genug gelernt, um zu beweisen, dass ich den Stoff draufhabe? Werde ich bestehen?

Ich setze mich und warte. Warte. Endlose Minuten. Das Ticken der großen Wanduhr schräg gegenüber kommt mir langsamer vor als sonst. Als würden die Zeiger es heute besonders spannend machen wollen.

Und dann geht mit einem Ruck die Tür auf, der Protokollant bittet mich herein, ich nehme Platz, und mein Prof füllt einen weißen Schein aus.

„Frau König." Er erhebt sich und streckt mir die Hand entgegen. „Ich darf Ihnen als Erster gratulieren. Sie haben unserer Ansicht nach die wichtigsten Aspekte benannt und bis auf wenige Dinge, die ich gern noch gehört hätte, überzeugend dargestellt, dass Sie mit dem Thema bestens vertraut sind. Wir haben uns gemeinschaftlich für eine Zwei komma null entschieden. Herzlichen Glückwunsch zum absolvierten Studium."

Ich erhebe mich, gebe ihm die Hand, dann dem Mitarbeiter, und dann endlich breitet sich ein Lächeln auf meinem Gesicht aus. Ein riesiger, Mount-Everest-großer Brocken fällt mir vom Herzen. Und dann kann ich nicht anders als zu weinen vor Freude. Tränen laufen mir das Gesicht runter und ich gebe ein glucksendes Lachen von mir. „Danke!", stoße ich hervor. Beide lächeln mich freudig an, der Mitarbeiter reicht mir ein Tempo.

„Wie geht es denn jetzt in Ihrem Leben weiter?“, fragt der Prof interessiert.

„Ich fange in einer Werbeagentur in München an“, sage ich nicht ohne Stolz. Zum ersten Mal bin ich mir über meine Worte richtig bewusst. Tatsächlich, ich, Victoria König, genannt Vicky, starte in das Berufsleben. Wahnsinn.

Und dann verabschiede ich mich, nehme meinen Schein, verlasse den Raum, den Flur, den Gang, das Gebäude, den Campus. Die Uni.

Vorbei an Betonbauten, an eingekrachten Pflastersteinen, an vorbeilaufenden Studenten, die mich zum Teil seltsam, aber zum Teil auch wissend anschauen. Auf der Unibrücke angekommen, drehe ich mich ein letztes Mal um. Ich blicke die Gebäude an, in denen ich mich jahrelang herumgetrieben habe, in denen ich gelitten, gescherzt, geschuftet, gelernt, geschlafen, Kaffee getrunken, gelacht, geweint, geschrien habe. Wo ich Liebeskummer hatte, Angst, voller Unsicherheit war, wo ich den Fragen des Lebens nachgegangen bin, oft so unzufrieden und deprimiert und frustriert war. Wo ich aber auch so viele Leute kennengelernt und mit ihnen in den Cafeten rumgehangen habe.

Und jetzt? Jetzt ist alles vorbei. Das Studium – mit einem letzten kleinen Meilenstein ist alles vorbei. Ich fühle mich – frei!

Freunde

Ich bin so voller Glücksgefühle, dass ich nicht einmal richtig enttäuscht sein kann, als mich zu Hause niemand empfängt. Ich schließe die Wohnungstür auf, hinter der alles ruhig ist. Nicht einmal Nepomuk kommt mir entgegengelaufen. Ich gehe in die Küche und lasse mich auf die Couch fallen. Mein Lächeln wird nie mehr enden, denke ich.

Die Melodie meines Handys ertönt. Ich nehme ab. Es ist Siggi. „He, Kleines, na, wie ist es gelaufen?"

Mein Vorhaben, ihn erst zu verkohlen, kann ich nicht umsetzen. Zu glücklich klinge ich. „Ich hab's gepackt!"

„Super, Vicky! Komm schnell runter in die Kneipe. Ich hab was für dich", sagt er.

Als ich die große Tür aufziehe, stürmen Siggi, Jana, Hannah, Malte und Toni auf mich zu. Sie haben ein T-Shirt in den Händen und breiten es aus. „UNSERE VICKY HAT'S GESCHAFFT!" steht in großen Lettern darauf. Und alle haben unterschrieben. Ich freu mich wie eine Irre.

Siggi hat uns einen großen Tisch reserviert und ein kleines Frühstücksbuffet arrangiert. Herrlich. Ich habe einen Bärenhunger.

„Hast du München schon zugesagt?", will Jana wissen.

Ich nicke. „Ich habe schon mit der Chefin telefoniert. Es ist nun alles spruchreif."

Betretene Gesichter. Nur Jana schaut mich fröhlich an. „Ach, lass dich von den Miesepetern nicht entmutigen. Du machst das Richtige!“

Ich nicke. „Ja, ich glaube auch.“

Nach einer kurzen Pause stupst Hannah mich an. „Was wird eigentlich aus deinem Zimmer?“

Ich zucke die Achseln. „Na ja“, ich sehe Toni an, die meinem Blick ausweicht, „ihr solltet euch wohl einen neuen Mitbewohner suchen.“ Für einen Moment ist es still. „Also zumindest für ein Jahr“, füge ich schnell hinzu.

Malte räuspert sich. „Ähm, also, ich hab schon mit dem Gedanken gespielt, dein Zimmer zu übernehmen.“ Er sieht Toni und mich nacheinander fragend an. „Natürlich nur, wenn euch das beiden recht ist.“

Toni nickt gleichgültig. „Klar, warum nicht? Da sparen wir uns den Stress mit der Suche. Von mir aus gern.“

Nein, ich lasse mir von Eisklotz Toni nun nicht meinen großen Tag vermiesen!

Wir alle essen uns schließlich an den Köstlichkeiten aus Siggis Küche satt und verbringen ein paar schöne Stunden im Evergreens.

Als wir beinahe alle Magenschmerzen haben vom vielen Essen, steht Toni auf und bittet mich, ihr zu folgen.

Wir stehen draußen vor der Kneipe, die Sonne scheint wundervoll. Es ist so warm, dass es richtig auf der Haut brennt. Aber ich genieße das Gefühl.

„Du, ich kann das so nicht mehr. Ich ertrage nicht, dass wir so gezwungen miteinander umgehen.“ Toni schaut zu Boden, die Hände in den Hosentaschen ihrer Shorts.

Ich atme tief ein und aus. „Du weißt, dass mir das auch nicht gefällt. Ich habe dir gesagt, was ich denke.“

Sie nickt betreten. „Ja, ich weiß.“

„Okay, und was schlägst du nun vor?“

Sie zuckt mit den Schultern und kickt einen kleinen Stein mit der Fußspitze weg. „Ich weiß nur, dass ich dich als Freundin nicht verlieren will, Vicky."

„Wie meinst du das?", frage ich.

„Na, ich meine, du gehst jetzt bald weg hier. Und ich kann mir das überhaupt nicht vorstellen. Und überhaupt ..." Sie schluckt.

„Überhaupt was?"

„Ich fühl mich so kacke. Ich war so gemein zu dir in letzter Zeit. Ich hab Angst, dass das unsere Freundschaft schon kaputt gemacht hat."

Mein Herz sticht. Ihr geht es also wirklich nur um unsere Freundschaft. War ich so blind, dass ich dachte, da wäre mehr? Habe ich mir das wirklich alles nur eingebildet?

„Nein, kaputt wird sie nie gehen", sage ich heiser.

Ein kurzes Lächeln huscht über Tonis Gesicht, und sie schaut mich zufrieden an. „Schön, dass du das so siehst. Ich kann mir nämlich nichts Schlimmeres vorstellen."

Ich gehe auf sie zu und drücke sie an mich. Wir halten uns eine Ewigkeit fest. Und da ist es wieder – mein Herzklopfen, mein Gefühl, meine Sehnsucht. *Meine* Gefühle zumindest habe ich mir nicht eingebildet. Sie sind da und ich kann sie nicht verleugnen. Für immer möchte ich in ihren Armen bleiben und sie fühlen, riechen, alles. Aber wenn es bei ihr nur um Freundschaft geht, ist das sowieso aussichtslos. Und ein bisschen hat sie ja sogar recht. Was wäre, wenn wir es probiert hätten und nach ein paar Wochen oder Monaten wäre alles hinüber? Nie wieder würde es so werden wie früher. Nie wieder!

Als wir zurück zu den anderen gehen, hat Siggi schon fachmännisch den Tisch sauber gewischt und das schmutzige Geschirr abgeräumt. Hannah schaut mich fragend an, als ich wieder neben ihr Platz nehme. Erst als Toni zur Toilette verschwindet, stupst sie mich an. „Was war denn los?"

Ich seufze kopfschüttelnd. „Ach, ich weiß auch nicht so richtig."

Sie streichelt mir über die Schulter, während die anderen ins Gespräch vertieft sind.

„Hannah, kann ich dich mal was fragen?", flüstere ich.

Sie nickt mit großen Augen. „Sicher!"

Ich räuspere mich. „Habe ich mir nur eingebildet, dass da was zwischen … zwischen ihr und mir ist?"

Hannahs Blicke mustern mich ernst. Dann schüttelt sie leicht den Kopf. „Sie wäre bestimmt nicht so durchgedreht, als sie dich mit Pia gesehen hat, wenn da nichts wäre."

„Sie ist durchgedreht?" Erst jetzt fällt mir ein, dass ich nach dem Abend kein Wort mehr mit Toni gewechselt und natürlich auch nicht mehr erfahren habe, warum sie so früh gegangen ist.

„Na ja, was heißt durchgedreht. Zumindest hat sie sich draußen beinahe mit einer Tussi geprügelt, die sie angerempelt hat."

Ich reiße die Augen auf. „Wie bitte?"

„Aber mal ganz abgesehen davon", Hannah schaut mich prüfend an, „warum glaubst du wohl, hat sie überhaupt den Vorschlag gemacht, Silvana ausgerechnet mit einer heißen gespielten Affäre in der Disko eifersüchtig zu machen?"

In dem Moment kommt Toni von der Toilette zurück, und wir brechen unser Gespräch abrupt ab. Sie setzt sich neben mich und versucht so normal wie möglich zu sein. Ich merke aber, dass sie es nicht ist.

Nach und nach verabschieden sich die anderen, und ich gehe gähnend mit Hannah und Toni in unsere Wohnung zurück. Mit einem freundlich-distanzierten „Bis später mal" entschwindet Toni in ihr Zimmer. Ob das zwischen uns jetzt immer so weitergeht?

Countdown

Nachdenklich liege ich auf Siggis Couch und schaue aus dem Fenster. Nur noch vier Wochen, dann bin ich weg. Ich kann es selbst noch gar nicht glauben. Mir ist plötzlich zum Heulen zumute. Meine geliebte WG, wie ich sie vermissen werde.

„Alles klar bei dir?", ruft Siggi aus der Küche.

Ich wische mir mit dem Ärmel durchs Gesicht. „Klar", rufe ich heiser.

Keine zehn Sekunden später sitzt er neben mir und schaut mich prüfend an.

„Vicky, Vicky, Vicky!", sagt er mahnend.

Ich mache ein fragendes Gesicht. „Was meinst du damit?"

„Du bist verliebt!"

Ich muss so doll schlucken, dass ich sogleich einen Schluckauf bekomme. „Was?"

„Mensch, ich wollte dich schon seit Wochen drauf ansprechen, aber ich dachte, du kommst schon auf mich zu, wenn du reden willst."

„Und jetzt hast du es dir anders überlegt?"

Er nickt. „Du siehst schlecht aus."

„Na, vielen Dank auch." Ich ziehe eine Flappe.

Er streicht mir über die Wange. „Toni, oder?"

O Mann, wieso kann eigentlich jeder meine Gedanken lesen, aber niemand kann in Toni reingucken? Das macht mich wahnsinnig. Bin ich so ein offenes Buch?

Ich ergebe mich und nicke. „Alles Scheiße!"

„Jaja, die Frauen", sagt er und zwinkert mich an. „Aber du siehst ja an Jana und mir, dass es auch Happy Ends gibt. Also lass den Kopf nicht hängen."

„Aber wie kamst du denn auf Toni?"

Er lacht. „Hallo? Das ist ja wohl offensichtlich, dass zwischen euch was läuft. Sogar Jana hat mich drauf angesprochen, ob ihr zusammen seid."

Das wird ja immer besser. Scheinbar haben alle um uns herum schon mehr geschnallt als wir selbst.

„Schön wär's", rutscht es mir raus. Und dann wird mir wieder bewusst, dass es im Grunde genau das ist, was ich will. Ich will mit ihr zusammen sein. Alles andere kommt erst danach.

„Gib ihr Zeit, Süße!" Mitleidig schaut Siggi mich an, während er einen Teller abtrocknet.

„Zeit? Ich hab aber keine Zeit, Siggi. In vier Wochen bin ich weg."

„Na ja, aber dein Leben ist doch nicht in vier Wochen vorbei. Und ein Jahr ist auch keine Ewigkeit."

Ich seufze. „Na, toll. Soll ich jetzt hoffen, dass sich in einem Jahr alles plötzlich ergibt?"

Er schüttelt den Kopf. „Du sollst dein Ding durchziehen und dich in deinen Traum stürzen, der vor deinen Augen steht. Dein Volontariat ist jetzt das Wichtigste! Alles andere fügt sich schon, du wirst sehen. Manche Dinge kommen ganz von selbst."

Zurück in der WG, geht es mir immer noch beschissen. Ich werfe mich auf mein Bett und höre die Whitney-Houston-Compilation rauf und runter. *„I will always love you"*. Was für eine kitschige Scheiße! Und dennoch muss ich weinen. Wieso tut Liebeskummer eigentlich so verdammt weh? Da hätte ich lieber eine Magenverstimmung. Oder ein gebrochenes Bein. Oder eine Beule am Kopf.

Neues Zimmer, neues Glück?

Die Wochen vergehen wie im Fluge, und es dauert ewig, mich durch die unzähligen WG-Anzeigen im Internet durchzuwühlen. Was haben die nur für Preisvorstellungen? Jedes Zimmer, nach dem ich mich erkundige, ist fast so teuer wie unsere komplette Wohnung. Wie zum Teufel soll ich mir das leisten? Seufzend scrolle ich mich durch die ernüchternden Anzeigen, bis ich endlich fündig werde.

Eine gemütliche Zweier-WG mit einem sechsundzwanzigjährigen Studenten für gerade mal vierhundert Euro warm. Perfekt! Keine Frau! Genau das, was ich brauche. Ich rufe Chris, wie er laut der Anzeige heißt, direkt an. Hoffentlich verstehe ich den überhaupt, wenn er bairisch redet, schießt es mir durch den Kopf, während es im Hörer tutet.

„Ja, hallo?“, geht dann schließlich eine sympathisch klingende Männerstimme ran.

„Hallo! Vicky König. Ich rufe wegen deiner Anzeige an. Also wegen der WG ab Oktober.“

„Oh, ja, toll.“

„Also ich suche ein Zimmer für ein Jahr. Und ich fange am ersten Oktober mein Volontariat an.“

„Okay, also, wenn du vorbeikommen und dir das Zimmer anschauen willst, können wir gerne was ausmachen.“

Ich räuspere mich. „Ähm, das Problem ist, dass ich in Nordrhein-Westfalen wohne und nicht mal eben so vorbeikommen kann."

„Oh, ach so", klingt es aus der Leitung. Verdammt, darauf lässt er sich sicher nicht ein.

„Aber ich kann dir alles über mich erzählen, was du wissen willst", sage ich schnell. „Und Fotos schicken, wenn du magst."

Er lacht. „Nein, nein, das ist nicht nötig. Aber wenn du ein bisschen über dich erzählen willst, fänd ich das ganz schön."

Also erzähle ich von meiner WG, von meinem Studium, meinem bevorstehenden Volontariat und beantworte alle Fragen, die er noch so hat. Es ist ein so nettes Gespräch, dass ich das Gefühl habe, ihn schon ewig zu kennen. Nach einer halben Stunde höre ich, dass er tief ein- und ausatmet und dann verkündet: „Okay, weißt du was, ich bin zwar völlig verrückt, aber ich hab den Eindruck, dass wir irgendwie zusammenpassen. Wenn du magst, kannst du das Zimmer gern haben!"

Ich juble in den Hörer hinein und freue mich tatsächlich wie eine Wahnsinnige! Auf Anhieb ein WG-Zimmer in München gefunden – das macht mir so schnell keiner nach.

Wir verabreden uns für ein weiteres Telefonat, um alle Einzelheiten zu besprechen, und Chris verspricht, mir schnell den Mietvertrag zukommen zu lassen.

Grinsend stürme ich in die Küche, wo unerwarteterweise nicht Hannah, sondern Toni sitzt. Fragend schaut sie mich an, und mein freudestrahlendes Gesicht bröckelt ein wenig in sich zusammen.

„Gibt es Neuigkeiten?", fragt sie.

Ich nicke. „Ich hab ein WG-Zimmer gefunden!"

Sie nickt lächelnd. Aber ich merke, dass ihre Freude sich in Grenzen hält. Trotzdem steht sie auf und nimmt mich in die Arme. „Cool, das ist echt super!", flüstert sie mir ins Ohr.

O Toni! Wie gern würde ich dich Stunden so halten, denke ich und streiche ihr über den Rücken. Jede Sekunde rechne ich damit, dass sie sich aus unserer Umarmung befreit. Doch sie tut es nicht. Eine halbe Ewigkeit bleiben wir so stehen und halten einander fest. Erst der Wohnungsschlüssel im Schloss lässt uns plötzlich auseinanderdriften. Gerade so, als hätten wir etwas Verbotenes getan.

Als ich Hannah die Neuigkeiten von der WG in München erzähle, erdrückt sie mich fast. „Geil, Vicky! Das klingt ja super!"

„Ja", bestätige ich. „Neues Zimmer, neues Glück!

Abschiedsparty

Das Evergreens ist voll. Wahnsinn, alle sind gekommen, um mir Glück zu wünschen. Auch meine Eltern sind da.

Ich gehe schnell hoch in die Wohnung, um meine Kamera zu holen, die ich oben vergessen habe. Nepomuk kommt mir entgegengelaufen. Seit seiner Diät ist er viel agiler und besser drauf. Ich hebe ihn hoch und drücke ihn an mich. „Ich werde dich vermissen, Dicker." Er schnurrt und leckt mir über die Wange. „Pass mir ja auf die beiden Chaoten auf!"

Als ich wieder zum Evergreens komme und von draußen reinschaue, sehe ich, dass alle sich amüsieren. Meine Eltern unterhalten sich mit Siggi und Jana. Toni stößt mit Malte an, Hannah quatscht mit zwei Kommilitoninnen. Pia tanzt zur Musik. Alles ist so schön. Und mich überkommt ein Gefühl des Zweifels. Bin ich nicht vollkommen bescheuert, das alles aufzugeben? Alle meine Freunde zurückzulassen. Meine Eltern. Das Evergreens. Meine Stadt, mein Revier. Toni.

Mit einem kleinen Kloß im Hals betrete ich die Kneipe. Johannes dreht die Musik aus und alle schauen mich an. Lächelnd, aber auch irgendwie traurig. „Willst du nicht mal ein paar Worte sagen?", ruft es aus einer Ecke. Zustimmende Ja-Rufe.

Ich räuspere mich, kriege den Kloß aber nicht weg.

„Ja, also", beginne ich zitternd. „Ich freu mich, dass ihr alle gekommen seid. Das ist ein großes Geschenk!" Gespannt schauen mich zig Augenpaare an. „Und ich weiß, was ich zurücklasse. Die besten Menschen, die man sich wünschen kann. Das leckerste Bier der Welt und die coolste Kneipe des Universums." Alle lachen und prosten mir zustimmend zu. „Und wehe", sage ich mit aufgeregtem Lächeln, „wehe, ihr besucht mich nicht alle!"

Alle rufen durcheinander „Ja, klar!", „Worauf du dich verlassen kannst.", „Wir machen das Oktoberfest unsicher!". Dann lasse ich mich von allen umarmen, und Johannes dreht die Musik wieder auf.

Es wird ein toller Abend und eine tolle Nacht. Um eins verabschieden meine Eltern sich von mir. Meine Mutter wischt sich eine Träne weg, mein Vater drückt sie an sich. „Und wir sollen wirklich nicht mit zum Bahnhof kommen?"

Ich schüttle langsam den Kopf. „Nein, das muss ich mit Toni und Hannah allein machen. Das wird schon schwer genug."

Wir drücken uns alle drei. Ich lasse mir von meiner Mutter mehrmals über den Kopf streichen, in die Wangen kneifen und von meinem Vater auf die Schulter schlagen. Dann gehen sie. Und ich weiß, dass ich sie lange nicht sehen werde. Dass sie den Hausverkauf und die Wohnungssuche ohne mich schaffen müssen.

Als alle weg sind, bin ich tränenleer und völlig übermüdet. Ich torkle mit Hannah und Toni zur Wohnung, und wir schmeißen uns zu dritt auf die alte Couch in der Küche.

One-Way-Ticket nach München

Ich will Liebe, ohne zu bereuen
Einfach leben und bei dir sein
Ich glaube daran
Wohin ich auch geh
Was immer ich tu
(Münchner Freiheit)

Wir stehen am Bahnsteig, neben mir mein Koffer, meine Reisetasche, mein Rucksack und meine Umhängetasche. Ich habe Herzklopfen und schwitzige Hände.

Bis gerade eben ging es mir noch einigermaßen gut, aber jetzt stehen da zwei traurig schauende Gestalten vor mir, und das Herz tut mir weh. Der Hals schnürt sich immer fester zu. Toni gibt sich einen Ruck und umarmt mich fest. „Mensch, mach's gut bei den Lederhosen."

Als ich sie im Arm halte und über ihre Schulter hinweg auf die andere Seite des Bahnsteigs schaue, erblicke ich ein Plakat mit Nepomuk. Wow! Der kleine pummelige Kater sieht tatsächlich aus wie ein Superstar. Sein Fell glänzt, seine Augen blicken treu und selbstbewusst geradeaus. Er wird mir fehlen.

Hannah schluchzt in Stoßintervallen und mir kommen langsam die Tränen. Ich lasse noch einmal den Blick über die Bahngleise schweifen, die letzten Jahre schnellen an mir vorbei, als mein Zug aus der Ferne langsam heranrollt.

„Auf Gleis 1 fährt ein der ICE 681 nach München. Abfahrt um 12.51 Uhr. Bitte Vorsicht bei der Einfahrt."

Hannah schnäuzt in ihr Taschentuch, mit dem sie mir eigentlich hinterherwinken wollte. Toni tritt auf der Stelle hin und her und schaut zu Boden.

Ich nehme Hannah in die Arme, und sie krallt sich in meiner Jacke fest. Mir wird ganz schlecht. Jetzt gibt es kein Zurück mehr. Plötzlich durchfährt mich eine panikartige Angst. Ich fühle mich wie ein kleines Mädchen, das am liebsten zu Mami auf den Arm will. Tue ich wirklich das Richtige? Meine Freunde und Familie zurückzulassen, um ausgerechnet in Bayern mein Glück zu finden?

Langsam löst sich Hannah aus der Umarmung, der Zug kommt näher, und Toni klopft mir mit ungewohnt blassem Gesichtsausdruck auf die Schulter. Nervös tritt sie mit den Füßen auf der Stelle. „Hier", sagt sie schließlich und holt aus ihrer Jackentasche ihren alten MP3-Player. „Ich hab dir ein paar spezielle Lieder draufgeladen."

„Spezielle?", frage ich schniefend.

„Ja, *Münchner Freiheit* natürlich."

Jetzt brechen alle Dämme und ich heule los wie ein Kleinkind. Sie schaut mich mit glasigen Augen an und überspielt wie immer ihre Gefühle mit einem coolen Spruch. „Komm, jetzt hau schon ab, sonst sieht die Welt mich zum ersten Mal öffentlich flennen. Das ist mein Körper nicht gewohnt."

Unter Tränen müssen Hannah und ich leise lachen. Ich stecke den MP3-Player in meine Hosentasche, dann kommt der ICE mit quietschendem Geräusch zum Stehen. Ich schaue ein letztes Mal rüber zum Bermudadreieck. Dann steige ich ein und winke meinen beiden besten Freundinnen zum Abschied. Plötzlich kommt mir Toni noch einmal entgegengelaufen und hält mir einen Brief hin. „Hier, aber bitte erst lesen, wenn du hinter Köln bist, okay?"

Ich puste Hannah und Toni Luftküsse entgegen. Die Türen schließen sich, und der Zug setzt sich langsam in Bewegung. Ich sehe noch durch die getönten Scheiben, wie Toni sich verstohlen über die Augen wischt. Dann stehen sie und Hannah Arm in Arm da, winken mir zu und werden immer kleiner. Bis ich nur erahnen kann, dass sie noch immer dort stehen. Am Bahngleis in Bochum, der Stadt, die ich jetzt lange nicht mehr sehen werde.

Wer weiß …

Als ich mir mehrmals über die Augen gewischt und meine Sachen verstaut habe, setze ich mich auf meinen Platz und öffne Tonis Brief. Ihren Hinweis, dass ich ihn erst lesen soll, wenn ich Köln hinter mir gelassen habe, kann ich einfach nicht einhalten.

„Liebe Vicky! Wahrscheinlich bist du doch noch nicht an Köln vorbeigefahren, sondern höchstens in Essen. Das zeigt einmal mehr, wie gut ich dich kenne. Deshalb ist es mir wichtig, dir noch ein paar persönliche Worte mit auf deinen weiten Weg zu geben. Ich habe gemerkt, dass ich scheinbar besser meine Gedanken aufschreiben als aussprechen kann. Bin halt tief im Herzen doch ein Hosenscheißer. Ich möchte jedenfalls, dass du weißt, dass du mir sehr fehlen wirst. Und wer weiß, was ist, wenn du wiederkommst … Ich habe jedenfalls die Augenblicke mit dir sehr genossen. Du weißt, welche ich meine … In Liebe, Toni."

Danksagung

Geschafft! Aber nicht ganz allein. Ohne die Hilfe einiger Personen wäre der Weg bis zum fertigen Buch sehr viel schwieriger gewesen. Deshalb möchte ich ihnen an dieser Stelle danken:

Florian Bucher, Luise Heine und Jutta Weikmann haben sich die Zeit genommen, die Rohfassung meines Manuskripts zu lesen, mir wertvolle Tipps gegeben und ihre ehrliche Meinung gesagt. Tausend Dank!

Anne Tente hat meine Romananfänge eingeschätzt und mir wichtige Ratschläge für die Verlagssuche mit auf den Weg gegeben. Vielen Dank noch mal!

Birte und Jim vom Querverlag standen mir seit unserem ersten Kontakt herzlich und hilfsbereit zur Seite. Danke, dass ihr mir die Chance gebt, meinen Debütroman bei euch erscheinen zu lassen!

Meinen Freunden möchte ich dafür danken, dass ich in guten und schlechten Zeiten immer auf sie zählen kann! Ihr seid toll!

Meine Eltern haben mich stets bei all meinen Ideen und Träumen unterstützt und hören sich geduldig seit meiner Grundschulzeit an, dass ich „mal Schriftstellerin werden möchte“. Danke, dass ihr immer für mich da seid!

Besonders danken möchte ich meiner Freundin Verena für das tapfere Durchstehen meiner Launen, das wiederholte Lesen jeder klitzekleinen Änderung und für ihre humorvolle

Unterstützung („Fräulein Hagebusch, wo ist denn der Scherbolzen für den Trulleberg?“). Da gibt es nur eins: „Champagner!“

Last but not least: Danke auch an meine rechte Faust, die die Festplatte meines alten Rechners zerstört und alle Daten weggefegt hat. Dadurch habe ich noch mal ganz neu angefangen und – wie ich finde – eine bessere Version zustande gebracht.